ハヤカワ文庫FT
〈FT622〉

シャーロック・ホームズとサセックスの海魔

ジェイムズ・ラヴグローヴ
日暮雅通訳

早川書房
9004

THE CTHULHU CASEBOOKS:
SHERLOCK HOLMES AND
THE SUSSEX SEA-DEVILS
by
James Lovegrove

Translated by
Masamichi Higurashi
First published 2023 in Japan by
HAYAKAWA PUBLISHING, INC.
This book is published in Japan by
arrangement with
TITAN PUBLISHING GROUP LTD.
through THE ENGLISH AGENCY (JAPAN) LTD.

シャーロック・ホームズとサセックスの海魔

登場人物

シャーロック・ホームズ……………コンサルタント探偵

ジョン・ワトスン……………………医師

マイクロフト・ホームズ……………シャーロックの兄

トバイアス・グレグスン……………スコットランド・ヤードの元警部

モード・ベラミー……………………《脈動する房の教団》にさらわれた若い女性

ブランチ・グレイディ
セアラ・カミンズ ……………ニューフォードの住人。モードの友人

デボラ・スマイス……………………同上。病弱な娘

ヴェルテル・フォン・ボルク………ドイツ人諜報員。大使館員

マンフレート・フォン・ヘルリング……ドイツ大使。男爵

ヴォルフガング………………………ドイツ人士官学校生

ヨハン・キュンストラー……………ドイツ海軍のUボート艦長

ルルロイグ……………………………かつてジェイムズ・モリアーティ教授と呼ばれた存在

＊本書にはコナン・ドイルのホームズ物語（正典）に出てくる事件の重要部分に触れる記述が何カ所かあります。ご承知のうえでお読みください。

はじめに

ジェイムズ・ラヴグローヴ

いよいよ、〝クトゥルー・ケースブック〟の第三巻にして最終巻の登場である。シャーロック・ホームズは五十代後半になったわけだが、いまだに宇宙規模の相手と極秘裏の戦いを繰り広げている。その相手は、人類がなんらかの意味で優れた種であり、ものごとの秩序の中で意味のある位置を占めているという考え方が、嘘になってしまうような存在だ。私たち人間は、恵まれているわけではないし、特別な存在でもない。それが、私の遠い親戚であり、似た名前をもつＨ・Ｐ・ラヴクラフトの著作からもたらされる、不穏なメッセージなのだ。ある種の神のような存在から見れば、私たちは家畜程度の存在にしか過ぎない。彼らの邪悪な神性は、私たちが実は神なき宇宙に生きていることを意味している。その宇宙で大文字のＧを使って書かれる神《ゴッド》は、聖書の言うような憧れの〝スーパー・ファーザー〟ではなく、子供《チルドレン》たちとの関わりを拒否する無責任な父親のような存在なのだ。

ともあれ、本書『サセックスの海魔』の舞台の一部は、私の故郷イーストボーンの近辺である。シャーロック・ホームズが一九〇三年にサセックス州イーストボーンに隠退し、養蜂の研究などを始めたことは、ワトスン博士の著作を読んでいる読者にはよく知られている。ワトスンによる単行本『シャーロック・ホームズ最後の挨拶』の序文には、ホームズの田舎での隠遁《いんとん》地が「サウス・ダウンズの小さな農場」であると記されている。そして短篇「ライオンのたてがみ」ではもう少し詳しく、「英仏海峡を一望できる」家だとされている。一般にイーストボーンから数マイル圏内と考えられている場所だ。

この地域で唯一、上記の説明とすべて一致する建物は、ビーチー岬からバーリング・ギャップに通じる道から奥まったところにある、石灰岩の壁に囲まれた小さな邸宅だ。私の家はイーストボーンの西の端にあり、その邸宅まで歩いていける距離にある（犬の散歩でよくその前を通るのだ）。そこは風の吹き抜ける、質素な雰囲気の場所で、かの名探偵がその敷地の周囲にある低木の陰でハチの巣の手入れをしている姿が、容易に想像できる。

私とラヴクラフトの系譜的なつながりは、希薄かもしれない。しかし私が生まれ、人生の大半を過ごしたサセックス海岸との地理的なつながりは、根深いものだ。私の骨の中にはチョーク（上部白亜系の泥灰質の層）と傾斜牧草地《ダウンランド》の草が染みこんでいる。足もとの小石がカサカサいう音、潮風、波の音、海を渡る雲の影、そして緑の丘のなだらかな起伏。故郷のことを考えると、そうしたものが頭に浮かぶ。だからこそ私は、このタイプ原稿で語られる物語に、いつになく強いつながりを感じるのだ。

この作品にはもうひとつ、ニューフォードという町が登場する。イーストボーンから真西へ数マイル、二つの険しい崖にはさまれた、砂利の浜辺のそばに隠れたような奇妙な町だ。期待するようなもののない町、と言うのがいちばんだろう。漁船やプレジャーヨットが小さな港から出航することはあるが、港として繁栄してはいない。朝食付民宿《B&B》がいくつかと、寂れた感じのホテルがあるものの、休暇を過ごしたくなるような風光明媚《めいび》な場所ではない。第二次世界大戦時のコンクリート製トーチカや砲台の跡がいくつかあり、栄光の日々を懐かしむかのように、どこか切なげな雰囲気でフランスの方向を見つめている以外、歴史的な見どころはほとんどないのだ。ほかには、霊的な中心地と世俗的な中心地——つまりねじれた尖塔をもつ中世の教会と、一九六〇年代につくられた歩行者天国の小さな商店街——のまわりをめぐる、入り組んだ小道があるだけだ。商店には、まともな消費者が買いたいと思うようなものは何ひとつ置いていない（ただし安いことは安い）。鉄道駅も、ヘイスティングス＝ロンドン間の路線から分かれた支線の終点として存在するが、この単線駅には一日に四本、日曜日はその半分の本数しか停車しない。大通り沿いに停車するバスはあるのかもしれないが、私にはわからない。

ただ、ニューフォードの町には不思議な話がある。鉄器時代ないしそれ以前の時代、つまり考古学上の記録によれば、集落などなくてわずかばかりの小屋があるくらいだったころから、奇妙な水陸両生の人型生物がこの地を訪れていたという、噂があるのだ。〝海《シー》の悪魔《デヴィル》〟と呼ばれるこの生き物は、夜になると、たいていは霧が立ち込めたあとに波間から姿を現し、通りを歩き回るのだという。その到来は通常、沖合の海上に見える不気味な光が予兆になると言われている。

そうした夜には、水かきのある足が舗装道路をヒタヒタと歩く、湿っぽい静かな音が聞こえてくるらしい。まともな神経の持ち主なら、ドアに鍵をかけ、カーテンを引いて、自宅という聖域から外に出ないようにするだろう。地元の歴史家の中には、ニューフォードの住人は過去にシー・デヴィルと交配し、双方の血統の子孫が今も住んでいるのだと主張する人さえいる。交配種である彼らは、明らかに魚のような風貌をしており、陸上では歩きにくそうだが、泳ぎは達者であることが多い。その証拠に、水上競技で成功を収めたニューフォード出身者は統計的に多く、中にはオリンピックの平泳ぎ銀メダリストがいるし、英仏海峡横断の記録保持者も二人いる。

こうしたことについて、私はコメントする立場にない。ただ、町議会がこの民間伝承を利用しようとしたことはある。前述の商店街からそう遠くない場所に、シー・デヴィルの像が立っているのだ。一九七〇年代に建てられたこの像は、エリザベス・フリンク（イギリスの彫刻家、一九三〇〜九三）のスタイルで彫られている。しおれたような手足でやや陰気な雰囲気を漂わせ、あばたのある荒削りのブロンズ像だ。両目は球根状に膨らみ、首からエラが上向きに張り出している。幅の広い口はだらりと垂れ、ぶら下がったような唇は、俳優のアラステア・シム（一九〇〇〜七六）が見せる不満と哀しみの表情を思い出させる。偶然なのか、そうでないのか、私が見たニューフォードの町の人々も、多くが同じような表情をしていた。

この像は、ニューフォードを観光名所として地図に載せてもらうためのものだった。好奇心旺盛な人たちや、土地に隠されたものを研究したい人たちが、もっと詳しく知ろうと大挙してこの町を訪れるはずだったのだ。一九七〇年代には、未確認動物学や超常現象全般の研究が盛んだった。シー・デヴィルはニューフォードのネッシーになり、ニューフォード自体がバミューダ・トライアングルやエリア51のような名声を得るかもしれないと、期待されていた。町議会議員の楽観主義を見くびることはできない。

だがもちろん、何も起こらなかった。この像は今、グアノ（海鳥などのフンが堆積し固まったもの）で汚れており、ビールの空き缶を頭の上に置かれたりしている。お決まりのギャグとしては、エナジードリンクである《モンスター》の空き缶を置くというのもある。このブロンズ像が無冠になることは、めったにないのだ。

この『サセックスの海魔』の原稿を読み、出版のための編集作業をした私は、ニューフォードとその水陸両生とされる訪問者について、少しは詳しくなった気がしている。また、シャーロック・ホームズの晩年についても多少知ることができ、その結果、彼の偉業に対してこれまで以上に畏敬の念を抱くと同時に、彼自身に対して、より大きな同情を抱くようになった。本書の中でワトスンが語っていることがすべて信じられるとすれば、この偉大な探偵は世界を守るため勇敢に戦い、そのために莫大な代償を払ったことになる。一世紀以上経った今、私たちは彼に対して、自分が思っている以上に大きな借りがあるのだ。

二〇一八年十一月、イギリスのイーストボーンにて

J・M・H・L

序

ジョン・ワトスン医学博士

私が出版した作品により、シャーロック・ホームズのサセックスでの隠退生活は、全体において安らかで満足のいくものであったという印象を、読者は抱いてきたと思う。私が語ったのは、仕事上の要請によって中断されることはあるものの、田舎の牧歌的な生活を楽しむ男の姿であった。養蜂、論文の執筆、海を見下ろす小さな農場……シェイクスピアの言葉を多少借りるなら、「騒がしい《ハーリー・バーリー》」現役の日々を終え、「戦いから退き、しかし大方は勝利した」（『マクベス』の冒頭のもじり）都会の紳士にとって、これ以上望ましいことがあるだろうか？

だが、実際はそうでなかった。ホームズにとっても私にとっても、戦いはまだずっと続いていたのだ。ホームズは事実上、一九〇三年にコンサルタント探偵の仕事をやめた。それまでに彼は、ある高貴な生まれの依頼人たちのために、超常現象とは関係のないいくつかの事件を解決した。その依頼人たちが惜しみない厚意を示してくれたので、彼は独立して裕福な生活を送ることができた。彼はもう、わずかな収入にしかならない下品で俗っぽい調査をする必要も、私のポケットマネーからの寄付に頼る必要もなかった。彼はある意味、自由になったのだ。

　この自由を手にする前、ホームズはかつてジェイムズ・モリアーティ教授として知られていた神、ルルロイグと、何度も相まみえていた。この三部作の前巻『ミスカトニックの怪』で述べたように、ルルロイグは一八九五年にホームズに宣戦布告した。その後八年間、両者はたびたび小競り合いを繰り広げ、いわゆる〝隠れた精神《ヒドゥン・マインド》〟はわが友を執拗《しつよう》に悩まし、困惑させることを自分自身に課していたのだった。

　私はホームズの功績を小説化した作品において、こうした両者の衝突を偽装したかたちで記録してきた。たとえば「這う男」という短篇では、ケンフォード大学の著名な生理学者であるプレスベリ教授が、類人猿のような行動をするようになる。その変身の理由が、それまでの植物学で知られていなかった、宇宙から来たと考えられる真菌の胞子のせいであり、その菌の特性によって原始時代の祖先に退行したのだなどと、読者は考えないだろう。また、「白面の兵士」のゴドフリー・エムズワースが、実は南アフリカの部族の魔法使いに呪いをかけられたため、身体が徐々に壊死していき、生ける屍《しかばね》のようになったのだということも、一般には知られていない。有名なサーカス興行師の妻であるロンダー夫人を襲った獣も、実はライオンではなかったのだ。

　ここに挙げた三つの事例の背後にも、またほかの多くの事例の背後にも、ルルロイグの存在がなんらかの有機的なまとまりをもった力のように横たわっている。みずからの意識を、影響を受けやすい人間の意識に入り込ませ、宿主の行動に影響を与えることができるルルロイグは、ホームズの興味を引くような、からかい半分の難問を設定しては罠を仕掛け、彼を殺そうとした。成功しそうになったことも何度かある。プレスベリ教授の原始人を思わせる野蛮さ、エムズワースのトラウマによる精神的な病、そして猫人間《ウェアキャット》としか呼びようのない、ライオンのような怪物。これらすべてがホームズと私を死の危険にさらしたのだった。幸いなことに、私たちはそのたびに、身を潜める敵の策略をかいくぐることができたが、犠牲がなかったわけではない。私の身体には、それを物語る醜い傷跡がいくつもある。

　しかし一九〇三年になり、そのような事件の頻度が減少してくると、ホームズは出来事の中心であるロンドンから離れてもいいと思うようになった。彼がオカルトや不可思議な《エルドリ》こと《ッチ》に根拠をもつ犯罪の捜査を完全に放棄したわけではなく、単に彼の目につく数が減ったというだけだが、私と会う機会は減った。私はマールバン地区に留《とど》まり、ホームズとの距離によって生まれた、あわただしさのない生活と自分の仕事を楽しんだ。私たち二人にとって、それは休息だった。しかし、私たちのどちらも、それが休戦を意味するとは思っていなかった。ホームズを訪ねてサセックスへ行くたびに、そのことはよく話題に上った。「一時停止《ポーズ》と休止《ホールト》は違うものだからね、ワトスン」とホームズは言った。「これは当然ながら前者だ。ぼくらは今、二つの波のあいだにいる。次に来る波は、これまでぼくらが直面した中で最大かつ最強のものになるかもしれないよ」

この巻で私が語るのは、その最大の波——一九一〇年の秋にあった、ホームズとルルロイグの運命的とも言える最後の出会いについてである。

そのころまでに世界的な紛争の種は蒔《ま》かれており、四年後に破裂して、血生臭い実を結ぶための準備が整っていた。一九〇六年の時点ですでに、ヨーロッパの大国たちはモロッコをめぐって戦争勃発の瀬戸際に立たされていたのだ。その危機の余波で、ロシアは一九〇七年、それ以前に結ばれていた英仏協商《アンタント・コルディアール》に第三国として加わり、一方、かつてない孤立感と好戦的な感情を募らせたドイツは、オーストリア＝ハンガリーおよびイタリアとの三国同盟を更新しつづけたが、この同盟は形骸化していった。一九〇八年にはオーストリア＝ハンガリーによるボスニア＝ヘルツェゴビナの併合など、対立を意図しているとしか思えないような外交問題や政治的な動きが相次ぎ、対立はますます強固なものとなっていった。

ほかの国々と同様、わが国も敵意と不信に満ちた熱狂的な雰囲気に支配されていた。人々は、心を引きずる錨《いかり》のような、どうしようもない運命を感じずにはいられなかった。戦争への歩みは避けられないように思われた。それは「もし」ではなく「いつ」の問題だったのだ。

だが、別の戦争——もっと過酷な宇宙規模の戦争がすでに始まっていることに気づいていた者は、ほとんどいなかっただろう。

一九二八年、パディントンにて

J・H・W

1章　闇の中で動くもの

シャーロック・ホームズの農場に到着した私が、誰もいないと気づくまで、それほどかからなかった。陽は沈みつつあり、空気も冷えてきていたが、どの窓にも明かりはなく、私が玄関に続く小道を進むあいだ、歓迎を示す暖炉の火のちらつきが見えることもなかった。何よりこの家が、人の住まない建物から滲《にじ》み出てくるひどくわびしい空気を醸し出し、まるで生命が抜けてしまった人体のようだ。ドアをノックしても返答がないことも、さしたる驚きではなかった。

控えめに言って、不愉快だった。ホームズとは二週間も前にこの訪問を約束していたし、きのう届いたホームズからの確認の手紙にも、「明晩、旧友ワトスンに会えるのが実に楽しみ」であり、「快適でくつろげる滞在になるようにあらゆる準備を整えた」などと書かれていた。私はこの時間に着くと伝えていて、ホームズは私を待っているはずだった。なのに、家にいないとは。

急ぎの用事でまだ戻っていないのだろう、間もなく顔を見せるさ、と私は考えた。だが、もっと不吉な理由で留守なのではという予感も、心の奥にはあった。

そんな気持ちを抑えつつ、駅からここまで私を運び、今またイーストボーンへの曲がりくねった狭い道をゴトゴトと戻っていくドッグカート（一頭立て二輪馬車）の姿を、眺めていた。少し待っていてくれるよう御者に頼めばよかったとも思ったが、ここにひとりで取り残されるとは、考えてもなかったのだ。

腹をくくり、待つことにした。三十分だけ待とう。三十分たってもホームズが戻らなければ、いちばん近い村へ歩いていき、宿を探すのだ。またたく間に陽が陰りそうだし、それ以上待つのはよくない。暗くなってからサセックスの田園地帯をうろつくようなことは、できれば避けたかった。

戸口のステップに座り、周囲を眺めた。何はともあれ、ホームズの小さな自作農地は、まさに絶妙な孤立と呼ぶべき申し分のない場所にあった。半マイルほど先の断崖に建つ、今は使われていないベル・タウト灯台を除けば、ほかに建物はひとつも見えない。私の目の前に広がる英仏海峡は、黄金色の夕陽に照らされ、無数にカットされた面を輝かせる巨大な青い宝石のようだ。草地を渡って微風が吹いてくると、農場をぐるりと取り囲む低木――主にスピノサスモモとハリエニシダ――が、楽しげに身を震わせる。カモメが鳴きながら絶壁のねぐらを行き来し、ホームズの飼うミツバチの巣箱からは、ハチたちがたてる物憂げな羽音が聞こえてくる。

　ロンドンからの旅のあとで、つい眠気に誘われ、どうやら少しうとうとしたようだった。気づくと陽はすでに落ち、空は暗くなって、三日月が昇ってきていた。私は弾かれたように立ち上がり、自分の愚行に悪態をついた。今や私は、それだけは避けたいと思っていた事態に陥り、わずかな明かりの中で一夜の宿を探さなければならなくなった。イーストボーンの街灯の光がビーチー岬の突端を輝かしく飾ってはいるが、そのせいでむしろ、私の周囲の闇がますます暗く見える。

　旅行用バッグを持ち上げようとしたとき、カサカサとかすかな音が耳に届いた。少し背の高い、近くのスピノサスモモの木陰から聞こえたようで、最初はヤマアラシかキツネが下草を掘り返しているのだろうと思った。が、ふたたびその音が聞こえると、もっと大きな動物のような気がしてきた。そればかりか、その音には明らかにこそこそとしたそぶりがあり、なんらかの生き物が必死に身を隠そうとしている印象を受けた。

　私はすぐに奮い立った。シャーロック・ホームズと三十年も冒険をともにしていると、何事も額面どおりに受け取るな、すべて疑ってかかれという教訓を得る。本能が気をつけろと言うのなら、気をつけるべきだ。特に、闇の中で動くものの周囲では最大限の警戒が必要だし、スピノサスモモの低木の陰には大量の闇が広がっている。

手探りでバッグの留め金をはずし、中をかき回して、ウェブリーを探した。純粋な親交目的で来たとはいえ、このリヴォルヴァーは持参している。この銃を持たずにいることはほとんどなく、必ず弾も込めてある。いつ必要になるかはわからないし、こちらが望む以上に必要になる機会は多いのだ。

銃を引っぱり出した私は、撃鉄を起こし、声を上げた。

「そこにいるのはわかってるぞ！　隠れるな。誰だか知らないが、出てこい」

一瞬、なんだか馬鹿みたいな気分になった。ただの動物を相手に、大声で威嚇《いかく》しているだけかもしれない。

そのとき、茂みの下から人影が立ち上がった。空を背にしたそのシルエットは、頭巾《ずきん》付きの黒っぽいローブを身にまとった男のようだった。顔は見えなかったが、相手は確かに私を見ていた。

「思ったとおりだ」私はうなるように言った。「いったい誰だ？　そんな茂みの中で何をしてる？　私に忍び寄ろうとしたんだ、そうだな」

返事はなかった。陰鬱な沈黙とともに、男はただ立っていた。私の目には、修道士か何かのように見えた。黒いローブが足もとまで垂れ、長い漏斗《ろうと》形の袖が手を覆っている。

「これが最後のチャンスだ」私は、銃を使う気があると相手にわからせるため、拳銃を振ってみせた。「返事をしろ」

修道士の不動の沈黙は不気味だった。もしかして相手は生き物ではなく、亡者《アンデッド》のようなものなのでは、と私は思いはじめた。相手が私の詰問を拒むさまは、まるで幽霊の振る舞いだ。

私は状況を明らかにするべく、拳銃を構えたまま相手に近づいた。実体をもつ存在なのかどうかを知るには、相手をつかんでみるしかない。

男は静かにその場に立ったままだった。手の届く位置に近づいて初めて、私は相手がひとりではないことに気づいた。ほかに二人、同じローブを着た男が、それぞれ私の両脇の低木の下から現れた。

二人はいつの間にか、すばやく私をつかまえていた。ひとりは私の右手首を容赦なくねじり、ウェブリーを取り上げた。私は虚を突かれ、相手の動きを封じられなかった。もうひとりは背後から私の首に腕を巻きつけ、動きを奪った。

もちろん私も乱暴な扱いに甘んじる気はなく、抵抗しようとした。りっぱに振る舞ったと考えたいところではある。襲撃者たちに強い蹴りを何度かお見舞いし、拳《こぶし》を振り回した。しかし相手は強く、無慈悲に断固たる制圧にかかってきた。私の首を締め上げた男は、まるで私を放す気はなく、何度強くひじ打ちを入れてもどうにもならなかった。首への圧迫が効いてきて、私の頭はぼうっとしてきた。脳に血液が行かず、空気も肺に入っていかない。私は必死にもがいたが、それも無駄だった。

気づけば私は意識朦朧《もうろう》と地面に横たわり、両手首は背後できつく縄で縛られていた。ローブの三人は、こそこそと何か話し合っている。霧がかかったようなぼんやりとした意識の向こうから、彼らの小声が、隣の部屋の会話のように聞こえてきた。

「人違いじゃないか？」ひとりが言った。「こいつはシャーロック・ホームズじゃないな」

「先週の火曜日、イーストボーンでホームズを見かけたが」別のひとりが言った。仲間と同様、この男も強いサセックス訛《なま》りでしゃべっていた。「見かけた《シーン》」は「シン」、「火曜《テューズ》日《ディ》」は「トゥースディー」と発音した。「歳《とし》のころは同じだが、こっちはちょっと小柄だし、もっと恰幅《かっぷく》がいい。それにホームズは、きれいにひげを剃っていた」

「じゃあ、この男はなんでホームズの家にいるんだ？」

「知るわけないだろう。今わかってることはな、同志《ブラザー》、ホームズが留守で、おれたちは違う男を捕まえてしまったってことだけだ」

「だが、今放すことはできないぞ。誰だか知らないが、こんな目に遭ったのに黙っておとなしくいなくなるとは思えん。まっすぐ警察に行くだろう」

「本気でそう思うか？」

「儀式の妨《さまた》げになるようなことはできない。今夜は大事な夜だ。星が一列に並ぶ。クルアーク・ヤグが待っている。こんなチャンスは二度とないし、わずかでも悪い方向へ向かうようなことはできない」

「それならこいつの銃で殺して、死体は海に投げ込めばいい。このあたりは数マイル四方にわたって誰もいやしないから、銃声が聞こえることはない。もともと今夜は最低でもひとりは殺す予定だった。もうひとり増えても同じだろう？」

「いけにえと殺人はまったく別の話だぞ」

「ささいな違いさ」

「こうするのはどうだ。この男を一緒に連れていこう。どうせホームズを連れていくって話だったんだ、ブラザー・マクファースンの指示ではな。最終判断は彼に任せればいい」

　どうやらブラザー・マクファースンというのが、三人に指示を出している人物らしい。その人物に判断を丸投げするという考えが、三人とも気に入ったようだった。

「どうだ、ブラザー諸君？」提案をした男がそう続けた。「この案でかまわないか？」

ほかの二人も同意した。「彼をいちばんよく知っているのは君だ、ブラザー・マードック」ひとりが言った。「それが君の意見なら、異論はない」

こうして私は引っぱり起こされ、玄関から外の道に続く小道を乱暴に歩かされた。これからどうなるか見当もつかなかったが、なんらかの暗い運命が待っていることは間違いない。

それに、と私は力なく考えた。シャーロック・ホームズはいったいどこにいるんだ？

2章《脈動する房の教団》

細い道を二、三百ヤード行くと、サンザシの木立にさえぎられて見えない道ばたに、トラックが停めてあった。弱い月明かりの中で見えたのは、二人分の座席がトラックの前部にあり、後部は両脇に低い側板のついた、長い板張りの荷台になっているということだった。車輪の輪金が泥で汚れていることや、荷台に藁《わら》が散らばっていることからすると、ふだんは農業用トラックとして使っているのだろう。

私は荷台に上がらされ、そこに転がされた。私の監視につくと申し出たローブの男のひとり――ほかの二人がブラザー・マードックと呼んでいた男――が、私のリヴォルヴァーを持っている別の男に、その銃をこっちにくれと言った。

「縛ってあるとはいえ、何があるかわからないからな。年寄りの割には獰猛《どうもう》な男だ。念のために銃を持たせてくれ」

マードックが私とトラックの荷台に乗り込もうとしているあいだに、彼の仲間のひとりがハンドルの前に座り、もうひとりがクランク棒を回した。二度ほど試すと、エンジンが轟音をたてて息を吹き返した。マードックが荷台に乗り、トラックは発車した。

人がせかせかと歩くぐらいのペースで、トラックは三十分ほど走りつづけた。ひどい揺れや騒々しい音のせいで乱れた考えの整理はままならなかったが、それでも私はこの状況を、漠然とながら一貫した全体像にまとめてみた。儀式やいけにえといった言葉を手がかりにするなら、ローブの男たちはカルト教団か何かの構成員だ。そればかりか、どうやら彼らが崇めているのは、ホームズと私がここ三十年以上にわたってずっと戦ってきた、冒《ぼう》瀆《とく》的な存在たちのひとつであるらしい。彼らが口にしたクルアーク・ヤグという名にはなじみがなかったが、天空で生まれた神々は無数にいるし、それを完全に網羅した名簿など存在しない。そのうえこの生き物たちは、人間と同じようにつがいになり、交配し、子孫を産むので、新しい神々は常に生まれてくる。クルアーク・ヤグとは、ルルイエ語で「脈動する房」という意味で、グロテスクな響きはあるが、珍しいたぐいの名称ではない。

私は何度もブラザー・マードックの顔を見ようとしたが、頭巾の中に見えたのは、頬ひげに囲まれたあごと、月光を映す瞳の光だけだった。真剣に任務を果たそうとしている様子だ。どんなにトラックが跳ねたり傾いたりしても、拳銃の狙いはぶれない。私が逃げようとすれば――逃げられる姿勢をとれればの話だが――きっとためらいなく撃つだろう。

トラックは曲がりくねった道を進み、海岸まで来てようやく停まった。ブラザー・マードックが私の銃を振ってトラックから降りるよう指示し、そのあと四人で、もつれて乾いたブラダーラック（ヒバマタ属の海草）が刻む海岸の高潮線の内に沿って歩き出した。足の下で小石が鳴り、ハマナの茂みが風でさらさらと音をたて、波が渦巻いている。私はこの苦境を逃れる望みを捨てていなかったが、どうすればいいかはわからなかった。きっとチャンスはある、そう自分に言い聞かせた。今は時機を待つしかない。

私たちは、特に高くてごつごつとした断崖のふもとにやってきた。岩壁に入口があり、その先がトンネルになっていて、洞穴につながっているようだ。入口の外で、火のついた松明《たいまつ》を持ったカルト信者がひとり待っていて、こちらに挨拶してきた。

「そいつか？」彼が尋ねた。「あの厄介なホームズは？」

「違う。別人だ。ホームズは留守だったが、かわりに仲間がいた」

「ホームズの友人か？」

「わからない。ブラザー・マクファースンに、この男をどうするか決めてもらうよ」

「ブラザー・マクファースンには、ほかにも考えなければならないことがたくさんあるんだぞ。ただホームズをさらってくればよかったんだ。話が余計に複雑になったじゃないか」

「われわれの落ち度じゃない。こいつが拳銃なんか抜くから」

「なんにしたって君の責任だよ、ブラザー。入ろう。そろそろ時間だ」

松明を持った男が先頭に立ってトンネルに入っていき、私たち四人は列をなして続いた。私はしんがりのブラザー・マードックのすぐ前を歩いた。トンネルは屈んで歩かなくても通れる高さがあるが、狭くて一列でないと進めない。内部の空気は腐った海藻や塩水の臭いがしたが、それ以外にも、かすかだが汚らわしい別の悪臭が感じられた。下りの道を五十歩ほど行くと、突然トンネルが終わり、かなり広い洞穴に出た。

洞穴の外縁全体に、岩の割れ目に差した松明が並んでいて、その明かりが天井まで湾曲した荒削りな白亜の岩壁を照らしていた。空気はじっとりと湿っぽく、地面には緑色のどろどろした水たまりが多数点在している。嫌な臭いはここに来るとさらに強くなり、ほとんど異臭と言ってもよかった。腐り、朽ちてゆくものの臭いだ。

洞穴の中央近くにはさらに四人の信者が集まっていて、カルト信者は総勢で八人になった。顔は見えないが、全員が何かを待ちかねるかのように立ち、それでいて恐れているようにも見えた。

中央の四人の真ん中に、もうひとり、若い娘がいた。どう見ても自分の意志でここにいるようには見えず、私の胸中に怒りが渦巻いた。彼女は普通の服装で、戸惑うように目をまたたいてあたりを見まわし、状況を理解できずに動揺している。せいぜい十八か十九というところで、やつれて呆然としているのでなければ、きっと美しかろうという容姿だ。

娘は私を見て何か言おうとしたが、混乱した言葉がもごもごと出てきただけだった。私がカルト信者たちとまるで違う服装なので、仲間と思い、救い主になってくれることを期待したのかもしれない。はっきりものが言えず、なんとなく気だるそうな様子からすると、従順にさせておくために薬物でも与えられているのではないだろうか。

私の血は沸き立った。さっき聞いたいけにえとは、きっとこの娘のことだ――人間をいけにえにする気なのだ。今夜の忌まわしい儀式で、クルアーク・ヤグをなだめすかし、媚《こ》びを売るために、この罪もない若い女性が命を取られるのだ。

私は怒りを吐き出さずにはいられなかった。「ゲス野郎！」思わず叫んだ。「恥知らずの異教徒め！　すぐに彼女を放せ。誰かをいけにえにしたいなら、私を使ったらどうだ？　彼女は助けてやれ！」

邪悪な信徒たちのひとりが、ほかの仲間から離れ、こちらに近づいてきた。教養のありそうな口調で、私を連行してきた連中に対して、私が何者なのか、なぜここへ連れてきたのかを尋ねた。彼らは何があったのかを説明し、相手のことをブラザー・マクファースンと呼んだが、その名を聞かなくとも、男が醸し出す権威の雰囲気で、何者かはたやすくわかった。

「では、シャーロック・ホームズは捕まっていないのだな」とマクファースン。「なんということだ！　けさあの男が私の家をのぞきにやってきたとき、捕まえるべきだったよ。モードを誘拐したと私を責め、絶対に彼女の居場所を突き止めると言ったんだ」

〝モード〟という名が出ると、娘がうめき声を上げ、何かつぶやいた。取り乱した様子ではあったが、自分の名前に反応したことだけはわかった。

「私が彼女の失踪に関与した具体的な証拠を、必ず見つけるとも言っていた」マクファースンは続けた。「あのときその場で殺すチャンスがあれば、そうしたんだがね。今もわれわれの足跡を嗅ぎ回っているに違いない。まあいいさ。もう遅い。もうこっちのものだ。私のモーディーに血を流させることで、クルアーク・ヤグは捧げものを手に入れ、《脈動する房の教団》は、われらが望むもの、われらにふさわしきものを、われらが偉大な神の厚意によってすべて受け取ることができる。そうだな、ブラザーたちよ？」

ほかの信者たちは、低くうなるような声で同意を示した。

「では、準備を整えよ。われらは全員ここにいる、全信者が集まった。天は吉兆の配置をなしている。クルアーク・ヤグを彼の王国から召還しようではないか。私が彼女に与え、彼女が私に与えた愛により、稀有《けう》な価値を有するモード・ベラミーが犠牲となって、この夜が終わるころには、ここにいる全員が、最も深い、最も切実な願いをかなえられるはずだ」

「この鬼畜め！」私は激しく身をよじって叫んだ。私についていた二人の信者が、それぞれに私のひじをつかんで引き戻した。

マクファースンは満足げに肩をすくめた。「なんとでも言いたまえ、ご老人。あんたが誰かは知らないが、それもどうでもいい。これからモードが行く先へ、間もなくあんたも向かうことになるよ」

「縄を解け、話はそれからだ！」

マクファースンは私の威嚇を気にするそぶりもなく背を向け、ゆっくりとミス・ベラミーのそばへ戻っていった。そして、ローブの合わせから、長く鋭いナイフを取り出した。私はなんとかして二人の男の手から逃れようと力を振り絞ったが、どうにもならなかった。

ほかのカルト信者たちは半円状に並び、厳粛な詠唱を始めた。私も知っているルルイエ語の儀式の祈禱文句を、マクファースンが抑揚をつけて唱え、仲間の信者がそれを反復し、まるで冒瀆的な教理問答の掛け合いのようだった。詠唱の声が大きくなり、高揚していくにつれ、松明の明かりが暗くなっていく。八人の声がひとつになり、盛り上がりは頂点に達した。「イアー、クルアーク・ヤグ！　イアー！　イアー！」

岩場のいくつもの水たまりの中で、何かが動き出した。どろりとした水面が波立ち、渦を巻きはじめた。

それと同時に、誰かの手が私の手首を縛っている縄をそっと引き、ささやき声が――まぎれもなく聞き覚えのある声が――私の耳に届いた。

「準備はいいか、ワトスン。ぼくが動いたら、一緒に動いてくれ」

3章　よだれを垂らす淡い黄緑色の塊

岩場の水たまりのひとつから、そしてまた別の水たまりから、しまいには全部の水たまりから、ゼラチン状の何かが現れた。どれも、中枢部が透明な半球状になっていて、そのへりを、やはり透明で繊細な、糸みたいに細い触手がふち取っている。ある種のクラゲのようでもあり、人間の拳ぐらいのものからサッカーボール大のものまで、大きさもさまざまだ。転がるような動きでのたくり、水たまりから地面へ進み出るさまは、見ているだけで胸がむかついた。それらは無秩序な行列をなし、速いものがのろいものの上を這いのぼっていく。その数を見るかぎり、ここの岩場の水たまりが、ありふれた海辺の浅い空洞でないことだけはわかった。どちらかといえば、地中のある程度深くにある泉の出口のようなもので、もしかしたらどれも、地下にあるひとつの貯水池でつながっていて、そこがこの生き物たち共有の住処《すみか》になっているのかもしれない。

奇怪なクラゲ集団の突然の出没に驚愕したものの、私は多少の救い、いや、喜びすら感じていた。私にささやきかけてきた声は、ほかならぬシャーロック・ホームズのものだった。ホームズは、ブラザー・マードックと名乗る《脈動する房の教団》の構成員に変装していた。私を拘束する二人のうちのひとりでもある。今や私にも、その顔の様子が明確に見えた。芝居用のパテの塊が顔の輪郭を変え、あごはおそらく偽物と思われる豊かなひげにふち取られている。それでも、その瞳の鋭い眼光は見まがいようがなかった。

ホームズは巧みに私の手首の縄をほどいた。武器も持っている。カルト信者側にとって、事態は突然に不穏なものとなったのだ。

クラゲのような生き物は、洞穴の隅に移動し、そこで密集しだした。お互いの上に乗りかかり、絡み合って、果肉のような身体と糸のような触手を持つ巨大な膨れた塊となり、その高さは人間の背丈を超えた。彼らの発する強い悪臭は実に不愉快で、地獄の穴から漂ってきそうな臭いだ。数人の信者がえずき、吐き気を催していたが、マクファースンは例外だった。彼は嬉々としてナイフを振りかざしている。気の毒なモード・ベラミーは、残っていた多少の理性をすべて失った。眼球をぐるぐる回し、喉を詰まらせながら弱々しく泣きじゃくり、狂おしいほどの絶望の叫びが唇から漏れた。

今や集まったクラゲはひとつになって動き、同じ心拍で動いているかのように脈動していた。つるつるしたつかみにくい身体をなんとかしてくっつけ合いながら、言葉のかわりに雑音を発している。音節のひとつひとつが忌まわしいぬるっとした吸引音で、美食家の唇がたてる音みたいだが、それでも言葉として理解はできる——ルルイエ語に精通している者ならば。

「それをよこせ」多数からなるひとつの存在、〝脈動する房〟たるクルアーク・ヤグが声を出した。「私の食べ物をよこせ。その甘みをむさぼり、私が栄養を摂るための食べ物を」

信者のひとりが、マクファースンの指示のもと、ミス・ベラミーを前へ引きずり出した。

「彼女をひざまずかせろ」指導者であるマクファースンが言った。「早くしろ、ブラザー。そうだ。彼女の頭をうしろに引け。それでいい」

若い娘の首があらわになり、マクファースンはナイフの刃を上向け、モードのあごの下に構えた。ミス・ベラミーの喉を掻き切るつもりだ。

「今だな、ホームズ？」私は小声で言った。わが友がこれ以上待つとは思えなかった。

「今だ」ホームズが答えた。

私は横っ飛びに左の信者に突っ込み、肩をぶつけて転倒させた。私の右にいたホームズは、慎重にウェブリーで狙いを定め、発砲した。

弾はマクファースンの腕に当たった。その衝撃でマクファースンの身体がくるりと回転し、痛みの叫びとともに崩れ落ち、ナイフも落ちた。

この銃声に、洞穴にいた全員が凍りついた。クルアーク・ヤグでさえ、貪欲な咀嚼《そしゃく》にも似たおしゃべりを中断した。

「急げ、ワトスン！　彼女を、彼女を保護しろ。ぼくが援護する」

私がミス・ベラミーに向かって駆けていくあいだに、縄も私の手からほどけた。カルト信者のひとりが私の行く手をはばみに来た。私は、ラグビーで相手チームのスリークォーターバックにタックルに来られたスタンドオフの選手のように、その信者を手で押しのけた。私も決して若くはないが、必要に応じて機敏に動くことはできるし、ラグビーの技もまだ忘れていない。ミス・ベラミーを捕まえている信者もこちらを待ちかまえていたが、ホームズはその男の足もとの地面を正確に狙って撃ち、白亜の破片を飛び散らせ、追い払った。

私は哀れな娘の肩を抱きかかえ、よだれを垂らした淡い黄緑色の塊、クルアーク・ヤグから引き離した。私たちがホームズのそばまで戻ったとき、マクファースンが地面から起き上がり、怒りでわめいた。弾を受けた腕は使えず脇に垂れているが、もう片方の手がさっきのナイフを握っている。

「彼女を返せ！　くそっ、何カ月も待ったんだぞ。モードは私の事実上の婚約者だ。クルアーク・ヤグは、私が彼女を差し出すことの意味をよくご存じだ。クルアーク・ヤグの望みが拒まれてはならない、そして私の望みも！」

「そうだな」ホームズが言った。「そのとおりだ」そこからホームズはルルイエ語でしゃべりだした。「クルアーク・ヤグ、最初のご馳走は奪われましたが、もうひとつのご馳走はいかがでしょう。フィッツロイ・マクファースンを差し上げましょう。ザ・ゲイブルズの科学の教師、生まれてこのかた、つねに闇の精神を持ちつづけた悪党ですよ」

マクファースンは、この古代の聞き慣れない言語をホームズや私ほど流暢《りゅうちょう》に話せるわけではなさそうだったが、自分の名前を耳にし、言葉の趣旨は理解したらしい。あわててクルアーク・ヤグに向き直った。腕から流れる血が地面にぽたぽたと滴《したた》り、その赤が白亜の白にあざやかに映えている。

「いいえ、いいえ、あの男の言葉を聞いてはなりません、わが偉大なる神よ」マクファースンはミス・ベラミーを指さしながら抗議した。「いけにえは私ではありません。彼女です。彼女なのです」

しかし神は同意しなかった。大量の触手を一斉に伸ばすと、マクファースンの手足を捕らえた。彼は叫び声を上げ、ナイフで片っ端から触手を切ったが、次々と新たな触手が伸びてくる。すぐさま、クモの巣のような大量の肉質の突起物に包まれてしまった。クルアーク・ヤグはゆっくりと、容赦なく、釣り人がリールを巻くように獲物を引き寄せた。マクファースンが絶叫し身をもがく様子を見ると、どうやら触手には毒液をもった嚢胞《のうほう》が付いていて、それが彼のローブの奥へと刺し込まれているようだ。彼は生きたまま恐怖の中に置かれ、それを変えるすべは何もないことを思い知らされていた。

　やがてクルアーク・ヤグはマクファースンの身体を自分に押しつけ、個々のクラゲたちがその身体をじわじわと包み込み、覆い隠し、彼らの集団的な個体に吸い込みはじめた。マクファースンの悲鳴は、すすり泣くような悲しげな音色になり、クルアーク・ヤグに完全に吸収されて消え入った。そこからは、私も洞穴にいた全員も、マクファースンが神の内部で窒息し、その動きが弱々しくなり、痙攣《けいれん》し、やがて完全に静止するのを見守るのみだった。

　その後、ほとんど理不尽とも言えるすばやさで、生気のなくなったマクファースンの身体は分解された。クルアーク・ヤグが消化していったのだ。皮膚が溶けてなくなり、筋肉が、腱が、血管があらわになり、それらも液状になって失われ、むきだしの骨だけになった。私は医学校での解剖の授業を思い出したが、目の前の死体解剖は、いくつかの段階にわたって続くものではなく、一分もかからずに終わってしまった。

　マクファースンがただの骸骨になると、クルアーク・ヤグはまた個々にばらばらのクラゲに分かれ、水音をたてながら岩場の水たまりに戻り、中へすべり込んでいった。骨は地面に散らばった。

残された《脈動する房の教団》の構成員たちは、呆然とその場に立ちすくみ、途方に暮れていた。ホームズはリヴォルヴァーを構えたまま、ミス・ベラミーを連れて退却するという合図を私にしてきた。私は彼女に付き添い、海岸に続くトンネルに向かった。ホームズも、うしろ向きに歩きながらあとをついてきた。カルト信者たちが私たちを追ってこようとすれば、ホームズはいつでも発砲し、思いとどまらせる気でいたのだ。とはいうものの、信者たちは指導者の身の毛もよだつ最期に衝撃を受け、動くこともできずにいるようだった。

洞穴の入口まで来ると、ホームズは甲高い口笛を鳴らした。間もなくサセックス州警察の警官たちが海岸に現れた。どうやら彼らは、錨を下ろして海上に浮かんでいたボートに隠れ、ホームズの合図を待っていたようだ。

「こちらがミス・モード・ベラミーです、バードル警部。お約束どおり無事です、けがもありません」ホームズの顔の変装道具はすでに取ってあった。「フルワースのご家族のもとへ返し、できるだけ早く医師に診《み》せてください。洞穴の中に混乱状態になっている連中がいますが、殺人を企んだ罪で全員逮捕していただきたい。残念ながら、首謀者はもはや裁判にかけられる状態ではありませんが、残りの連中はきっとおとなしく捕まると思います。また、ザ・ゲイブルズに警官を派遣すれば、イアン・マードックという名の数学教師が、自宅で縛られ、さるぐつわを嚙まされているのが見つかるはずです。その男も逮捕すべきでしょう。それから警部、これはぼくからの提案ですが、ダイナマイトを何本か持ってきて、この洞穴の入口を吹き飛ばし、ここを永遠に封鎖することをお勧めしますよ」

4章　ホームズの〝アンブロシア〟

　その後、ホームズの家の居間でブランデーグラスを手に座ると、彼はくどいほどの詫びを口にした。

「本当に申しわけなかった、ワトスン、こんなことに巻き込んでしまって。緊急事態で、ほかに選択肢がなかったんだ。君には不本意な巻き添えだっただろうが、結局は不運のふりをした幸運だったということだ。君のリヴォルヴァーのおかげで、こちらはまぎれもなく優位に立てたからね」

「調査に取り組んでいる最中なら、なぜ前もって警告してくれなかったんだ？　短い電報の一本でも打てば済んだだろうに」

「危険が迫っていると気づいたのは、けさのことだったんだ。獲物は飛び出していた《ア・ゲーム・ワズ・アフット》んだが、大詰めがこんなに早くやってくるとは思わなかったんだよ。朝食のあと間もなく、フルワースの水産業の大物で、モードの父親のトム・ベラミーがやってきて、娘が突然失踪した、行方を捜してほしいと懇願してきた。日課となっている散歩に出て、そのままいなくなったという。父親がまず考えたのは、娘がフィアンセのフィッツロイ・マクファースンと駆け落ちしたのではないかということだった。ベラミーは二人の婚約を認めておらず、どちらにもきっぱりそう言っていた。モードは婚約者よりもずっと若いばかりでなく、ちょっとした財産、とはいえ単なる教員の資産よりはずっと多い資産の相続者でもあった。ベラミーは、マクファースンの結婚の動機が、愛情よりも金であることを恐れていたんだ。それでぼくに、マクファースンを訪ねてほしいと頼んできた」

「なぜ父親が自分で行かなかったんだ？」

「ベラミーは、自分がマクファースンに何をするかわからないし、ましてモードが一緒にいたらなおさらだと言っていた。自分の動物的な本能に屈してしまうかもしれない、とね。ぼくのほうが慎重に、如才なくやれるだろうと思ったのさ。それに、ぼくがマクファースンの友人だということも知っていた」

「君が？　あの怪物の友人？」

「まあ、〝知り合い〟と言ったほうが正確かもしれない。ザ・ゲイブルズの校長、ハロルド・スタックハーストの非常に友好的な言葉を借りれば、ということだがね。マクファースンとぼくは、スタックハーストを通じて、親睦の場で二度ほど会う機会があった。イアン・マードックもそうだ、彼はあそこの数学の教師だ」

「君が今夜、なりすました人物だな」

ホームズはうなずいた。「ぼくはぼくで、すでに別の理由からマクファースンは信用できない男だと感じていた。だから、トム・ベラミーに仲介役を頼まれたときは喜んで応じたよ。マクファースンという男は、ディナーの席で一、二杯ワインを飲むと少し饒舌《じょうぜつ》になる傾向があって、一度ぼくの前で建築についての一般的な議論をしているときに、口をすべらせて、非ユークリッド幾何学について言及したことがあった。非ユークリッド面上に構造物をつくることは可能だが、人間の脳が双曲角と曲率テンソルの影響を途方もないスケールで体験した場合、狂気の引き金になるかもしれない、とね」

「クトゥルーの住処である失われた都市ルルイエも、似たようなことを言われていたな。ルルイエの通りを歩くことは、狂気を得ようとするに等しいと」

「そのとおり。それを聞いたとき、マクファースンには何か秘密があるんじゃないかと感じたのさ。その後ぼくは、お互いの共通の関心事である化学についての議論をしたがっていると見せかけて、学校のマクファースンの部屋を訪ねた。部屋の中、特に書棚を見ると、その人のことがずいぶんわかると言うが、マクファースンの書棚もいろいろなことを教えてくれたよ。普通の科学の教本のほかに並んでいたのは、『ナコト写本』、『妖蛆《デ・ウェルミス・ミステ》の秘密《リイズ》』、『悪魔崇拝』の英語版だった」

「『ネクロノミコン』はなかったのか？」ホームズ自身の書斎の書棚にも同様の本は数え切れないほどあり、その中には、たった今私が言及した恐ろしい本が、一冊のみならず二冊もある。

「幸いにして、なかったよ」とホームズ。「ぼくが奥義に通じたカルト教団の話題をもちだすと、そこまで愛想よく大らかだったマクファースンが、急に用心深くなった。ぼくは、あちこちの土地に、奇妙な古《いにしえ》の神のとりこになった信者集団がいるという話をした。こうした人たちは、自分で自分や社会全般を危険にさらしているとぼくは考えている、なぜなら彼らは、自分で理解も制御もできない力を扱おうとしているからだ、とね。マクファースンは即座に、そいつらは変人だと片づけた。そして、『誰でもローブを着て、松明を灯《とも》し、当座しのぎの祭壇のまわりで無意味な呪文を唱えれば、神々と接触した気になれるんですよ』と言った。『ウィジャ盤を買って自宅で降霊会をやれば、霊の世界と交流した気分になれるのと同じですね』と。その侮蔑的な言い方は、理性的な人間が迷信をあざ笑うというよりも、プロフェッショナルがアマチュアを冷笑しているようにぼくには聞こえたね」

「『この紳士はずいぶんと大仰なことばかり言うようだ』（『ハムレット』でうしろめたさを隠す王妃のせりふのもじり）って

やつか」

「は、は！　それだよ。それ以降、ぼくはマクファースンの習慣や行動に注意を払うようにした。彼には町に数人の友人がいて、パブなどで定期的に集まるのだが、その中のひとりがイアン・マードックだった。二人のあいだがかなり親密だと感じたぼくは、さまざまな変装をしては連中の会話を盗み聞きし、懸念すべき言葉をいくつか拾うことができた。どんな言葉かは、だいたい想像がつくと思う。その三日後、ぼくがマクファースンをイーストボーンで尾行していると、コーンフィールド・テラスの貸衣装屋に入っていき、大きな荷物をいくつか持って出てきた。妙だなと思い、あとでその店へ行って、機嫌よさげな店員に、さっきの客が修道士の衣装か儀式に使うような服を借りていかなかったかと尋ねてみた。店員は、そういう衣装を貸して充分な料金を受け取ったと、すぐに認めたよ。『ベネディクト会の歴史についての芝居をするとかで、黒のローブを八着借りていきましたよ。今月の後半にロイヤル・ヒッポドローム劇場でやる新しい芝居だと言ってましたね』と。オカルト犯罪の調査にあたって、そんなありふれた事務的な細部まで気にする人間はあまりいないだろうが、ときにはそこが重要な転換点となる場合もあるのさ」

「要するに、カルト信者にはローブが必要なわけだ」

「そのとおり。こうしてぼくは、マクファースンやマードックなどの連中が、なんらかの儀式を計画しているという証拠を握ったわけだが、どんな儀式で、どのぐらいの真剣さでやるのかはわからなかった。そしてけさ、モード・ベラミーの謎の失踪で、事件は急展開を迎えたというわけさ。トム・ベラミーの頼みもあって、ぼくはマクファースンと学校で会い、彼女の誘拐に君が関与していることは知っている、と強くほのめかしてやった。もちろんぼくも実際のところは知らなかったし、確信もなかったが、このはったりが威嚇となり、マクファースンが準備中の凶悪犯罪に手を染めるのを考え直してくれればと思ったんだ。だが、彼の乱暴な返答を聞いて、これは引き下がる気はないなと感じたよ」

「そんな悪党、徹底的に痛めつけてやればよかったのに」

「そうする理由がないだろう、ワトスン？　もしこちらの考え違いだったら？　ミス・ベラミーが何かほかのことに巻き込まれていたとしたら？　とはいえ、そうとは考えにくかったがね。彼女のフィアンセがよからぬことに着手しているうさんくさい人物なのだから、ここで彼女が行方不明になることが、ただの偶然とはとても思えない。マクファースンとミス・ベラミーはたやすく密会の約束ができたろうし、そこでマクファースンがクロロフォルムか何かで彼女を眠らせ、どこかの隠れ家へ連れ去ることは可能だ。だが、ミス・ベラミーの居場所はわからなかったし、双方の件を結びつける証拠がなかった。ぼくにできるのは、マクファースンの儀式に潜入することだけだったんだ」

「それでイアン・マードックに変装したんだな」

「まずはマードックの住まいに行き、彼を拘束した。それからマードックに、仲間のカルト信者といつどこで会う予定なのか、強引に聞き出した」

「強引に？」私は少し皮肉っぽく言った。「どうやったんだ？ 魔術か、それとも身体的圧力か？」

「身体的なほうだ。時間がなくてね」

「どの程度の圧力をかけたんだ？」

「君が思うほどじゃないさ。マードックは、友人のマクファースンほどずる賢くも強情でもなく、たやすく力で圧倒されて怯《おび》えていたから、すぐに白状したよ。事態は急展開した。バードル警部に電話したのはぼくだ。バードルは信頼できる男で、過去にも何度か彼の利益になるような取引をしたことがあってね。何が起きているかを伝えると、彼は海上のボートに警官たちを待機させ、ぼくが合図したら急襲することに同意してくれた。それからぼくは、メイクアップしてマードックに変装した。幸いにして彼は、ぼくと背格好が同じくらいだったしね。最終的にはなかなかうまく変装できたよ、もじゃもじゃのあごひげと、いくらか曲がった鼻もつけて。マードックの癖や、サセックスの人が使う喉音もまねた——

——彼は生まれついての地元民だからね。つまるところ、借りたローブをまとっていたおかげもあって、ぼくはマードックとして認識された。あらかじめ決まっていた集合場所に行くと、二人の信者仲間がいた。そしてぼくは、そのとき初めて、最初の行き先が自分の家で、最初の任務がシャーロック・ホームズを待ち伏せて捕まえることだと知ったんだ。そして、ワトスン、この状況の中に君が割って入ってきたのもそのときだ。それはそうと、君がぼくを撃たずにいてくれて助かったよ。撃たれていたら計画が狂うところだった」

「まあこちらも、君がぼくの殺害に反対してくれたのは助かった」

「それこそ、計画が狂うところだったさ。それに、教団との戦いにわが友ワトスンが加わってくれることになって、とてもうれしかった。まるで昔みたいでね」

私は悲しくため息をついた。「かもしれないが、ぼくはかつてのように若くはないし、今日の激しい運動でかなり消耗しているよ。縛られてトラックの荷台に寝かされたせいで肩は痛いし、洞穴の中を突っ切ってミス・ベラミーに駆け寄ったとき、どうも脚のスジを違えたようだ。それなのにホームズ、君のほうはこんなおふざけのあとも、ほぼなんともないように見える。ぼくに言わせれば、君は実に強健に見えるし、それも今夜だけではないようだ。ここへ来るといつも、君がいかに年齢の影響を受けずにいるかを感じるよ。白髪もほとんどないし、顔のしわもなく、身体が弱った様子もまるでない。ぼくも老いぼれてはいないつもりだが、君がそこまで若さを保っているのを見ると、なんだか腹立たしくなるね。何か秘訣があるのか？」

「蜂蜜さ」ホームズはあっさりと言った。「ぼくのミツバチの巣箱から採取した蜂蜜だよ。あれは実にすばらしい物質だ。健康にいい酵素と糖質がたっぷり含まれている。君の先達である遠い昔の医者連中は、傷の治療に蜂蜜を使ったんだよ、知ってたかね？ ぼくも自分のエネルギー水準を上げるのにはこれが効果的だと思うし、コカインなんかよりずっと有益で害も少ない。蜂蜜はぼくの〝不老不死の食べ物《アンブロシア》〟と言ってもいいくらいで、ギリシャの神々に同じ効果をもたらした酒、ネクタルのように、ぼくに長寿をもたらしてくれる。それにもちろん、海の空気もいい。海の空気が人に活力をもたらすという論文もたくさんあるんだ」

「ぼくも引退して、海岸近くでミツバチを飼うべきかな。ただ、残念ながらぼくは根っからのロンドンっ子だし、あの偉大な街を完全に捨てることはできなさそうだ。ロンドンが恋しくなるだろうね、ロンドンのほうはぼくを恋しがってはくれまいが。七百万近い人間が住む場所だ、ひとりぐらい住民が減ってもなんでもないだろうさ」私はあくびを嚙み殺した。「さてホームズ、君は疲れてないかもしれないが、ぼくは疲れたよ。そろそろ寝る時間が来たようだ」

私は夢も見ずにぐっすりと眠ったが、長い睡眠ではなかった。まだ夜も明けていない時刻に、廊下の電話の甲高いベルが眠りをさえぎったのだ。ホームズが階段を下り、電話に出る気配が聞こえた。

「シャーロック・ホームズです。ええ、交換手さん、つないでください。もしもし？　マイクロフト？　ああ、シャーロックだ。落ちついてくれ、マイクロフト。もう一度言ってくれないか。マイクロフト！　頼むから落ちついてくれ、何を言っているのかよくわからないよ。きちんと話してくれ。マイクロフト？　何があったか知らないが、とにかく聞いてくれ。そこにいるんだ。どこへも行くな。焦って行動しないでくれ。とにかくできるだけ早くそっちに行くから」

私が客用の寝室を出ていくと、ホームズが受話器をフックに戻したところだった。当惑し、かなり心配そうな顔だ。

「兄さんか？　なんと言ってきたんだ？」

「わからない。マイクロフトは……〝うわごと〟としか言いようがない話しぶりだった。完全に取り乱していた。何を言っているのかさっぱりわからなかったよ。ほとんどは、ただぼくの名前を繰り返し呼ぶだけだった」

「心配だな！　急病だろうか？」

「なんとも言えない」ホームズは素っ気なく言った。「とにかく服を着て、急いでロンドンに行ってくる」

「ぼくも行こう。もしマイクロフトが、脳炎か、考えたくはないが卒中でも起こしたなら、君だけでなくぼくの助けも必要になる」

「確かにそうだな、ワトスン。頼む、急いでくれ」

5章　パルマルの悲劇

夜明けの冷たい灰色の光の中、私たちはイーストボーンまで歩き、ロンドン行きの始発列車に乗った。七時少し前にはヴィクトリア駅に着き、そこから二輪辻馬車《ハンサム》でセント・ジェイムズ地区に向かった。マイクロフトの住む部屋と、彼の二つの行き先であるディオゲネス・クラブとウェストミンスター宮殿。この地区にあるその三カ所だけで、彼の日常は事足りているのだ。

まだかなり早い時刻で、ロンドンの通りは人影もほとんどなかった。だが、辻馬車がパルマルに入っていくと、前方に小さな人だかりが見え、タウンハウスの外で二十人ほどの人間が動き回っていた。タウンハウスの前の歩道を、何か大きな障害物がふさいでいて、そのまわりに人が集まっている。

私の胸の中で、小さな虫のような恐怖がのたくりだした。そのタウンハウスを私は知っている。マイクロフトの部屋がある建物だ。歩道の障害物が私の想像するものでないことを祈った。

　ホームズもそれを見ていた。私が口を開くより早く、彼は辻馬車の扉を開け、馬車がまだ動いているにもかかわらず飛びおりた。人混みまで駆けていくと、その真ん中へ強引に割って入った。

　そのときホームズが上げた叫び声を、私は一生忘れないだろう。通りにこだました、ただただ苦しげな悲嘆の叫びを。

　私はすぐに彼のそばへ走った。ホームズは膝から崩れ落ちていた。頭を深く垂れている。その前に横たわっていたのは、マイクロフト・ホームズの亡骸《なきがら》だった。

　遺体の状態を説明するのは、今もためらいを感じる。ひどい損傷だった。むごたらしい光輪のように、血が身体を取り囲んでいる。血の一部は、隣家の玄関のステップにまで飛び散っていた。

　恰幅のいい体形はまぎれもなくマイクロフトのもので、無傷とは到底言えない頭部も、確かに彼のものだと判別がついた。詳しい説明は遠慮しようと思う。弟よりも優れているとさえ考えられていたこの男の偉大なる脳が、もはやあるべき場所におさまっていなかったということだけ伝えるにとどめておく。

　衝撃、そして理解が追いつかないという感覚が、私を圧倒しそうになった。マイクロフト・ホームズは、ときにはシャーロック・ホームズよりもはるかに高圧的で、傲慢になることもあった。それでも、彼が正直な男で、傑出した知性の持ち主なのは知っていたし、邪悪な敵と戦ううえで強力な盟友であることは言うまでもなく、彼のそうした性質には崇敬の念を抱くようにもなっていた。これほど暴力的に、徹底的に破壊されたマイクロフトの姿に、私は呆然とし、血の気を失った。ただ、自分が取り乱してしまったら今のホームズが必要とする助けを与えてやれなくなるという一心で、自分の感情を必死に抑えようとした。

　当然のことながら、ホームズは私よりもはるかにつらい心の痛みに耐えていた。そのことは、顔が灰色になり、唇が震えているさまを見るだけで伝わってきた。ひょっとしたら人生で初めて、すすり泣きをしそうになっているのかもしれない。私は慰めるようにその肩に手を置こうとしたが、ホームズは身をかわした。最大限の努力を払って自制を保ち、立ち上がったホームズは、人混みに呼びかけた。「彼を見つけたのは誰だ？　ここにいるのか？　名乗り出てくれないか」

　手が上がった。「私です」郵便配達員の男だった。ホームズと同じくらいショックを受けているように見える。「配達をしていて、ここに来て……見つけました。十五分ほど前です。巡査を呼びにやったんですが、まだ来ていません。あなたのお知り合いのようですね」

ホームズはこの言葉を無視した。「彼は君が来るまでに、どのぐらいここに横たわっていたと思う？　聞かせてくれ」

「それは私にはわかりません」

「考えてみてくれ。考えて。まだ身体がピクピク動いていたりしなかったか？　血は真新しかったか？」

「ホームズ」私はそっと彼の腕をつかんだ。「よすんだ。彼を質問攻めにしても無意味だよ。専門家じゃないんだ。ぼくに検死させてくれないか。君が求めている答えを提供できるかもしれない」

マイクロフトの皮膚はまだ温かかった。血はべたべたと粘り気があり、固まっているのは一部だけだ。前腕を持ち上げ、手首の曲がり具合を調べると、死後硬直はまだ始まっていないことがわかった。

「三十分から一時間ほど前に亡くなったようだ」

「もっと正確にわからないのか」とホームズ。

「無理だ。それが重要か？　ぼくらはできるだけ急いでここに来た。阻止する方法はなかったんだよ。あったと考えて、自分を責め苛《さいな》むのは無意味だ」

ホームズはこの言葉を反芻《はんすう》していた。心の内でうねっている感情の大きな渦を、どうにか抑え込もうとしているようだった。

「そうかもしれない」と、ようやく言った。「だが、阻止できなかったからといって、何もしないでいるわけにはいかない」

「その意気だ。これからどうすべきだと思う？」

そのとき巡査が現れ、現場を仕切りはじめた。見物人の数はしだいに増えていて、彼らの陰鬱な好奇心をかき立てるものを遠巻きに眺めていたが、巡査はまずその人混みの整理にあたった。それから誰かに命じて、遺体を覆う毛布を持ってこさせた。横柄で差し出がましい巡査ではあったが、こうした状況にはまさにうってつけの人物だった。

そのあいだホームズは、通りに出てタウンハウスをじっと見上げていた。

「転落したことは間違いない」彼は、私にというよりも自分に言い聞かせるように言った。「だが、マイクロフトの部屋の窓は、どれも開いていない。それにマイクロフトが住んでいるのは三階だし、この高さから落ちても、こんな……ぼくらが見たようなひどいありさまにはならないだろう。建物のてっぺんから落ちた可能性が高い。手すりはまたいで越えられる程度の高さだし、マンサード屋根（勾配が下部が急で上部が緩やかな屋根）の屋根裏部屋の窓からそこに出ていくことができる。マイクロフトが単独でこんなことをやったのか、それとも誰かが手を貸したのかを確認しなければ」

「つまり、自殺か他殺かということだな？」わが相棒が論理的な分析力を行使したのを見て、私は心ならずも喜びを感じた。ホームズがひとたび気を抜けば、悲しみがその気力を奪ってしまうかもしれない。今のところは、探偵シャーロック・ホームズが前面に出て、兄を亡くしたシャーロック・ホームズを引き下がらせておいたほうがいい。証拠がまだ真新しいうちは、ホームズが真実にたどり着くチャンスも大きくなる。

「失礼ですが、ミスター・ホームズでは？　シャーロック・ホームズさまですか？」

　そう声をかけてきたのは、細身のこざっぱりとした服装の男で、私もその顔に見覚えがあったが、誰なのか思い出せるまでに少し時間がかかった。マイクロフトの部屋がある建物のほぼ真向かいにある場所、ディオゲネス・クラブの秘書だ。彼は毛布で覆われた遺体から、努めてずっと目をそらしていた。

「そうですが？」とホームズ。「アンサンク、君か？」

「そうです、ホームズさま」アンサンクは申しわけなさそうな暗い表情で、両手を固く握りしめた。「心よりお悔やみ申し上げます。たいへん残念です。私どもの誰にとっても大きな損失です。大きな打撃です――ほかの打撃と同様に」

「ほかの打撃？」

「ついさっきディオゲネスに着いたのですが、ゆうべはほとんど眠れませんでした。ミスター・ホームズが――つまり、あなたのお兄さまが――亡くなったと知り、驚いたと言えるほうがまだましでした。本気でそう思います」

「ほかにも誰か亡くなったのか？」

「恐ろしいことが起きています。電報や電話の連絡が、あちこちで飛び交った夜でした。実に信じがたいことですが、ここ数時間のあいだに、クラブの六人のメンバーが天に召されたのです」

「六人！」私は声を上げた。

「七人です、お兄さまを加えれば。これが最後になることを祈りたいです。率直な言葉を使わせていただければ、これは大虐殺です」

「名前を知りたい」とホームズ。「誰が亡くなったんだ？」「一緒にいらしていただけますか。維持しなければならない伝統というものがありますし、来られるメンバーは全員こちらに向かっています。ミスター・マイクロフト・ホームズの近親者として、あなたにも参加する資格があります。そのあと、まだお訊きになりたいことがあるようでしたら、私ができるだけ協力いたしましょう」

6章　沈黙を破る

ロンドンでも最も奇妙なそのクラブは、私たちが入っていったときには誰もいなかったが、二十分足らずのうちに人でいっぱいになった。ロビーは会員で混み合っていたが、いつものとおり、誰ひとり口を開かなかった。会員はみな、ディオゲネス・クラブの行動規範に従い、彼らの習慣である沈黙を保っていた。それでも、全員の顔に大きく描かれた悲しみは、口に出す必要もないほど明白だった。

全員が揃い、もうこれ以上は誰も来ないことを確認したアンサンクは、小さな卓上ベルをたたいた。空中にその音色が響きわたり、やがて消えると、秘書は名前を呼びはじめた。

「ミルトン・ゴールズワージー」

クラブの会員が一斉にその名を復唱した。

「サー・アレグザンダー・チャルフォント＝バンクス」

ふたたび全員が復唱した。

そんなふうにして、さらに四人の名前が呼ばれた。英国貴族、将軍、産業資本家、新聞王――そして最後の七人目の名前が呼ばれた。

「マイクロフト・ホームズ」

これまでよりも声が大きく、心のこもった復唱だったように私には聞こえた。ディオゲネスの秀でた会員で、英国政府の要《かなめ》でもあった、マイクロフトの偉大さを称えているようでもあった。

アンサンクはもう一度ベルを鳴らすと、会員たちはそれ以上ひと言も発することなく解散した。

ディオゲネスの基準に照らしても奇妙な儀式ではあったが、それでも私には並外れて感動的なものに思えた。沈黙を義務とする場において、正式に沈黙を破る意味は重い。静かだった池から突如として間欠泉が噴き上がれば、その水面下には吐き出されるべき強い圧力があったということだ。

一方のシャーロック・ホームズは、アンサンクが死者の名を呼ぶたび、ますます陰鬱な顔になっていた。儀式後に秘書が会員を見送っているあいだ、私とともに面会室で待っているときも、その顔は変わらなかった。

「ほかに考えようがないな」ホームズは私に言った。「これは敵対行動だ」

「敵対行動？　なぜそう思う？」

「七人の名前だよ、ワトスン。亡くなった七人の会員。彼らの共通項はなんだ？　考えてみろ、最高の頭脳などなくとも、つながりを言い当てるぐらいはできるはずだ」

「七人は……」そう言いかけたところで、気がついた。自分に腹がたち、思わずひたいをたたきたくなった。私はどうしてこうも理解力が足りないのだろう。前夜の疲れと不運のせいだと思うことにした。「七人は全員、ダゴン・クラブのメンバーだ」

「正確には、あの七人がダゴン・クラブそのものだ。ゴールズワージー、サー・アレグザンダー、マイクロフト、そしてほかの四人——彼らがひとつになり、あの威厳ある秘密クラブを構成していた。そして今、七人全員が一斉に死んだ。なんらかの敵対勢力が、計画的にやったとしか思えない」

「ルルロイグか？」かつてはジェイムズ・モリアーティ教授と呼ばれた、あの神なる存在の名を口にするとき、私はいつも声を落としがちになる。「あいつが裏にいる可能性は？」

「ここ何年か、彼がほかのさまざまな出来事でもずっと裏にいたことを思えば、驚くには値しない。隠れた精神《ヒドゥン・マインド》の陰謀は、執拗で多岐にわたっている。彼は根絶できない病と同じだ。一カ所に出た疫病は、ほかの場所でもきっと現れる」

「もしこれがあいつのしわざなら、単にまたあいつの悪事が始まったという話じゃないぞ。まさに疫病の勃発だ。今までは君とあの男との小競り合いだった。しかし今回は、大幅に敵意が増幅している。それにルルロイグは、そのあいだもずっと、外なる神々《アウター・ゴッズ》を率いて天空界の戦争を続け、旧支配者《オールド・ワンズ》たちを繰り返し攻撃している。君も戦いの情報はずっと追っているんだろう。今はどうなってる？　そっちも過熱しているのか？　最後に聞いたときは、旧支配者陣営が不利だという話だったが」

ホームズが何か言おうとしたちょうどそのとき、アンサンクが面会室に入ってきた。

「あらためまして、ミスター・ホームズ、お悔やみを申し上げます」秘書は言った。「なんと恐ろしい日でしょう。きっと、亡くなられたすべての方の詳細をお聞きになりたいことと思います」

「話してくれるとありがたい」

「七人とも、それぞれ自殺を図ったと見られています。お兄さまは……ああ、すでにご覧になっておられますね。タウンハウスの屋上から身を投げたものと見られています」

「その説が正しいかどうかは、検証してみるつもりだ。ほかの会員は？」

「ミルトン・ゴールズワージーさまは著名な金融業者でいらっしゃいましたが、午後十一時を少し過ぎたころ、所有する養魚池で溺死されました。池の中でうつ伏せに倒れているところを、奥さまが発見されました。意識を回復させようとさまざまに試みたものの、成功しなかったそうです。それが始まりでした。真夜中ごろ、カントルミア卿の死の知らせが入ってきました。ケンジントンの邸宅の階段下で、首の骨を折って亡くなっていました。手すりを支える柱が壊れていたので、階段から落ちたことは間違いないようです」

そんなふうにして、人の死の陰鬱な話が次々と続いた。書斎の窓を全部閉め、ドアの下の隙間も自分のジャケットでふさぎ、火をつけずにガスバーナーのガスを部屋に開放した男。肉切り用の大型ナイフを使い、自分の目から脳を貫いた男。みずから首を吊った男。手首を切った男。

「七件の自殺です」アンサンクは言った。「すべてがほんの数時間のあいだの出来事でした。七人全員の共通点があるとすれば、長きにわたりディオゲネスの会員だったということですね」

クラブの秘書でさえも、ダゴン・クラブの存在は知らないのだ。ディオゲネスの下位組織であるダゴン・クラブは別個の団体で、ロシアのマトリョーシカ人形のように、より大きなクラブの中に入れ子式に存在する秘密会議だ。七人のメンバーは、マイクロフトの指導のもと、神々やその崇拝者の活動に関する知識の広がりを制止し、報道を抑制することに献身していた。ダゴン・クラブのおかげで、文明社会という名の船は穏やかな海を航海することができ、海の中の冷たい底流のように渦巻く暗い力のことも、たいていの場合は忘れていることができたのだ。

「自殺の前兆はなかったのか？」とホームズ。「自己破壊的な行動に出た七人のうち、事前に突飛な行動や、いつもと違う行動をとった人間はいなかったのか？」

どうやらホームズは、マイクロフトと電話で話したときのことを考えているようだ。

「言われてみれば、ありました」とアンサンク。「ミセス・ゴールズワージーは、ご自分の夫が二、三分にわたり大声で叫ぶ声を聞き、そのあと死んでいるのを見つけたと警察に話しています。騒ぎが始まったとき、夫人はすでにベッドに入っていて、きっと酒の飲み過ぎで騒いでいるのだろうと思ったそうです。ミスター・ゴールズワージーはりっぱな方ではありましたが、大の酒好きで、酔うと見境なく怒り狂うことがあったとか。むろん、ここでは一度もありませんでした。ディオゲネスはそうした不品行には厳しいですし、そんなことがあれば除名処分になったはずです。なんにせよ奥さまは――もう未亡人とお呼びすべきですね――あの人がまた酔っ払ったのね、どうせすぐ静かになるでしょう、と思ったそうです。ミスター・ゴールズワージーがフランス窓を開けて庭に飛び出していっても、心配していなかったのです。騒々しさが突然に不吉な静けさに変わったので、ようやく階下におりて様子を見に行ったのだと」

「ほかに同様の話を聞いていないか？」

「もうひとつあります。サー・アレグザンダー・チャルフォント＝バンクスは、自宅のミンストレルズ・ギャラリー（大邸宅の広間等に造られる屋内バルコニーの様式）の支柱で首を吊る前に、十分にわたってずっと叫んでいたと、使用人たちが話しております。主人の大声にみんなが怯え、従者と執事が二人でいさめても、やめませんでした。サー・アレグザンダーはひどい躁状態に陥っているように見え、どんなになだめても効き目がなかったのです。そのあと彼は寝室に駆け込み、少しして輪縄のように結んだドレッシングガウンの紐を持って現れ、それを首にかけました。そして、使用人たちに止める暇も与えず、紐の端を支柱に結びつけると、ギャラリーから飛び下りてしまったのです」

「明らかな決意のほどを感じるな」ホームズは言った。「全員に共通する、自殺の引き金となる促進要因、触媒のようなものがあったんだろうか」

「あなたがそうおっしゃるのは、興味深いことです」とアンサンク。「実は、関係があるかどうかはわかりませんが、ゆうべミスター・ゴールズワージーとカントルミア卿はどちらも、四度目の郵便配達で小包を受け取っています」

野ウサギの臭いを嗅ぎつけた猟犬のように、ホームズの身体がぴくりとした。「小包？　なんの小包だ？」

アンサンクは残念そうに肩をすくめた。「それ以上のことは私も存じません。ミセス・ゴールズワージーが警察と話したとき、小包のことも話し、それを私も警察から聞いたというだけです。レディ・カントルミアからは、電話で少しお話ししたときに直接うかがったことですが、カントルミア卿は九時ごろに〝小さな荷物〟を受け取ったそうです。なんの荷物か困惑しているようだった、とおっしゃっただけですが」

「届く予定があったわけではないということだな」

「そうです」

「送り主は誰だ?」

「レディ・カントルミアはご存じありませんでした。ディナーにお客があったので、卿はすぐには包みを開けていません。お客が帰ったあと、小包を持って書斎に向かわれたそうです。それから十分ほどして階段の上にやってきて、そこから身を投げたのです」

「頼みがある、アンサンク」ホームズは切迫した口調で言った。「ほかの故人の家族と連絡をとってほしい――兄はいい、ぼくが自分で調べる――故人が亡くなる前に小包を受け取っていなかったか訊いてくれないか」

「ほかの五人も同じような包みを受け取っているはずだと?」

「二人が受け取っているんだ、ほかにいてもおかしくはあるまい? 今すぐ訊いてもらえるとありがたいのだが」

「お兄さまのため、そしてミスター・ホームズ、もちろんあなたのためにも、すぐに取りかかりましょう」

「それと、アンサンク」ホームズは立ち去ろうとする秘書を呼び止めた。

「はい？」

「事件関係者の全員に、その小包に手を触れるなと警告してもらえないだろうか。遠ざけたままにしておいてほしいと」

「ああ、そうですね、わかりました。つまり、小包の中身と自殺には、直接関係があるかもしれないということですね。毒、薬物、あるいはガスなどなら、まだ効果が残っているかもしれないと。ええ、ええ。必ずおっしゃるとおりにいたします」

　ホームズはアンサンクが戻るまでの三十分ばかりのあいだ、面会室でカーペットの上をうろうろしていた。その動揺の激しさと厳しいしかめ面に、私も話しかけるのはやめておいた。彼の黙考を邪魔して、激しい怒りの引き金を引きたくもなかった。

　戻ってきた秘書は、ホームズの推論が正しかったとすぐに伝えた。ゴールズワージーとカントルミア卿以外のダゴン・クラブのメンバー四人のもとにも、やはり小包は届いていた。アンサンクによれば、六つの小包はどれも同じものだった。一辺が八インチほどの真四角のボール箱で、茶色の包装紙に包まれていたという。どの小包も、開けたのは宛名の当人で、中身は不明だ。

「それと、一連の出来事には非常に奇妙な面が見られました」アンサンクは言った。「できるだけ詳しいことを尋ね、送り主の名前も訊きました。包装紙に名前が書いてあったようです。六つの小包は、どれも同じ送り主から届いたものでした」

「いいぞ」とホームズ。「少しは手がかりが得られそうだ。誰からだったんだ?」

「それが実は」とアンサンク。「ほかならぬマイクロフト・ホームズさまからだったのです」

7章　マイクロフトの最後の足跡

私たちがパルマルの通りに戻ったころには、マイクロフトの遺体はすでに運び去られていた。私たちがディオゲネスにいるあいだに、救急車が来て遺体安置所へ運んだに違いない。マイクロフトの住居の外では、メイドが二人、歩道に手足をつき、汚れをこすり落としていた。身の毛もよだつ仕事をする二人の顔に、嫌悪感が浮かんでいたのも無理からぬことだった。

ホームズもよく知っているボーイが、すぐに私たちをタウンハウスの中に入れてくれた。マイクロフトの部屋のドアは開いたままで、すんなり入れるようになっていた。

だがホームズは、部屋に入るより先に、自分の兄がタウンハウスの屋上の手すりを越えて飛び下りたという確証を探すため、その現場に向かった。うっすらとではあるが、たどるに充分な足跡が残っていた。階段の蹴上げ板（踏み板のあいだの垂直な板）の一枚に、靴墨がこすれた真新しい跡があったのだ。その特有の脂っぽい質感から、マイクロフトが好んで使った靴墨ブランド、デイ&マーティンの靴墨だとホームズは判断した。屋根裏の窓は大きく開き、窓枠の端に小さな糸くずが引っかかっていた。ホームズは、マイクロフトが気に入っていたウーステッド・ウールのスーツの繊維と同じ糸だと主張した。マイクロフトの巨体が小さな窓を通り抜けたとき、引っかかったことは間違いなさそうだ。手すりにも靴墨がついており、疑いの余地はなかった。私たちがたどってきたのは、マイクロフト・ホームズの最後の足跡だった。

　部屋のほうにも、顕著な混乱の跡が見られた。ふだんのマイクロフトは細かいところまできちょうめんだったが、クッションが床一面に散らばり、カーテンの一部がリングからちぎれてレールから斜めに垂れ、ダイニングテーブルの椅子がひっくり返っていた。さらに、赤ワインのグラスがテーブルの上に倒れていて、こぼれた中身がその下の敷物にまで染み込んでいる。

　グラスの隣にボール箱があり、ふたは開いていた。アンサンクの説明と一致するサイズの箱だ。そばにくしゃくしゃになった茶色の紙があり、どうやら小包の包装紙のようだった。

　場面はたやすく想像できた。クラレットをたっぷりとグラスに注いだあと、小包を開封しにかかるマイクロフト。箱を開けるやいなや、何かが起きた。グラスが倒れ、それから椅子が倒れたのか、あるいはその逆か。

　ホームズが包装紙を手に取った。

「ホームズ、気をつけたほうがよくないか？　アンサンクが毒物だったかもしれないと言ったとき、君も反対しなかったろう。触ると錯乱するような――錯乱して自殺したくなるような物質が、染み込ませてあるのかもしれない」

「もしそうなら、七つの小包の配達人も、郵便局で小包を受け取って集配の分類をした局員も、みんな自殺を図ったはずだ。郵便関連の職員が大量死したりすれば、とうに世間の知るところになっているよ。ヴィクトリア駅の売店で売られる朝刊の一面にそんな見出しが躍《おど》っていたら、ぼくらも気づいたさ。そういうニュースを聞かない以上、包装紙には問題なく触ることができる」

　ホームズは紙のしわを伸ばし、手書きの文字をじっくりと見た。

「宛先は確かにマイクロフトになっている。そして、ほかの小包とは違い、送り主はマイクロフトじゃない」

「誰からだ？」

「イカボド・カントルミア卿だ。ほら。送り主の住所もある。南西地区《SW》、ケンジントン・パレス・ガーデンズ17番地。卿の町屋敷の住所だと思う」

「だが、君の兄さんはほかの会員に小包など送っていないし、カントルミア卿も同様だ。そう君は思っているんだろう？」

「ほかの小包を調べる必要はあるが、確かにそれがぼくの考えだ。小包のうちの六つがマイクロフト、残るひとつがカントルミア卿の送ったものということになっているのは、なかなか示唆に富んでいる」

「どういうことだ？」

「マイクロフトは、ダゴン・クラブの事実上のトップだ」そう言ってから、ホームズは言葉を正した。「――トップだった。そして、やや時代後《おく》れなところはあるが、このうえなく有能で誠実なカントルミア卿が、副司令官の立場にあった。正式な序列があったわけではないが、実際はそうなっていた。つまり、カントルミア卿やほかの五人のダゴン・メンバーは、マイクロフトの名が書かれた予期せぬ小包を受け取ったとしても、マイクロフトが司令官である以上、疑念をもつことは考えにくい。同様にマイクロフトも、自分の副官から届いた小包を疑ったりはしないだろう。悲しい話だが、七人の男たちは、絶対的に信頼し合っていたからこそ、今回の破滅を招いてしまったんだ」

「お互いの筆跡を知らなかったのかな。小包の文字が送り主とされる相手の筆跡ではないと気づかなかったのだろうか。

「彼らのような地位の人間なら、宛名書きをする秘書ぐらいいるさ」

「つまり、誰かが偽の名を書き、七つの小包を送ったということか。送り主の名前を信用証明に使ったわけだ」

「そのとおり」

「誰のしわざだと思う？　小包に何か手がかりはあるかい？」

「いくつかね」ホームズは包装紙を示してみせた。「特に、この文字には変わった特徴が……」

言葉が途切れ、ホームズはもう一度包装紙にじっくりと見入った。鼻のそばに紙を持ち上げ、長いこと念入りに匂いを嗅いだ。それから、さっきの言葉を中断したまま、今度はボール箱に目を向けた。包装紙よりもさらに入念に、しかし箱には手を触れることなく、あらゆる角度から間近に見て精査した。私はその様子を眺めていたが、それと同時に、つい最近亡くなったばかりの住人の部屋にいることに、不穏な気持ちを感じてもいた。マイクロフト・ホームズが最後に吸い込んだはずの空気を自分も吸い、彼が生涯にわたり収集し、鑑賞し、もう二度と楽しむことのない美しい家具、装飾、芸術品を自分が見ていることに、ある種の異様な負荷を感じたのだ。

「ああ！」ホームズの声には暗い満足感がこもっていた。「見てくれ、ワトスン。小さくてほとんどわからないほどの、爪で引っかいたような跡が、箱の中のことここにある。それにこの角には、すごく小さな歯でかじったような跡がある。ここからいろいろなことがわかるぞ」

「ネズミかな？」私は試しに言ってみた。「ほかの小型の齧歯《げっし》類？　あるいはトカゲかも」

「そういう無害な生き物がつけた跡ならよかったんだがね」

「どうやら聞きたくないような話らしいな。なんの跡だっていうんだ？」

「ぼくの推測が見当違いでなければ、かなり恐ろしいものだ。本で読んだことはあるが、幸い、じかに遭遇したことはない。そのうえこれは――」

そこでホームズは言葉を切り、私を凝視した。

「ワトスン。そのまま動くな。ひょっとすると、君は今、かつてない恐ろしい危険の中にいるかもしれないぞ」

8章　箱の中身

もちろん私は言われたとおりにした。ホームズの顔はまったく真剣で、その言葉を一秒たりとも疑ったりはしなかった。

「ホームズ……」私は小声を出した。

「だめだ。口も開くな。ぼくがあそこの書き物机からペーパーナイフを取ってくる。そいつを驚かせないよう、ゆっくり、慎重に動くから」

ホームズが部屋をそっと横切るあいだに私が考えていたのは、〝そいつ〟とは？ ということだけだった。〝そいつ〟ってなんだ、なぜ驚かせたらいけないんだ？ 食屍鬼《グール》からビヤーキーや夜鬼《ナイトゴーント》まで、さまざまな忌まわしい生き物が背後に忍び寄るさまを思い浮かべたものの、今の脅威はそのどれでもないと本能的に感じていた。なぜなら私は、その全部、あるいはそれ以外の相手とも直面し、それでも生き延びてきたからだ。ホームズが遭遇したことのない生き物なら、私もないはずで、きっとほかのどれよりも危険な相手に違いない。

ふと私は、何か小さくて青白いもの、そよ風に揺れるアザミの綿毛のようなものが、視界の端のほうでぴくぴくと動いていることに気づいた。頭を動かさずに目だけ動かすと、肩の上に虫のような何かがいるのが見えた。

体長一インチ半足らず、コフキコガネぐらいの大きさだが、そこまで丸みはなく、腹部が私の小指ぐらいの厚みのある甲虫だ。頭から恐ろしげに鋭く突き出した大顎。頭の前部にある、ちっぽけな玉軸受けにも似たビーズ状の二つの目。触角の先端は小さな羽根のようで、ブラシに似て見える。揺れて見えたのはその触角だった。

薄気味悪いほど全身が白い甲虫だ。それに加え、ミルクのように白い甲皮の一部が透明で、体内組織の形が見える。

甲虫は、いちばんうしろの脚を使って尻を引っかき、身繕いをするのに夢中になっていた。ヒステリックに笑いたい奇妙な気持ちが、私の喉にこみ上げてきた。この虫にとって私の肩は、舞い降りて、身体をきれいにするのに便利な場所なのだ。ホームズの警告にもかかわらず、無害で、心配する理由は何もない虫に見えた。

私は虫を払い落とそうと片手を上げた。

「よせ」ホームズが小声で言った。「追い払おうなんて考えるな、ワトスン。危険を感じると、そいつは原初的な本能に従い、隠れる場所を探そうとする。そうさせてはだめだ、なぜならいちばん手近な隠れ場所は君の身体だからだ」

私はこの警告を肝に銘じた。ホームズは象牙《ぞうげ》の刃のペーパーナイフを持ち、私の脇に戻ってきた。

「ぼくは最後の瞬間まで、引き続き慎重に、急がずに動く」ホームズは声を低く静かに抑えたまま言った。「君のジャケットの肩に、ある程度パッドが入っているのはありがたい。ナイフが貫通しないという保証はできないが、そのときは許してくれ。やるときは迅速に、ストレートに攻撃する。手控える余裕はない」

まるで夢の中にいるようなスローモーションで、ホームズはペーパーナイフを白い甲虫の上に構え、先端を下に向けた。甲虫は何かがおかしいと気づいたようで、身繕いをやめ、身を固くした。ひとり言でも言うかのように、大顎を空中でぱくぱくさせ、好奇心をあらわにして、触角をあちこちに動かしている。

ペーパーナイフが甲虫に近づき、もう少しというところまで来た。私はそっと息を止めた。鼓動が自分の耳に響く。

不意にナイフが突き刺しにいった。

そしてはずれた。

ナイフの動きもすばやかったが、白い甲虫のほうが上手《うわて》だった。象牙の刃が刺しにきた瞬間、さっと横に身をかわした。ナイフは虫の頭部を狙っていたが、前脚の一本を切っただけだった。

　ナイフはそれと同時に、ジャケットの布地と、その下の私の僧帽筋にも刺さった。

　突然の鋭い痛みに私は顔をしかめたが、なんとか足を踏ん張って耐えた。ホームズはペーパーナイフを上げ、もう一度甲虫を殺しにかかった。虫はジャケットの折り襟の上をあわてて進み、シャツの襟に向かった。ホームズのナイフは、今度は刺すのでなく切りかかり、虫はふたたび身をかわしたが、その拍子にすべり落ちて床に転がった。

　落ちた場所は私の足のすぐ脇で、私は間髪を容れずに虫を踏みつぶそうとした。

　しかし甲虫は、今度も人間の反射神経が節足動物に勝てないことを証明した。私の足のかかとが床に接触するまでのほんのわずかな時間を使い、急いで逃げおおせた。脚が一本足りないことも、逃亡の妨げにはならないようだ。

　甲虫は鞘翅《さやばね》を開き、空中に飛び立ち、繊細な翅《はね》をブーンとうならせて高く舞い上がった。

「くそっ！」ホームズが叫んだ。「ますます殺すのが難しくなったな。気をつけてくれ、ワトスン。とにかくあれをそばに来させるな。あれは身体の開口部を狙ってくる――どんな穴でもだ――そしていったん内部に入り込まれたら、一巻の終わりだ。体内を掘り進み、液を分泌して、その液が血流に入ると、一瞬にして知性を奪い取られてしまう」

　甲虫はパニックになったかのように部屋を二、三度周回したあと、突然決断したかのように羽音をうならせ、私に向かって急降下してきた。私は身をかわし、片手で虫を必死にたたこうとした。甲虫はすばやく回れ右をし、またこちらに向かってきた。私は本をつかみ、クリケットの打者が頭の高さの投球に対してバットを振り回すように、本を振り回した。なんの奇跡か、そのうちのひと振りがかすめた。甲虫はらせんを描き、ソファのそばの床にたたきつけられた。

　ひっくり返った甲虫は、呆然としたかのように脚をくねらせた。私は隙ありと見て、虫のそばに走り寄った。そして思い切り本を振り下ろした。

「やったぞ、この野郎！」私は叫んだ。

　ホームズが私のそばにしゃがむと、私は用心深くその本を持ち上げた。

つぶれた白い甲虫の死骸、割れた卵の殻のように粉々になった甲皮、つぶれた黄身のような内臓が現れると思っていた場所には、何もなかった。もとの床板があるだけだ。

「いったいどこに消えたんだ？」

「ソファの下だろうな」とホームズ。「片方のひじ掛けを持ってくれ。ぼくがもう片方を持つ」

ホームズがペーパーナイフを床に置くと、私たちはソファの両脇に立った。

「一、二、三でひっくり返そう」とホームズ。「いいな？」

重いものを持ち上げると、私の腰痛や悪い肩、そしてさっき刺された僧帽筋のせいでつらいことになりそうだったが、それでも私はうなずいた。

「一、二、三！」

二人でソファの背もたれを床に倒すと、ホームズはすぐペーパーナイフをつかんだ。白い甲虫はソファの下にもいなかった。

「あの虫め、きっと――」

そう言いかけて、私は口をつぐんだ。ソファの下のヘッシャン（ソファの下などに使う補強材となる生地）に、あの逃げ足の速い虫がしがみついている。

「あそこだ、ホームズ！」

「わかってる！」

虫は私たちを見ていた。私たちも虫を見ていた。甲虫の鞘翅がふたたび開こうとした。

そのときホームズが、ペーパーナイフを持っていないほうの手を突き出し、虫をつかんだ。その動きはほとんど人間技とは思えないほどすばやく、まるで熊の罠が閉まるときのような勢いだった。ホームズが拳をきつく握ると、何かが弾ける大きな湿った音が響いた。

手を開くとそこから、ひしゃげたベタベタの甲虫の死骸が床に落ちた。二本の脚はまだ無事で、弱々しく空気を掻いている。まだ生きているはずはないし、動くこともできないのはわかっていたが、大顎が震えている。私は甲虫の上にドンと足をおろし、ただの白っぽい汚れとなるまで念入りに踏みつぶしてやった。

9章　ドイツとのつながり

「コレオプテラ・モステラリア」とホームズが言った。

甲虫との思いがけない遭遇を終えたのち、私たちは元に戻したソファに並んで座り、息を整えた。ホームズがマイクロフト所有の最高級のスコッチを持ってきたので、一杯ずつ飲んだ。

「幽霊甲虫《レイス・ビートル》とも呼ばれている」ホームズはそう続けた。「地球上でも非常に珍しい部類の昆虫で、東アフリカのクワジポ湖岸の湿地にのみ生息する。呪術医がシャーマニズム儀式の一部として、この虫の分泌液をかなり薄めた水薬を使っていると言われていて、幻覚や啓示の幻視が起きるそうだ。現地では、一人前の男になるためのイニシエーション儀式として、部族から送り出された若い男たちが、このレイス・ビートルを捕まえ、生きたまま持ち帰る。これは、ヒョウを殺すよりも危険な行為と考えられているそうだ」

「そうだろうな」私は心から同意した。

「アフリカ探検家のリヴィングストンも、日誌の中でこのレイス・ビートルについて手短に触れているが、『これもまた子供じみた先住民のつくり話だ』と切り捨てている。これとは対照的に、フォン・ユンツトは『無名動物書』の中で、その存在を完全に信じる発言をしている。この甲虫のリンネ式分類法による名称を考えたのも、フォン・ユンツトだ。〝モステラリア〟とは、古代ローマの劇作家プラウトゥスが書いた、幽霊屋敷にまつわる喜劇の題名から来ている」

「実に興味をそそられる話だな」と私は言った。「ただ、ひとつ訊きたいが、もしこの昆虫がそれほど有害な物質を分泌するのなら、君が手でつぶしたのも危険な行為じゃないのか？　さらに重要なことだが、あの虫がぼくの肩にとまっているときに君が刺し殺していれば、分泌液はナイフの刃から体内に入った可能性もあるんじゃないのか？」私は僧帽筋をさすった。たいした切り傷でもなかったが、痛むことは痛む。

「フォン・ユンツトによれば、分泌液は人間の皮膚から浸透することはない。とはいえ、ぼくがすぐさまバスルームに行って手を洗ったのは見ただろう？　慎重になるに越したことはない。君のケースも、ぼくは甲虫の頭を狙って刺すつもりだった。液は腹部の下のほう、つまり頭とは逆のほうにある腺から分泌される。君に害が及ぶことはなかったはずだ」

「それを聞いて安心したよ」

「むしろ疑問に思うべきは、ぼくらがここに来たとき、なぜあの虫がまだ生きていたかということだ」

「生きていてはおかしいのか？」

「レイス・ビートルは、自分が寄生した人間とともに死ぬのが普通だ。たいていの場合、メスの甲虫が――寄生するのは常にメスだ――耳や口を経由して人間の体内に入り込んでいくときに、自動的に分泌物を出す。人類《ホモ・サピエンス》以外の動物なら、この液体には鎮静作用があり、宿主の動物は無気力にさせられ、甲虫はのんびり産卵することができる。その後は生まれた幼虫が寄生し、体内器官をエサにして、やがて完全に成長して出ていく。しかし人間の場合は、分泌液が血管を通じて広がると、何か妙な生理学的機能が働いて、錯乱して自死に追い込まれてしまうんだ。あの甲虫は――そしてその幼虫も――ほとんどの場合は宿主とともに死んでしまう。ダゴン・クラブの六人の会員に起きたのはそういうことだが、マイクロフトだけは例外だったようだ」

「彼だけが、なんとか甲虫を体内からほじくり出したと？」

「もしくは、ほかの会員たちよりもかなり長いこと分泌液の錯乱効果に抵抗して、甲虫が身体から出ていかざるを得ないように仕向け、それでも結局は力尽きたということなのかもしれない。マイクロフトは、強力な頭脳にため込んだあらゆる論理や合理性を駆使し、精神錯乱の発症に抗《あらが》ったに違いない。戦う中で、まだ沈着さが残っているうちに電話をかけ、ぼくに何が起きているかを知らせようとしたんだが、悲しいかなそれは無駄な試みで、意味のあることを伝えられなかったんだ」

「それでもその電話が君をここへ呼び寄せた、そうだろう？　それならまったく無駄だったわけじゃないよ」

「そうだな。確かにそうだ。だが」ホームズは苦々しくつけ加えた。「助けることはできなかった」

「わかるよ、ホームズ。でもくよくよするのはよそう。自己批判なんて無意味だよ。かわりに、君の兄さんの勇敢さや不屈さ、そして彼の人生に——すばらしい人生に、献杯しようじゃないか」

　私たちはウィスキーのタンブラーを上げ、打ち合わせた。

「マイクロフトに」

「マイクロフトに」

「それはそうと」私は言った。「あの無礼な邪魔が入る前、君は包装紙に書かれた手書きの文字が、小包を送った人物の正体の手がかりになると言っていたね」

「手書きの文字と、消印だ」

「説明してくれないか？」

「もちろんだとも」ホームズは茶色い紙を手に取った。「この筆跡は明らかにヨーロッパ人のものだ。特に〝ケンジントン・パレス・ガーデンズ17番地〟の〝7〟を見てくれ。7に横棒を引くのは大陸のスタイルだ。ただ、もう少し踏み込んだ意見を言わせてもらえば、送り主は単なるヨーロッパ人ではなく、ドイツ人だ」

「その推定の根拠は？」

「推定じゃない。これまでの長いつきあいで、ぼくにそんな言葉を使うべきじゃないということを知っているはずだ」

「申しわけない」

「ドイツ人はいくつかのアルファベット、特に大文字を書くとき、独特の書き方をする。ここには二つのわかりやすい例、〝イカボド〟の〝I〟と〝ガーデンズ〟の〝G〟がある。〝I〟は長くカーブを描き、どちらかというと大文字の〝J〟に似ている。〝G〟は小文字の〝g〟のような、下に突出した部分が加わっている。イギリス人はおろか、ほかの国籍の人間でも、こんな文字を書くのはドイツ人だけだ」

「すばらしい《リマーカブル》！　あるいは〝ウングラウプリヒ〟と言うべきかな？」

「君に茶目っ気のあるユーモア感覚が戻ってきたのを見るのはうれしいし、頬の赤みも戻ったようだな。ウィスキーをもう少しどうだい？　さあ飲みたまえ。さて、今度は消印だ。〝セント・ジェイムズ〟とあるということは、小包はそう遠くない場所から送られたということだ」

「そうすることで、本当にマイクロフトから送られたものだと、受取人たちに思わせる意図があったのかもしれない」

「カントルミア卿からのこの小包もきっとそうだ。ケンジントンに住んでいるとはいえ、卿はディオゲネスの会員だ。セント・ジェイムズ郵便局もクラブの近所にある。消印がマイクロフトの疑念を呼び起こすことはまずないだろう」

「悪辣なトリックだ」

「計画のすべてが悪辣だよ。消印は邪悪なケーキの仕上げの飾りつけにすぎない。ドイツの悪党のしわざだと確信したのは、ほかにもさらに細かい理由がある。この包装紙から煙草の臭いがするんだが、この果実のような香りのブレンドは、ダンネマンの細巻き葉巻《シガリロ》だよ。言うまでもないが、ダンネマンはドイツのメーカーだ」

「送り主がそのシガリロを吸いながら、小包を包装し、宛先を書いたんだな」

「そうに違いない。レイス・ビートルを使ったのも、ドイツとのつながりを感じる。クワジポ湖は、ドイツ帝国の強い支配下にあるドイツ領東アフリカの、奥地にある。ドイツ人以外がその地域に入って甲虫を手に入れることも不可能ではないが、そう簡単ではないだろう。しかしドイツ人であれば、関連の許可証やビザなどの入手はたやすい。特に外交で影響力のあるドイツ人ならね」

「また推論が飛躍したようだな」

「わかりやすいケースだと思うがね」

「ぼくにはついていけない」

「ついてきているじゃないか、ワトスン。ぼくが導く方向にという意味ではね」

「それはそのとおりだが。じゃあ、そのまま導いてくれ」

「ここから――そして近所の郵便局からもそこそこ近い場所に、カールトン・ハウス・テラスがある。そしてカールトン・ハウス・テラスには……」

ホームズはわざと言葉を切った。私はしばし頭を絞り、その続きを口にした。

「プロシア・ハウスがある！」

「そのとおりだよ、ワトスン。そのとおり。ドイツ大使館がある。犯人は七つの小包を送るのに、あまり長く歩かずに済む場所を選んだ。さて、犯人がドイツ大使館の中でなんらかの地位をもっているとした場合、おそらくは単なる職員ではないと考えるほうが妥当だろう。もっとあいまいで、破壊的な役割を演じている人物だ」

「つまり、スパイか」

「そう、スパイだ。これほど致死的なものが入った小包を送るのは、スパイの象徴のような活動だ。形跡を残すことなく誰かを殺す小包を送るというのもね。さまざまな理由から、事務方の使用人がこんなことをするとは考えられない。スパイ行為や暗殺に熟達した人間に違いないよ」

「だとすると話が面倒になるな」私はホームズに、なんとしても彼の兄を殺した犯人を捕まえてもらいたかった。犯人が絞首刑になれば私ももちろんうれしいが、ホームズの喜びには及ばないだろう。「そもそもスパイは、逃げを打つことにも長《た》けている」

「確かに、多少はそうだ。わが国とほかのヨーロッパ諸国とのあいだの政治的緊張も無視はできないし、特にドイツはそうだ。戦争の可能性がくすぶっている。それを否定したり、起きるはずがないと願ったりすることはできるが、状況に目をつむることはできない。目をつむったりすれば、軽率な行動しかとれないし、最悪の場合、愚行になりかねない。ぼく自身、国際的な事件の展開には注意を怠らずにいる。そうした事件が、君とぼくがずっと注目してきたもうひとつの戦争、すでに進行中の戦争と無関係だとも言い切れない」

「外なる神々《アウター・ゴッズ》と旧支配者《オールド・ワンズ》たちの戦争だな」

「〝上なる如く、下もまた然り〟だ。これはどんな時代の神秘主義者にとっても、真実となる格言だよ。この言葉の最古の記録とされるのは、古代ギリシャの神秘主義者、ヘルメス・トリスメギストスの秘教の文言が刻まれた、エメラルド・タブレットだ。大宇宙規模の出来事は、小宇宙にも影響するという考えさ。ひとつの領域が別の領域に影響力をもつ。

〝上なる如く、下もまた然り〟。こうして、ルルロイグに煽動された神々の対立は、われわれの世界にも影響する。地球上に戦線が引かれる。ヨーロッパ全土の不安は――なんて言ったらいいか――天空ですでに進行している争いの反映なんだ。

ナサニエル・ホウェイトリーがルルロイグの影響下にあったときの予言として、ザカライア・コンロイが日記に記した〝世界が変わる未来〟という言葉も、思い出しておかねばなるまい。ルルロイグは、自分の戦争にともなって、地球にも類似の状況が生まれることを知っていたはずだし、彼が予言したことが今起きようとしているのかもしれない。予言、あるいは約束されたことなのか……」ホームズは言葉を切った。「つまり何が言いたいかというと、ぼくはこれまで、現在イギリスに野放しになっている敵国のスパイの活動について、知識を蓄積してきたということだ。ぼくはマイクロフトに促され、その支援も受けて仕事をしてきた。ぼくの仕事というよりはマイクロフトの仕事だが、ときどきそうした件について、彼から相談を受けることもあった。つまり、この国で動いているドイツの上級課報員のうち、死をもたらす七つの小包を送ることができるばかりか、異論もためらいもなくそんなことをやってのけられる容赦ないスパイは、三人だけだ」

「三人か。いくらか範囲は狭まったな」

「さらに狭めることができる。ロンドンに住んでいたころよりは少し減ったが、役に立つ情報屋のネットワークはまだ保持している。それを通じて、犯罪の世界や、この国に害を与えたがっている人間の活動を追っているんだ。新聞も熱心に読んでいる。そんなわけで、その三人のドイツ人課報員のうち、二人が今動ける状態にないことがわかっている。ひとりは虫垂切除手術を受けて入院中だ。感染症を患い、回復できるかもわからない。もうひとりは警察に勾留されている。トランプゲームの最中、いかさまだと非難してきた男に激しい殴打を浴びせ、おととい逮捕されたところだ」

「愉快なやつだな」

「おまけに偽善者さ、カードテーブルでの手先の器用さにかけては悪名高いやつだよ」

「大使館の人間が外交特権だのなんだのと言って、ヤードに即時釈放を求めないのも驚きだな」

「仲間にもあまり好かれてない男なんだ。自業自得だとしばらく放置して、教訓を学ばせる気じゃないかな」

「となると、残る容疑者はひとりか」

「そう。スポーツマンで通る社交的なタイプで、ヨット、狩り、ポロといったエネルギッシュな活動を好む男だ。田舎の地主みたいなふりをしているが、いつでも耳をそばだて、あれこれ嗅ぎ回り、自分が活動している高尚な世界の住人からそれとなく秘密を聞き出している。名前はフォン・ボルク、完全な悪党だが、聞くところによれば、狩猟や飲み遊びの仲間からはたいそう愛されているようだ。現在のイギリスにおける災いのうち、半分の中心にこの男がいると思っていい。特に、わが国の防衛戦略や海軍の能力に関する情報集めに関してはね。それと……」

ホームズは、何かを宣言するかのように立ち上がった。

「セント・ジェイムズ郵便局に行こう、ワトスン。フォン・ボルクがあの小包を送った証拠が見つかるはずだ」

10章　服従の粉薬《ダスト・オブ・コンペリング》

『きのう小包を出しにきた妙なアクセントの男』に対応した郵便局員を見つけ、その男の風貌がホームズの知るフォン・ボルクの風貌と一致するとわかるまでに、長くはかからなかった。はい、短く刈り込んだ堅苦しい髪型でした。はい、片眼鏡をかけていました。はい、シガリロを吸っていました、ピリッとした匂いがしていましたね。

「次はプロシア・ハウスか？」郵便局を出ながら私は尋ねた。

「逆だよ」とホームズ。「先にフォン・ボルクの自宅で相手と対面するほうがいい。大使館は事実上ドイツの領土だし、ぼくの考えを実行するには英国領土で内密にやったほうが、国際的な事件を引き起こす確率を減らせる」

「家を知っているのか？」

「さっき話に出した、ロンドンの有能な情報屋ネットワークを使えばわかると思う。一、二時間のあいだに二、三通電報を打てば、住所はわかるし、あとはヘル・フォン・ボルクの快適なご自宅を訪ねるだけだ」

　ホームズは冗談めかした軽口でそう言ったが、それとは裏腹に、彼の煮えたぎる根深い怒りが私には感じられた。フォン・ボルクが解き放った怒り、自分自身に向かってくるはずの怒りがどんなものか、本人はほとんどわかっていないのだろうなと思った。


二時間後、私たちはキングズ・ロードのテムズ川側に建つ、チェルシー地区のりっぱな邸宅の外で待ち伏せていた。邸宅がある街区《スクウェア》の中央につくられた小さな公園から、正面玄関を監視していたのだ。

　こうした家の多くでは、三階に主人の寝室があることが多いが、三階の窓のカーテンは引かれていて、誰かが家にいることぐらいしかわからない。もう昼時を過ぎており、その誰かがだいぶのんびりと、朝寝坊を楽しんでいることは確かだ。居心地よいベッドに横たわり、邪悪な仕事をやってのけた満足感にぬくぬくとしている、フォン・ボルクの姿を想像してみた。たちまち私は、そいつの首を素手で絞めてやりたい気分になった。きっとホームズは、それ以上に残酷な運命を味わわせてやりたがっているに違いない。

　二時を少し過ぎたころ、ようやく白い手袋をした使用人がカーテンを開けた。さらに三十分ほどして、玄関の扉が開き、上機嫌な顔の男が出てきた。指には煙が立ちのぼるシガリロがあり、ブタにも似た肉づきのいい顔には、気取った微笑がくっきりと浮かんでいる。ツイードの服にゲートル、右目には輝く金縁の片眼鏡。服装を見るかぎり、イングランドの田舎紳士のふりを装っているらしいが、その努力は失敗していた。

ホームズは稲妻のように動いた。気づいたときには、すでに男のひじをつかみ、私のリヴォルヴァーの銃口を背中に押しつけていた。

「よろしければ中へ入れていただけませんか、ヘル・フォン・ボルク」ホームズは言った。「そのあと使用人たちに、今日は休みをとるよう指示していただきたい」

フォン・ボルクは、ほとんど礼儀正しいお辞儀をするかのように頭を下げ、従った。

「お入りなさい、お二人とも。どうぞ」

私たちが中に入ると、ドイツ人はきちんと使用人全員を書斎に呼んだ。あくまで冷静に落ちついて振る舞い、横にいるワシのような風貌のイギリス人は訪ねてきた友人であり、自分の背骨のつけ根に密かに銃を突きつけているわけではないという態度をとりつづけた。

「今日はいい天気だ」フォン・ボルクは言った。「みんな、ぜひ休みをとってほしい。出かけて陽に当たってきてはどうだろう」

「では座っていただきましょうか、ご主人《マイン・ヘル》」予期せぬ休暇を楽しむために使用人たちが出ていったあと、ホームズが言った。「お話しする必要があります、あなたとわれわれとで」

「ミスター・シャーロック・ホームズですね？」フォン・ボルクは、革張りのひじ掛け椅子に座りながら言った。「有名な探偵の。《ストランド》誌のあなたの似顔絵はよく描けていますな。それと、そちらはあの博士ですね。あなたがジョン・ワトスンですな？」

実際の呼びかけは〝ジョン・ヴォトソン〟に聞こえたが、私は素っ気なくうなずいた。

「なんという光栄」ドイツ人は言った。「二人の高名なお客さまを、この質素な住まいにお迎えすることになろうとは。ですがここでは、拳銃のようなつまらないものは不要ですよ。ただドアベルを鳴らし、名刺をくだされば、喜んで歓迎しましたものを。法を遵守する正直な市民が、ほかに何をするというのです？」

「偽りの気さくさはよそう、フォン・ボルク」ホームズは言った。「ぼくが何者か知っているのなら、ここへ来た理由もわかっているはずだ」

「いいえ、ホームズさん、私にはまるでわかりませんよ！　あなたの訪問理由など謎ですし、ぜひお教えいただければ――」

ホームズは、フォン・ボルクの顔をウェブリーの銃床で殴った。相手の首が勢いよく横を向く。わが相棒を見上げたフォン・ボルクは、怯えたような表情で頬をなでた。

「こんなことをする必要がありますか？　イギリス人の分別はどうしたんです？　フェア

プレー精神は？　理由もなく人を殴るとは――」

　ホームズはもう一度フォン・ボルクを殴った。最初の一発はやや手心を加えていたが、今度は違う。

「おお《アッハ》」フォン・ボルクはもう片方の頬をなでた。「ひどいことを。なぜここに来たのかを教えてくれれば、なんらかの理解に至れるかもしれないのに。ただ私を殴るだけでは、あなたになんの手助けもできませんよ」

「いいや。そちらこそ見せかけの愛想のよさはやめてほしい。君が本当はどんな人間か、君がどれほど恐ろしい罪を犯したか、こちらはよく知っているのでね」

「見せかけ？」

「君はゲルマン人の道化として振る舞い、人々を楽しませている。人々は、君が振る舞おうとする田舎の名士の雰囲気やたしなみを、少しこっけいに思っている。だからこそ人々は警戒を解き、軽率にしゃべってしまう。君が有益なデータの細かい点まで心の内に記録し、ベルリンにいる君の雇い主に伝えていることに、人々は気づかない」

「あなたは私が策謀家だと考えておられるようだが、ホームズさん、それは大きな間違いですよ。私は友人としてこの国を熱愛しています。あなたがたイギリス人や、イギリス人的なすべてが大好きなのです。あなたがたの生活様式、イギリスが生んだたくさんの優れた独創的な人々に敬意を抱いています、あなたご自身もそのひとりですよ。私はあなたの崇拝者でもあります、ドクター・ワトスン、本当です。あなたの書かれたものは全部拝読しました。英国社会や英国精神について、深い洞察を与えてくれる作品です。きっと何世代にもわたり、読み継がれる作品となっていくでしょう」

自分の文学作品に対する賞賛にも、私はいい気にならないよう努めた。とはいえそれは難しかった。フォン・ボルクは非常に魅力的な人物だ。ハンサムというには下品すぎる顔だちだが、黄褐色の髪の先や色の薄い眉からは、ある種の率直な魅力が発散されている。何も知らずにパーティーの席上か何かで出会っていたら、たやすくその甘言に乗せられ、自分から友情を深めようとさえするかもしれない。

「それこそ、君が上流階級の人々の生活や家に入り込んでいくやり口だな」とホームズ。「賢明な人々であっても、へつらったお世辞を言われると弱いものだ。特に、どんな相手ともいくらでも飲むことができ、テニスのラリーに応戦でき、競馬場の賭け事にも強い、あっけらかんとした人間から言われるとね」

「社交的で何が悪いのでしょう。拳銃で人を殴るよりましじゃありませんか？」

「拳銃で殴られるのは嫌いか？」

「正直な話、好きとは言いがたい」

「拳銃なしならどうだ？」

ホームズはフォン・ボルクの鼻を、空いているほうの手で殴った。強烈な、狙いすましたジャブが入り、ドイツ人の鼻骨が折れるバキッという音が聞こえた。

フォン・ボルクは哀れな悲鳴を上げた。血がほとばしり、口ひげに流れ落ちた。椅子の上で前後に身体を揺すり、母国語で悪態をついた。

私にはほとんど気の毒なありさまに見え、心の奥に小さな疑いが芽生えた。もしホームズの推論が間違っていたら？ フォン・ボルクがまったくの無実で、こんな暴力を受けるいわれはなかったとしたら？

私は心を鬼にした。ホームズが間違うことなどめったにない。フォン・ボルクはスパイで、熟練の偽善者で、間もなくその仮面もはがれ、本性を見せるだろう。そう私は自分に言い聞かせた。

「まったく！」ドイツ人はだみ声でそう言い、血だらけになった口のまわりをハンカチで拭いた。「これでは拷問のための拷問じゃありませんか。ドイツ人に恨みでもあるのでは？ 今、あなたの国と私の国が、最高の友人と言える状況でないことはわかっていますが、私は私なりに関係を改善しようとしています。垣根を修繕し、橋を架け、信頼を育てようとしているのですよ？ 協力関係の中にこそわれわれの未来があります、敵対関係じゃありません、そう思いませんか？」

「それでは、君が罪を認める最後のチャンスをやろう」

「いったいなんの罪ですか？」

「ぼくの兄と六人の仲間を殺害した罪だ。レイス・ビートルを殺人兵器として使い、七人全員に、これ以上ない恐ろしい最期を迎えさせた罪だよ」

「殺害？　レイス・ビートル？　なんのことですか、さっぱりわからない。ドクター・ワトスンは、ホームズさんのすばらしい物語で真実を語っておられると考えていたが、わからなくなってきましたよ。物語の中の密室や暗号メッセージ、絨毯《じゅうたん》の血の染みの記述は、どれも非常に面白いものに見えます。ですが、こうしたことをじかに聞きますと――馬の本当の年齢を知るには、じかに歯を見るにかぎると申しますがね――ええ、まったく理不尽なものに聞こえてくるものですな」フォン・ボルクは血だらけのハンカチを顔から離し、それを見て顔をしかめた。「なんにせよ、出血はおさまったようだ。鼻はどうなってますか？　ひどいことにはなってないと信じますが」

実のところ、鼻はかなりひどく腫れ上がっていた。そればかりか、両頬に生々しい打撲の痕《あと》が広がっている。なんだかけばけばしいピエロのようだ。

「よくわかった」とホームズ。「ここまでできるだけ寛大にしてきたつもりだよ。君の自由意思で情報を提供するチャンスをやった。しかし君は、それを拒んだ」

「話すことなど何もないからですよ。私はデュッセルドルフ生まれのつましい有閑紳士で、あなたがたのすばらしい国での生活を非常に楽しんでいる。この私に何をしろと？　まったく身に覚えのない犯罪について自白しろと？」

「もっと思い切った方法をとるしかなさそうだな」

「思い切った？」フォン・ボルクは虚《うつ》ろな笑いを響かせた。「殴ることは思い切った方法じゃないのですか？」

ホームズは拳銃を私によこした。「これでこいつを狙っていてくれ、ワトスン。必要なら――少しでも疑わしいまねをしたと思ったら――撃て。浅い傷のほうがいい。腿あたりがいいだろう」

「任せてくれ」

ホームズはポケットから銀のシガレットケースを取り出した。中に入っていたのは紙巻きタバコでなく、ひと揃いの細いガラス瓶で、それぞれに粉や液体が入っていた。ホームズはその中の一本を抜き取り、ふたをはずして、中身――嗅ぎ煙草に似ていなくもない、一、二オンス程度の褐色の物質――をフォン・ボルクの机にあった紙の一枚にトントンと出した。そしてルルイエ語を唱えだした。

フォン・ボルクは、ホームズのしていることにまったく気づいていない様子だった。かわりに私に話しかけ、リヴォルヴァーにうなずいてみせた。

「ウェブリー・プライス、中折れ式ですね、ドクター。ちょっとした骨董品だ。今もちゃんと使えるというのは驚きですよ。よく手入れをしている。部品を替えたりしているんですかね？　きっとそうだろうな。バネも傷《いた》んできている。そうじゃないですか？　そこがいちばん厄介ですよね。撃鉄がほかの部品よりも少し新しいようだ。とはいえ、老兵には似合いのいい銃ですよ。ご自慢の拳銃だ、当然ですよね」

不意にホームズがドイツ人のそばに来て、身をかがめ、さっきの粉を相手の顔に吹きかけた。

フォン・ボルクはむせ、咳き込んだ。かなりの粉が、鼻と口のまわりの乾いた血にくっついた。息を吸っては吐くたびに、喉がぜいぜいと鳴る。胸が上下する。

「な……なんだこれは？」フォン・ボルクはあえいだ。「この粉……この臭い――味――ひどいな。少し吸い込んでしまったよ。いったい何をした？」

「〈服従の粉薬《ダスト・オブ・コンペリング》〉さ。魔法《マジック》を染み込ませた物質で、これを吸い込んだ人間は誰でも、真実を、すべての真実を、真実のみを話すことしかできなくなる。効き目が出るまで二分とかからない。間もなく君はね、フォン・ボルク、これまでになく真正直で扱いやすい人間になるんだ」

「魔法を染み込ませた物質？　私を馬鹿だと思ってるんですか？　そんな粉、どうせスパイスか何かでしょう。私がそんな策略にかかって、いきなりすべて白状したい気持ちになると思いますか？　もはやあなたには、なんの尊敬の念も感じなくなりましたね」

「言っておくが、〈服従の粉薬〉は本当に魔法の物質で、名前どおりの品だよ。〝屈服さ《コン》せる《ペル》〟薬なんだ」

「だけどあなたは合理主義者のはずでしょう、ホームズさん。それはドクター・ワトスンの物語で知っていますよ。魔法なんてものには関わらない。超自然を嫌悪し、一蹴《いっしゅう》する」

「ぼくも学んだことだが、魔法はね、単に別の種類の科学なのさ。従うためのルールがあり、方法論も科学の方法論と同じように確かなものだ。明確で再現可能な結果を生む。一定の成分の混合物を、決まった呪文で活性化させれば、あらかじめ決まった効果をもたらすことができる。魔法という考えはわれわれの時代精神の正反対を行くが、魔法が否定できないものなのは事実なんだ。君も間もなくわかると思うがね」

「本気であんたに我慢できなくなってきた！」フォン・ボルクは怒鳴りちらした。「私には人脈がある。いわゆる高い地位の友人がいる。あんたがこんな振る舞いをしたことで正当な非難を受けるよう、手はずを整えることもできる。だが、私と和解し、謝罪して立ち去ってくれる気があるなら、まだ遅くはない。今日ここで起きたことについても、何も言わずにおこうじゃないか。だが、あんたがどうしても私をひどい目に遭わせるというなら、あんたもまた破滅することになるぞ」

「脅しか、フォン・ボルク？　自分が秘密を全部しゃべってしまうのが怖いのか？　もうすぐ何ひとつ黙っていられなくなるぞ」

「あんたの粉薬の力を少しでも信じるなら、怖いかもしれんな。だが怖くなどない。そうとも。本当のところ、そうだ、私は怖いんだ」

　突然フォン・ボルクは困惑し、動揺した。言いたくないと思っていたことを白状してしまった、そう言いたげな表情だった。

「なんてこった《マイン・ゴット》、そうだとも、あんたがおれを怖がらせているんだよ、ホームズさん」フォン・ボルクは何度もまばたきをし、うるさい虫に煩《わずら》わされているかのように、首を左右に振った。「あんたが最後の審判の日までおれを殴りつづけようと、おれはあんたの知りたいことを言う気なんかなかった。おれの親父はおれを厳しく育てた。親父によく言われたよ、『ヴェルテル、弱さなど決して見せるな、絶対に泣くな』とね。おれが何か間違ったことをすると、乗馬鞭でおれをたたきながらそう言った。たいしたことじゃなくても、父さん《パピ》はすぐ怒る。泣かずに耐えることを学んだよ。どんなに強要されようと、何もしゃべらないことも。なのに今……今は……」

「君の少年時代など、どうだっていい」

「あんたにとっては他人事だろうさ。苦しめられたのはおれだ、あんたじゃなくてね。あ、いったい全体おれに何が起きてるんだ？ なんで親父の話をあんたにしてる？ おれの横暴な《テュラニシュ》親父……あいつは、おれのパピは、おれを憎んでた。おれを見るのも嫌がってた。おれが何者か知ってたからだ。おれの身体のしるしのことも知ってて、だからおれが嫌いだったんだ」

「しるし？」私は言った。「なんのしるしだ？」

「あいつは母を責めた」ドイツ人は嘆いた。「母のせいだと言ってた。あいつはおれに対してと同じくらい、母さん《ムッティ》のことも残酷に扱った。だけど、原因はあいつじゃなかったなんて言い切れるか？ あいつのせいって可能性もあった。母じゃなくて父から伝わった恥辱だったなんて、誰も言えるわけないだろう？」

「フォン・ボルク」とホームズ。「〈服従の粉薬〉は限られた時間しか効かない、時間を無駄にしたくないんだ。よく聞け。君は七匹のレイス・ビートルを送った、そうだな」

「もちろん《ナテュアリッヒ》。そうだとも《ナテュアリッヒ》。おれだよ。あの忌まわしいちっぽけな虫ども《インゼクテン》をな。触るのも危険なんだ。小さいかごから箱に移すときもトングを使ったよ。外交用郵袋でアフリカから運んでもらったんだ、ドイツの偉大な博物学者のひとりが、命がけで集めて送ってくれたのさ。ドイツ人はな、祖国のために勇敢な死を遂げることを恐れたりしない。皇帝《カイザー》と国のためにならなんでも犠牲にできる。イギリス人は同じことが言えるのか？」

「あの七人を殺した目的はなんだ？」

「ああ《アッハ》、知らないね。おれは聞いてない」フォン・ボルクは、ホームズが求める答えを提供できないことに、純粋に腹をたてているようだった。これも粉薬の力なのだろうが、できるかぎり相手の願いをかなえてやりたがっているかのような口調だ。「七人全員をあのくそったれ《フェアダムト》虫で殺せと、匿名の命令を受けただけだ。いつもおれがやるようなやり方じゃなかった。飲み物に毒を入れる、スティレット（細い短剣）で背中から刺す、離れた場所から撃つ——そういうのには慣れてるし、熟達もしてる。なのに選ばれた手段は虫だった」

「誰の命令だ？」

「どんな命令もトップから来る」

「皇帝自身から？」

「結局のところはそうだろうな。ヤー。おれたちの計り知れないほど貴重な指導者は、いつ、誰に、何をなすべきかを命じる人物でなくちゃならん。飲み物をくれないか？　水か何か。暑いんだ。すごく喉が渇く」

私は水のグラスを取ろうと動きかけたが、ホームズが厳しい非難の目で制止した。今思うと、私はフォン・ボルクに奇妙な同情を感じはじめていたのだ。つらい少年時代の詳細が、つくり話でないのは明らかだった。大人になったフォン・ボルクが犯した恐ろしい罪にもかかわらず、私は少年時代の彼を哀れんでいた。

「皇帝から特定の指示を受け、それから？」ホームズは言った。

「皇帝から直接じゃない。そんなことは絶対にない。おれにわかってたのは、自分の標的が政府、産業界、貴族、軍隊の最上位にいる七人の大物だってことだけだ。そいつらをつぶす利点は明らかだろう。今、あんたがたの国の平時の戦略的能力は大幅にガタついているし、七人は全員自殺したことになっている。世間はどうとらえるだろうな？　たぶん七人は裏切り者だった。人はそう考えるよ、ヤー？　噂が公式に肯定も否定もされないとしても、疑いは消えない。あるいは、おれが噂をばらまくことになるかもな。『高い地位にあるドイツ支持者の一団ですよ』そうみんなの耳にささやく。『彼らは国家機密を売ろうとしてたんです、ご存じでしたか？　信頼できる筋からそう聞きましたよ。だけど警察にばれたんです。逮捕の時が迫っていました。彼らは相互同意のもと、ひと晩のうちにそれぞれ命を絶って、裁きを逃れたんです』狡猾だろう？　おれがちょっとしたつくり話を広めただけで、イギリスは嘘くさい自信過剰ぶりを多少なりともやめるだろうさ」

フォン・ボルクは、自分のシャツの襟を人差し指で引っぱった。

「頼む。水をくれ。ものすごく暑い」その顔は真っ赤で、汗で光っている。

「ホームズ」私は言った。「具合が悪そうだ。水ぐらいいいだろう？」

「今は医者であることをやめていてくれるとありがたいね、ワトスン」断固たる返答だった。「君はヒポクラテスの誓いに屈しつつあるようだ。忘れるな、この男はたった今、ぼくの兄の殺害を白状したんだぞ」

「〈服従の粉薬〉の有害反応らしきものが出てるんだぞ」

「だから？　マイクロフトの場合は、レイス・ビートルの分泌液の有害反応が出た。致死的な反応がね」

「頼むよ」とフォン・ボルク。「ほんのちょっとでいい。喉がからからなんだよ」

「誰から命令されたんだ、フォン・ボルク？　誰が七人の男の殺害を認可した？」

「言いたいよ、言いたいんだ！　だけど何かが言わせてくれない」

「言えと言ってるんだ」

「暑い。水を、水をくれ《ヴァッサー・ビッテ》！」

フォン・ボルクは震え出した。大汗をかいていて、熱病にかかったかのようだった。目が血走り、白目がほとんど真っ赤だ。二、三フィート離れたところにいる私にも、彼の身体が発する熱が感じられた。

「ホームズ、見ろ。ひどい高熱を出している。様子がおかしいよ」

「確かに様子がおかしいな。粉薬に抵抗できるはずはない。決定的な事実を明かすことを、何かに妨げられている。誰かが〈黙秘の結界《ウォード・オブ・ミューティング》〉の魔法をかけたんだ、それがぼくの魔法とぶつかり合っている」

「フォン・ボルクが死んだら、なんにもならないぞ」

「主犯の名を聞き出せなければ、なんにもならない。フォン・ボルク！　ぼくが知りたいことを言え、それで楽になれるんだぞ」

「言いたいよ！」ドイツ人はほとんど絶叫していた。「言いたいんだよ！　だけど言おうとすればするほど、身体が燃えるように熱くなるんだ」

「なんとかして言え」

「言おうとしてる。ほかにどうしようもない。ああ、痛い！　痛い！」

　そのとき私は、肉が焼ける臭いを感じはじめた。最初はキッチンからしてきたのだろうと思った。オーブンで肉を焼いているのを、料理人が忘れていったのかもしれないと。

　ところが、臭いを発しているのはフォン・ボルク自身だった。しかもますます強まっている。

「なんてことだ、ホームズ！」私は声を上げた。「この男は焼かれている――文字どおり焼かれてるぞ！」

　制御のきかない痙攣がフォン・ボルクの全身を襲った。「やめろ《ナイン》、やめろ《ナイン》」と繰り返し叫んだが、言葉というよりは悲鳴だった。

　彼は突然、椅子の上で前のめりに身を乗り出した。ひじ掛けをつかんだ手の力があまりに強く、指が革を裂いた。大きく開いた口から煙が出ている。前方を見つめる瞳が曇り、虹彩が暗い銀色に変わった。今や明らかに生肉の焦げる臭いが広がり、うんざりするほど鼻について不快だった。

　私は嫌悪感と恐怖に苛まれ、思わず何歩かあとずさった。フォン・ボルクは体内から焼かれつづけた。彼が放つ熱は、どんな暖炉の火にも負けないほど強かった。唇が苦悶に引きつり、笑っているように見えた。口だけでなく鼻の穴からも、煙が渦巻いて立ちのぼった。その身体は巨人の見えない手に操られるように、ねじれ、のたくった。骨が割れ、体内器官が焦げ、内なる灼熱地獄に焼かれる音が、私の耳にも聞こえた。

　やがてフォン・ボルクは、椅子の背もたれに崩れ落ちた。最後の痙攣が二、三度身体を走り、ようやく静かになった。

11章　若きヴェルテルの悩み

「こんなことになるとは……」ホームズはフォン・ボルクの死体をしげしげと眺め、失敗を認めた。

灰白色になった瞳と顔に付着した煙の煤《すす》以外に、ドイツ人スパイの外観はあまり変わっていないようにも見える。だが、内臓の状態は想像することしかできない。私は炙《あぶ》った臓物の料理を思い浮かべ、すぐさまそれを打ち消した。

部屋から悪臭を追い出そうと、ホームズが窓を開けた。脂ぎった不快な煙たさが、徐々に薄らいでいった。

死体のそばに戻ったホームズは、いぶかしげな目で死体を注視した。

「誰が君にこんなことをしたんだ」彼は死者に語りかけた。「自分が〈黙秘の結界〉をかけられていることは知っていたのか？　きっと知らなかったのだろうな。知っていたら、その呪文の効果が出る前にしゃべっていただろう。〈服従の粉薬〉を使われて、しゃべらずにいるのは不可能だ。七人の暗殺を指示したのは、明らかに用心深い人物で、なんとしても自分の痕跡を消そうとした。とはいえ、たとえ君が死んでも、君からぼくらに伝えられるものはまだあるはずだ」

ホームズは身をかがめ、フォン・ボルクのシャツのボタンをはずしはじめた。

「ホームズ……」

「気分でも悪いのか、ワトスン？　君らしくもない」

「そうじゃない……死者への敬意がなさすぎないか」

「フォン・ボルクのような男にか？　尊敬に値しない相手に、敬意も何もあるものか。自明の理だ。それと、もう忘れたようだから言っておくが、この男はぼくの兄を殺したんだぞ」

「なるほど、そうだな」

ドイツ人の胸をはだけさせたホームズは、身を反らせて声を上げた。「ああ」

「どうした？」

「見てみろ。フォン・ボルクが言った〝しるし〟だよ、父親に侮蔑された理由だ。ほら、これさ。父親が息子を嫌ったのも、致しかたないという者もいるだろうな」

それは私が最初に想像したような、ポートワインをこぼしたような染み、あるいは白斑のような皮膚の変色ではなかった。不自然に大きなあざやイボでもなかった。まったくの異形のものだった。

鱗だ。

フォン・ボルクの胸全体のあちこちに、鱗がぽつぽつと、不規則な模様を描いていた。細かいダイヤ形の、淡い緑色の鱗。まぎれもなく爬虫類の形態だ。

「彼はヘビ人間だったのか」私は言った。私がホームズの相棒となったばかりのころ、人類の亜種であるヘビ人間と遭遇したさまざまな場面が、すぐに思い浮かんだ。一八八〇年、私たちがモリアーティ教授に捕らわれ、シャドウェルのセント・ポール教会の地下聖堂に拘束されたとき、ヘビ状の人型種族が存在することを初めて知った。その後ホームズは、ヘビ人間のグループを秘密調査員集団〝イレギュラーズ〟として、ロンドンで働かせるようになった。彼はかぶるとヘビ人間たちを従わせることのできる魔力をもつ王冠、三蛇《トリオフィディア》の王冠《ン・クラウン》によってそのイレギュラーズを従わせていたが、私の不注意で王冠を失ってしまい、彼らを使えなくなった。それ以来、私たちがヘビ人間のことを見聞きする機会はなかった。ヘビ人間たちは仲間とだけ一緒にいることに満足し、人間との交流は最小限にしたがっているようだった。

「なるほど」ホームズはうなずいた。「フォン・ボルクは、人間といってもなんとか通る、稀《まれ》な種類のヘビ人間だったんだな。人のいる場所でもきちんと服を着ていれば、特異な点があるようにも見えない。ホモ・サピエンス・レプティリエンシスの特徴は、父親か母親の血筋における潜性形質だったに違いない。おそらく形質の痕跡は数世代にわたって消えていたが、遺伝のゆがみか何かによって、ヴェルテル・フォン・ボルクに出てきてしまったんだ」

「フォン・ボルクがスパイや暗殺者になったのは、ヘビ人間だったことが多少影響してるのかもしれないな。幼いころから二重生活を送ることを学び、鱗を隠して、学校の友だちに笑いものにされないようにしていたに違いない。嘘をつき、だますことが、フォン・ボルクの第二の天性となったんだろう。その一方、父親に嫌悪されたせいで、自分自身にも仲間の人間にも、否定的な気持ちをもつようになったのかもな。良心なき殺人者は、そうした非情な環境から生まれてくるものだ」

「この男の心理に興味をもつのはけっこうだが、現在の疑問への助けにはなっていないよ。フォン・ボルクは、ダゴン・クラブをつぶせという命令を受けた。誰の命令なんだ？　フォン・ボルクとスパイの親玉のやりとりの証拠が、この家のどこかに残っているかもしれない。ちょっと捜索しよう、準備はできてるか、ワトスン？」

私たちは懸命に家の中を捜索した。使用人たちの部屋には行かず、フォン・ボルクがよく使ったと思われる場所、特に私室に範囲をしぼって調べた。戸棚や引き出しをくまなく探した。敷物をめくり、浮いた床板がないか探した。壁をたたき、見せかけの壁板がないか見分けようとした。居間にあるブリュートナーのグランドピアノのふたも開け、中をじっくりと調べた。

フォン・ボルクの書斎には、大きな額に入った皇帝の写真が掛かっており、その額で隠された壁にダイヤル錠付きの金庫が見つかった。ホームズは耳を金庫の扉に押しつけ、器用な指先で金庫を開けてみせた。中に入っていたのは、ポンドとマルクの紙幣、旅券、シルヴェスター銀行の預金通帳、有価証券、証書、その他いくつかの貴重品で、いかにも裕福な人が金庫にしまいそうなものばかりだった。額を壁に掛けなおすとき、皇帝ヴィルヘルム二世がわれわれをじっと見下ろしてきた。その顔はもちろん、上向きに反り返った口ひげの先に至るまで、非難がましさに満ちあふれていた。

書斎に戻った私たちは、気を取りなおして話し合った。なかば焼き殺されたフォン・ボルクの臭いが、まだ空気を漂っている。死体は顔を反らせたまま、ただ天井の装飾を見つめていた。

「見た目に反して、ぼくは老いぼれてきたようだよ、ワトスン」

「どうしてだ？」

「つまりね」ホームズの口ぶりには自責の念がこもっていた。「ぼくも年寄りと同じように、はっきりものが考えられなくなっているということさ。フォン・ボルクは、使用人が疑わしいものに出くわさないようにしていたと考えるべきだった。罪を証明できるような手紙やその他の品は、引き出しや床板の下、金庫にさえ入れたりせず、どんなに詮索好きな使用人でものぞいてみようとは思わない場所にしまっているはずだ。だが、それはどこだ？　いったいどこに？」

わが相棒が考え込んでいるあいだ、私は書棚の本を眺めていた。書棚を見ていると、フォン・ボルクが本当に私の著作のファンだったことがよくわかり、奇妙な喜びを感じていた。私がこれまでに出した三冊の長篇小説と三冊の短篇集があり、その背表紙の状態から、何度も読んでいたことは明らかだった。とはいえ、全体としては母国の作品が多く、特にホフマンやシュレーゲル、ゲーテなどロマン主義の作家や、ショーペンハウアーやニーチェなどの哲学者の書物があった。

ふと、ひとつの考えが浮かんだ。

「きのう君は、書棚を見るとその人のことがよくわかると言っていたね」

「フィッツロイ・マクファーソンの場合はそうだった」とホームズ。

「この書棚は違うんじゃないか？　難解な本がたくさんある。フォン・ボルクの性格にはまるで不釣り合いな気がするんだが」

「話を続けてくれ。君の文学の知識はぼくよりずっと上だし、一連の推論がどこへ向かうか興味がある」

「フォン・ボルクのような男が、こうした本を楽しんで読んでいる姿、いや、ただ読んでいる姿さえ想像ができない。おそらくこうした本は飾りで、客に博識な印象を与えるために置いてあるんだと思う」

「そうだな。あるいは、知性面で自信のない人間だと見せたかったのかもしれない。あの男がやってきたことは何もかも、相手に自分を過小評価させるための計算に思えるよ」

「使用人たちも、こんな本はのぞき見しようとも思わなかったはずだ。全員イギリス人だし、教養もない。初歩のドイツ語程度でも知っている使用人があの中にいたとしたら、驚愕ものだ」

「ワトスン！」ホームズが叫んだ。「ぼくは君の論理的分析力のなさをさんざん嘲笑してきたが——それを全部取り消すよ。本は書状をしまっておく格好の場所だ。ただページのあいだに手紙をはさめばいい。それに、イギリス人がこの書棚をざっと眺めたとき、ドイツ人の詩やゴシック小説の本を抜き出してみようと思うだろうか？　ドイツ人だってそんなことを思うだろうか？」

「よほど冒険的か、むこうみずな者ならともかくね。あるいは」と私はつけ加えた。「よほど退屈してる人間か」

「フォン・ボルクは書類をそのまま隠したんだろうか？」ホームズは書棚をじっと眺めた。

「もしそうならどの本だろう。それとも何冊かに分けたのか？　ここにあるのはざっと二百冊。全部調べてもいいが、単調で時間のかかる作業だ。それらしい本を選んでいくか？　たとえば……」ホームズは簡単に手が届かない高い場所にある一冊を見ると、含み笑いで目を輝かせた。「これかな。フォン・ボルクよ、君はそこまで悪賢いかな？」

　ホームズは背伸びをしてその本を抜いた。ゲーテだ。

「『ディ・ライデン・デス・ユンゲン・ヴェルテルス』。『若きヴェルテルの悩み』だ。ぼくの記憶が確かなら、ゲーテの最初の小説で、手紙形式で書かれている。若きヴェルテル・フォン・ボルクにも、ひとつや二つ悩みはあったに違いない。大人になったフォン・ボルクの書簡が、この本の中にあるだろうか？」

　ホームズはテーブルに本を置き、表紙を開いてページをめくった。灰色の瞳が満足げに輝く。どのページをめくっても、きちんとはさまれた紙片が一枚ずつ出てきた。手紙やメモは、手の込んだ絵文字に似た、ある種の換字式暗号のようなもので書かれていた。

普通の人間なら、暗号で書かれていて判読できないと考えるだろう。だがホームズと私は違った。このサンスクリットのように横棒から垂れ下がったような文字、難解で渦巻き状の飾りがついた文字は、ルルイエ語にほかならないのだ。

「こいつは巧妙だな」とホームズ。「実に巧妙だ。少数の人間を除いては理解不能、まず存在を知られてもいない言語で信書を書くとはね。こうした書状が警察や諜報部に発見されても、法と秩序の執行者たちが意味を把握できる可能性はないに等しい。きっと困惑してしまうだろう。暗号システムというものは、単純で、事実上は誰にでも扱えるものでないと意味がないからな」

手紙の何通かを細かく調べたホームズは、これらがフォン・ボルクの発送した書状で、諜報活動の成果を伝えるためのものだと確信した。

「見てくれ。これは、英国海軍の造船所でつくられている船についての報告だ。〝グフラグモン〟は直訳すれば〝水を横切る〟という意味で、〝海事《マリタイム》〟のことととれる。〝ブタグフ・エハイエ〟――〝境界の保全〟――沿岸防衛のことだろうな」

「それにここ」私が言った。「〝クダグフ・ヒリイ〟、〝将軍の追随者〟。兵士のことだな」

「ルルイエ語の古い語彙がない場合も、新しい言葉がつくられている。〝フムラトグ・イウグフ〟は〝火の卵〟だから、爆弾か砲弾かな。この〝火の卵〟を送るもの、〝ルウナフフ〟というのは、大砲だな」

　ホームズはさらに念入りに手紙を調べた。

「中隊の数、軍需品の展開、野外演習。フォン・ボルクは実に勤勉だな。ここにあるのは、英国軍の軍備の包括的全体像だ」

「どの手紙にも日付がある。古いものは三年以上前、直近は先月の日付だ。原本の複製だろうな」

「フォン・ボルクは、自分が送っていた情報のすべての二次記録を保存し、送った情報が届かずに再送を求められたときに備えていたに違いない。君ももちろん、ある言葉が何度も登場していることに気づいたと思う」

「ある言葉？」

「これだよ。〝ヴルグフリ・ウグヤスドルン〟」

　私はじっと考えた。「国の代理人？」

「ルルイエ語には、時制や活用や語形変化といった精密さは存在しない。一見しただけでは、単語やフレーズが文のどこにおさまるのか、それがどんな機能をもつのか、いつもたやすく決められるとはかぎらない。文脈から推測するしかないこともある。この場合、〝ヴルグフリ・ウグヤスドルン〟は呼格、つまり、相手への呼びかけとして使われているようだ」

「情報を受け取る相手か」

「さて、フォン・ボルクの視点から見て、〝国の代理人〟とは誰のことだと思う？」

「ドイツ大使だ」

ホームズはうっすらと笑った。「ワトスン、どうやらぼくらは、プロシア・ハウスを訪問しなければならないようだな。誰かがフォン・ボルクの糸を引いていた。誰かがぼくの兄やその仲間たちの暗殺をあいつに命じた。諜報活動に関しては、フォン・ボルクは直接大使と連絡をとる立場にあった。大使閣下がフォン・ボルクの収集した情報の交換所を担っていたのみならず、この殺人の黒幕だという可能性もある。この疑わしい監視役をやっていた人物が、黒幕でないと言い切れる理由があるか？」

「ドイツ大使自身がダゴン・クラブ殺人事件の裏にいると？」私はその考えに愕然とし、波及する問題を想像して動揺した。

「大使とフォン・ボルクが、どちらもルルイエ語に精通しているというのも注目に値するね」とホームズ。「となれば、ぼくらはセント・ジェイムズに戻らなければならないが、その前にもうひとつ立ち寄りたいところがある」

12章　平服の軍人

立ち寄りたいところとは、チェルシーの電報局だった。ホームズが中にいるあいだ、私は辻馬車に乗ったまま待っていた。彼は五分もしないうちに出てきた。内容を決めて電報を打ち、料金を支払うには充分な時間だ。だが、電報でも打ったのかと尋ねると、ただ謎めいた視線を私に向けただけだった。

「予防措置をとった、それだけだよ。必要ないだろうとは思うが、準備しておくに越したことはない」

プロシア・ハウスはカールトン・ハウス・テラスの隅、ヨーク公記念碑のそばにあり、片側はザ・マルに沿ってひらけた風景が広がり、もう片側にはウォータールー・ガーデンがある。外交使節団が宿舎で切り詰めた暮らしをすることなどまずないとはいえ、ペディメント（古代ギリシャの神殿などに見られる切り妻屋根の下の三角形の装飾部分）やコリント式の柱を備えた化粧漆喰《しっくい》のこの区画は、このうえなく堂々たるものだ。ここを訪問するドイツ人には、自分たちの祖国の重要性を再確認させ、もてなす側の国民たちには、謙虚さと、ひょっとすると羨望を感じさせる――そんなために選ばれた場所にも見える。

ホームズは自信たっぷりに、入口から広くて風通しのいいアトリウムを抜けて進み、受付の係員に大使との面談を要求した。

「今すぐでしょうか？」受付係は言った。

「今すぐに」

受付係は、正確だが軽い訛りのある英語で、それは不可能だと断言した。「大使閣下の予定は埋まっています。一カ月後でしたらお約束もおとりできるのですが、今日ですか？残念ですが無理です」

「大使閣下に伝えてくれたまえ」ホームズは言い張った。「ぼくの名はシャーロック・ホームズだ、ヴェルテル・フォン・ボルクのことでここに来た。大使閣下とヘル・フォン・ボルクが犯罪行為をしたと思われる、確かな証拠をもっていると伝えてくれたまえ。ぼくとの面談を拒否すれば、罪を認めたものと考え、このあとわが国の全国紙の新聞社に行き、その話をすると」

「あなたのご主張は――」受付係は言葉を探した。「――漠然としています。大使の注意を惹くようなこととは思えません。あなたのおっしゃる、フォン・ボルクという人物のことは存じています。この大使館、それに、祖国を離れているドイツ人のコミュニティの双方に所属する、りっぱな人物です。彼が不適切な活動に従事しているとは思えません」

「それならあなたは、だまされているか無知かのどちらかですな」

受付係は憤激した。「失礼ながら、私の忍耐を試しておられるようですね。ここへ来て非難や侮辱を投げつけるなど、無作法にもほどがある」そう言うと、入口近くに座っている大柄で筋骨たくましい二人の男に目をやった。私たちがここに入ってきたとき、《北ドイツ総合新聞》を読んでいた二人だが、今は新聞を読むふりをして、ホームズと私を監視していた。その軍人らしい態度や筋骨隆々とした身体に、短く切りそろえた髪とこざっぱりした口ひげが似合っている。彼らの仕事が、もめ事を起こす人間に対処することなのは明らかで、ホームズも私も、またたく間にそうした人間に分類されたようだ。

「おいおい、君」ホームズは受付係に言い返した。「君もわざと妨害するような物言いをしているね。われわれは国王陛下の臣民たる英国市民であり、君は外国人で、ぼくの要求を拒否する権利は君にはないのだよ」

「私にはあらゆる権利があります。この建物の中では、あなたのほうこそ外国人ですよ」

ホームズもそれはよく知っていた。そればかりか、私と同様、二人の平服の軍人《ムフティ》がいることにも気づいていたはずだ。受付係を挑発することで、ホームズが軍人たちの注意を惹こうとしているのは明らかだった。けんかを仕掛けようとしているのだ。

「こんなに腹立たしいのは初めてだ！」ホームズは、ほとんど叫ぶような声を上げた。

「ドイツ人について噂されていることは本当だな。世界でいちばん無礼な連中だ」

この声に、平服の軍人たちが立ち上がった。二人はゆっくりと歩いてきて、私たちをはさむように両脇に立った。

「クラウス」ひとりが受付係に声をかけた。「こちらの紳士たちが何か厄介事でも？」

「ええ、少々。大使館の働きについて、何か誤解されているようで」

「われわれのエスコートで、お帰りいただきますか？」

「ええ、そうしていただけると助かります、ご本人たちが拒否しているので。ありがとうございます」

この会話が英語で交わされたことの意味は明白だった。私たちは脅されていた。

「トラを巣穴から追い出す方法はいくつもある」ホームズは小声で私に言った。「君はどのぐらいけんか好きだ、ワトスン？」

「今やるのか？」私は二人の軍人を見た。どちらも私より頭ひとつ背が高く、胸回りも数インチ太い。「率直に言えば、今はやめておきたい」

「それならぼくに任せてくれ」

「喜んで。遠慮なくやってくれ」

歳《とし》を重ねたとはいえ、ホームズのバリツの腕前は、まったく失われていなかった。ドイツ人のひとりは、もうひとりがホームズの攻撃開始に気づくよりも先に、床に倒されてうめき声を上げた。動けなくなったほうの男は、骨折した手首を押さえていた。さらにその脚の曲がった角度を見るかぎり、膝蓋骨が、割れてはいないまでも、脱臼していることは間違いなかった。

仲間の男は、仰々しいボクシングの構えで拳《こぶし》をかため、指関節を上向きにしてホームズに向かってきた。あごを食いしばり、その腕が空中で円を描いた。

「もう不意を突こうとしても無駄だ」男はホームズに言った。「簡単に倒せると思うなよ」

ホームズは男に向かっていった。ドイツ人がパンチを繰り出してきたが、ホームズは身を屈め、相手のガードの内側に入り込んだ。ナイフのように硬く突き立てた指で、三度のすばやいジャブを相手のあばらに入れ、反撃される前にさっと後退した。

相手は痛みに声を上げたが、思ったよりもちこたえていると私には見えた。そのがっしりした胸板は、相当なダメージを食らったはずだ。彼はホームズに襲いかかり、クロスパンチ、大振りのパンチ、フックを矢継ぎ早に繰り出した。ホームズはこの攻撃を前腕で受け止め、隙を見て相手のあごに強力なアッパーカットを食らわせた。さらにむこうずねに猛烈な蹴りを入れると、ドイツ人はよろめきながらあとずさった。

「やめろ！　やめろ！」受付係のクラウスが叫び、両腕を振った。「みっともないことをするな！」

だが、どちらの耳にも届いていない。騒ぎはアトリウム全体に反響し、階段の上にまで届いた。いくつかの戸口から人々の顔がのぞき、周囲が騒然としてきた。ホームズの意図は、ただ騒動を引き起こすことにある。ある種の冷静さで彼が大きな成功をおさめつつあることは、否定しようがなかった。

「やめてくれ！」クラウスがもう一度むなしく叫んだ。

「東洋の格闘技スタイルだな」平服の男がホームズにうなるように言った。ホームズに蹴られた脚に、もはや体重をかけられなくなっている。「堕落の証《あかし》だよ。真の男は、戦いに足など使わない」

「勝ちたければ使うさ」ホームズはそう言い、ふたたび攻撃に転じた。

今の言葉を強調するかのように、ホームズはそのあと蹴りばかりを繰り出した。爪先と足の甲で、相手の弱い部分——特に関節——を何度も狙うと、ついにドイツ人は身体を折り曲げ、ほとんど立っていられなくなった。雄々しく最後まで抵抗したものの、ホームズの勝利はほぼ決定的だった。最後に相手のこめかみを強く蹴ると、ドイツ人は転倒して気絶した。憐れみからとどめを刺したとでも言えるような一撃だった。

　そのころには大使館全体に動揺が広がっていた。階段の踊り場に出てアトリウムを見下ろしていた人たちは、騒然となっていた。この騒ぎは何事かと、大使自身が現れるのも時間の問題だ。

　私は大使の顔を知らなかったが、背が高く気品のある男性が、どら声のドイツ語で叫びながら階段を小走りに下りてきたのを見て、彼に違いないと思った。司令官の雰囲気を身にまとうその男のことを、そこにいる誰もが、自分とは別世界の人間だと認識していた。一階に下りてきたときの彼の表情は、複雑だった。憤慨しているようであり、面白がっているようでもあった。

「いったい何事だ？」彼は英語でぴしゃりと言った。「君、君だ。こんな暴力行為を始めたのは君かね？」

　ホームズは、へつらうな笑みを浮かべた。「フォン・ヘルリング男爵とお見受けします。お目にかかれて光栄です。恐れ入りますが、ほんの少しお時間を頂戴できないでしょうか」

13章　フォン・ヘルリング男爵

フォン・ヘルリング男爵がホームズの面談要求に同意したことに、私は驚いた。きっと男爵は全力で拒否し、すぐに立ち去らなければ恐ろしい結果を招くぞと脅してくるだろうと思っていたのだ。だが男爵は、ホームズの厚かましさをほとんど面白がっているかのように、私たちを上階の設備の整った会議室に招き、椅子に座らせ、軽食でもどうかと尋ねてきた。男爵の英語は流暢でほぼ完璧だった。同胞のフォン・ボルクとは違い、動詞を文末に追いやったり、Vをやわらかく、Wを硬く発音する癖もない。

「お茶でもいかがですかな」

「ぜひいただきたいです。階下《した》で少々運動したところでして、正直申しますと、元気を回復させてくれるものが欲しかったのです」

フォン・ヘルリングは電気式の呼び鈴を押して、執事を呼んだ。

執事が茶器を載せたトレイを持って戻ってくるまで、私たちは礼儀正しい会話でゆったりとした時間を過ごした。フォン・ヘルリングは、最近ブリュッセルの万国博覧会で起きた火災で、イギリスとフランスの展示があったパビリオンが焼けてしまったことを嘆いた。「博覧会で国々がひとつに結集するのはいいことですね」男爵は言った。「どの国も、自分たちのよいところをできるかぎり見せようとする。そうしたさまを見ていると、われわれには互いを分け隔てるものよりも、共有するもののほうが多いことを思い出すことができる。芸術、科学、建築など、より高次の世界の追求こそが、われわれの真の使命であるべきだと思うのです。火災は残念なことでした。不吉な予兆と見なす向きもありますが、私はそう考えたくない。もし不吉な予兆を求めるのなら、モンテネグロの独立騒ぎでしょう。これこそバルカン半島を急激に食い尽くそうとする、不安の徴候に思えますよ。ヨーロッパはわれわれの目の前で分裂しようとしている。完全に崩壊してしまう前に、どうにか大陸をひとつにまとめたいものですな」

男爵は、愛想がよく道理をわきまえた、平和と安定を願う人物のように見えた。「崩壊は誰のためにもならない」彼は続けた。「得をするのは、無政府主義者、反動主義者、革命家だけです。政治的な足がかりを築かせてはならない連中ですよ。私やわが祖国は、結束と団結を支持しています」

お茶が注がれ、また三人だけになると、大使は私たちの訪問理由に話題を移した。

「重要な用件でいらしたとお見受けします、ミスター・ホームズ。あなたの荒っぽい振る舞いもそのせいでしょう、何かわけがおありかと。私の助けが必要ですか？　進行中のなんらかの犯罪に、われわれの使節のひとりが巻き込まれているとか？　できるかぎりご協力しますよ。大使館の情報や知識を、自由に使えるようにいたしましょう」

「ご親切に、大使閣下」とホームズ。「ですが、見え透いた嘘はやめませんか？」

　フォン・ヘルリングは眉をひそめた。「どういうことでしょう」

「こうしたゲームは今までに何度もやってきましたね、あなたもぼくも」ホームズはうんざりした口調で言った。「そろそろ退屈してきましたよ。なんら努力をしなくても、ぼくにはそのしるしが見えてしまう。それがなんなのかはよくわからない――きっと経験からくる本能なんでしょうね。あなたを見ればわかる。ぼくはあなたを見透かせる。表面下に潜んでいるものは、あなたが望むほど隠せていませんよ」

　ホームズは、〝隠せて《ヒドゥン》〟と〝望むほど《マインデッド》〟という言葉を、それとなく強調した。

　フォン・ヘルリングは頭をぴくりと動かした。「あなたは私を非難しているようだが」

「ええ、あなたが器《ヴェッセル》になり、そして召使《ヴァッサル》いになったことをね。世俗的な成功という名の硬貨で運賃を払ってくれる乗客を、自分の中に乗せたわけだ」

　ホームズの言いたいことを察し、私は吐き気を覚えた。またしても私たちは、〝隠れた《ヒドゥン・》精神《マインド》〟、ルルロイグと遭遇したのだ。フォン・ヘルリングの内側のどこかに、モリアーティがなりかわった神、ルルロイグが潜み、その実在が大使の実在と絡み合って、大使の声で指図し、周囲をあざむいているのだ。

フォン・ヘルリングの顔から温かみが消えていった。まるで凝固する牛乳を見るようだった。大使の顔だちが暗い色調を帯びると、目が大きくなり、眉が太くなったように見えた。礼儀正しい笑みを浮かべていた唇に、今や冷笑が浮かんでいる。

「ご機嫌よう、わが旧敵よ」ルルロイグは言った。「またお目にかかれてうれしい」

「ぼくはうれしくもなんともない」とホームズ。「一分ぐらいならだませたかもしれないが、そこまでだ。君のふだんの特徴が、フォン・ヘルリングにも見られたというわけではない。ただ、あまりにも楽しそうでね。説得力のある演技ではなかったよ」

「君の観察眼の鋭さを認めさせたいのなら、たいへんすばらしいと申し上げておくよ、ホームズ君。とはいうものの、私たちがここに座ってのち、君の手は何度も上着のポケットの上をうろうろしていた。まるでそこにある何かを確認しているようだった。ひょっとして、私が近くにいることを知らせる品かね？　お守りか？　護符か？」

ホームズは小馬鹿にしたような笑みを浮かべ、ポケットを探り、液体の入ったガラスの細い瓶を取り出した。いつもはほかのガラス瓶とともに、シガレットケースに入っているものだ。濁ったその液体は、あざやかな赤紫色の輝きを放っていた。

「パーベック島で採れる〈切迫の乳濁液《エマルジョン・オブ・イミネンス》〉か」ルルロイグが言った。「異界の存在に反応する、万能の天然磁石液だな」

「この液が放つ光が最初の合図だ。だが乳濁液が活性化すると、少しばかり熱も生じる。視覚で確認できない場合でも、触覚で確認することができるのさ」

「機知に富んだ君の能力は、限界を知らないな」

「君に関しては危険を冒したくないのでね、ルルロイグ」

「私を殺したいか？　必要な道具は手近にあるのだろう。銃とか。素手も使えるだろうしな」

「フォン・ヘルリングを殺せと言いたいのか」

「誘惑に駆られているはずだ。君は怒り狂っている、違うか？　君の兄さんの死は、君の魂に開いた新鮮な傷口だ。責めを負うべき人間に怒りを吐き出したくてたまらなかろうし、暗殺を許可したのはフォン・ヘルリング男爵だ。男爵がフォン・ボルクに命令した。君はそれを知っている、だからここに来たんだろう」

「ダゴン・クラブのメンバーの死刑執行令状に署名したのは、フォン・ヘルリングかもしれない」とホームズ。「だが、それは君の命令だ。男爵はただの指人形、それを動かしたのは君の手だ。そうとも、男爵を殺すことはできるが、真犯人を滅ぼすことはできない。君はただ男爵の死体から抜け出し、誰に邪魔されることもなくこれまでと同じことを続けていくだけだ。君はまるでネズミの大群だよ、ルルロイグ。一匹殺すごとに、また代わりの一匹が現れるだけなんだからな」

「いまいましいほどに追い払いがたい存在だろう？」

「いまいましいほどにね。だが害獣とはそういうものだ」

「いらだちも募るに違いない」

「こらえてるさ」

「こらえる？　君は前向きにそれを生き甲斐としてるじゃないか。私が長年にわたり君に与えてきた試練が、君の人生に新たな活気をもたらしているのではないかね。一八九五年に私と君が初めて衝突したとき――つまりモリアーティとしてではなく、ルルロイグとしてだ――あのとき君はやつれて消耗し、過去の自分の抜け殻でしかなかった。あれ以来、われわれが対峙《たいじ》するたび、君はますます強靭になっていった。これほどみごとな若返り効果をもたらしてやったんだ、多少はその功を認められるべきだと思うがね」

「自画自賛のしすぎだ。ただ、君がぼくの刃を鋭く保つ砥《と》石《いし》であったことは認めよう。君が絡んでいそうな事件が起きるたび、ぼくの能力が最大限に発揮されるのは確かだ。君は自分の陰謀のパートナーに、実に興味深い人物を選んできた。ネグレット・シルヴィアス伯爵。ジュゼッペ・ゴルジアーノ。シュレッシンガー博士。アデルバート・グルーナー男爵。ジョサイア・アンバリー。悪党揃いだな！　人殺しに恐喝犯、ギャング、ひとり残らず残忍なやつばかりだ」

「彼らは私に惹き寄せられ、私は彼らに惹き寄せられた。似た者どうしなのさ。そうやってわれわれは、相互利益のある盟約を結んだ。私が与える贈り物に、反応しやすい種類の人間というのがいてね。私が権力と高い地位、そして引き起こしたことに責任を負わせないことを約束すれば、彼らは喜んで受け入れる。自分の生来の性質に従い、自分自身に忠実になるよう彼らを促しつつ、人目を惹く軽い罪を犯させることで、君を彼らの領域に誘い込み、君を殺す機会を生み出すように仕向ける。シュレッシンガー――いや、〝聖者《ホーリー》〟ピーターズと言うべきかな？――彼はもう少しでやり遂げるところだった。あのブリクストンの葬儀屋は、棺桶に厄介な驚きを仕掛けてくれたんだがね」

私は眉を上げた。「腹を空かしたズヴェンビーは、〝厄介な驚き〟なんて代物じゃないぞ」

「ゴルジアーノの赤い輪団も惜しかったな」

赤い輪団とは、魔術によるテロ行為でナポリを制圧していた、イタリアの犯罪組織のことだ。赤い輪団の用心棒が胸に入れている赤い輪の刺青は、命を吹き込むと毒をもった深紅の節足動物になる。ブルームズベリーの物置部屋でエミリア・ルッカを見張っていた私とホームズに、あの生き物が這い寄ってくるのを見たときの恐ろしい感覚を、私は今も鮮明に覚えている。波打つように動く無数の脚、徐々にうねりながら進む身体の節々……。

「そうとも、ドクター」とルルロイグ。「あの事件の記憶は、いまだに君の頭の中に呼び起こされるのだな」

「死ぬ思いをすれば、当然そうなるさ」私は言った。

「それに、妻殺しのグルーナー。彼は実に凶暴なものを君にけしかけたな、ホームズ君。君のバリツや棒術の腕前も、ほとんど役に立たなかったろう」

「二匹の〝深きものども《ディープ・ワンズ》〟が相手だ、そう簡単に身を守れるものか。やつらは、かなり深い水中でも生きられるよう進化した水棲二足歩行動物だ。水圧に耐えられる強靭な体力がある。待ち伏せをしのげたのは、確かに幸運だったよ」

深きものどもはそこまで幸運ではなかった。ホームズは彼らに、そしてその主人のグルーナーにも報復したのだ。グルーナーが中国陶磁器の熱心な収集家であることを知っていたホームズは、清朝の骨壺の中に女鬼《ヌー・グイ》――不当な扱いを受けて復讐に燃える女の幽霊――を閉じ込め、それを送り届けた。グルーナーがふたを開けると、ヌー・グイが飛び出してきて、カエルに似た共犯者二匹を惨殺し、グルーナーにも外見を損なうほどのけがを負わせたのだった。

ホームズがそんなふうに正義の天秤を立てなおしたことを、私が思い出させてやると、ルルロイグは悪びれることなく顔を曇らせた。

「そうだな、あれは痛かった。金切り声の幽霊に顔を傷つけられたのは。身体を共有する人間が痛めつけられると、こちらもその痛みを感じるのでね」

「多少の慰めにはなる」とホームズ。「君がなんの痛みもなく戦いから逃げられると考えるのは、こちらも腹立たしいのでね」

「それでも私は逃げる。失ったものを取り戻し、じっくり考え、次の策を練るために。これまでのどの戦いもこちらの劣勢で終わったが、それでもわれわれのあいだには大きな違いがあるのだよ、ホームズ君。私は何度でも敗北するが、最終的な勝利者になるには、たった一度勝つだけでいい。君が負ければ、それは永久的な敗北だ。君は命を失うのだからね」

「これまでの戦績を考えれば、ぼくは自分に賭けつづけたほうがいいことになる。ただ、なんらかの結末に近づいている感じはあるね。君は今、最も傑出した姿で——最も厚顔無恥な姿と言うべきかな——ここにいる。マンフレート・フォン・ヘルリング男爵ほどの高名な人物を誘い込み、君の生きたマネキンにしたのは、初めてだ。ここ何年か、君はあまり目立たずにいたが、その期間中ずっととは言わないまでも、かなりの時間を、大使閣下と共謀していたはずだ。フォン・ヘルリングが大使に就任したのは一九〇四年で、マザリンの宝石と呼ばれる悪魔に取り憑《つ》かれた宝石を、ぼくが君から奪った直後のことだ。それ以前のフォン・ヘルリングは単なる領事で、あまり野心もなさそうな、月並みな外交官だった」

「彼をよく知っているんだな」

「《タイムズ》を読めばこの程度はわかる。今になってようやく、その意味するところ、物語の裏にある物語を整理することができたよ。君の支配下で、フォン・ヘルリングは、現在の目もくらむような高い地位にまで上り詰めた。彼は今、祖国の外交政策に影響を及ぼしつつ、イギリスの外交政策も油断なく監視できる地位にある。両国が避けがたい衝突へと突き進むようになっている現在、ぼくには、君がより大きな目的を達成するために敵対関係の醸成に関与してきたとしか、考えられないのだ。歯止めがきかなくなり、全世界を巻き込むことになる戦争ほど、最高潮の盛り上がりを生むものはあるまい？」

ルルロイグは肩をすくめ、無頓着な態度で同意を示した。「確かにそうだが？」

「君の最後の攻撃の第一歩が、ダゴン・クラブの壊滅だ」

「相手の駒のいくつかを、一気に盤面から払い落とせたよ」

「その駒とやらのひとつが、ぼくの兄だということを忘れるな」ホームズは厳しい目つきで相手をにらみつけた。

「忘れる？　おいおい、それこそが重要な点に決まっているだろう。君はこの面談を仕組んだつもりでいるらしいが、仕組んだのは私だよ。君の兄からフォン・ボルク、そして私のところへと続く道筋ときたら、黄金に刻むよりもくっきりとよく見えるものだったね」

「どちらにも功績はあったということにしようじゃないか」とホームズ。「ルルロイグと会うことになるかもしれないということを、ぼくがまったく考えもせずにここへ来たと思うのか？」

「いや、ホームズ君。その可能性があることを君は完全に見抜いていただろうね」

「ときには顔を上げ、盤の向こうにいる敵の目を見ることが役に立つ。相手が何を考えているのか、どんな考えを見せまいとしているのかを知るために」

「私が何を考えていると？」ルルロイグはみぞおちのあたりで両手を組みながら言った。

「ぼくが君の計画を阻止するかもしれないと考えている。ぼくは生きているかぎり、君の脅威となる。これまで以上に、なんとしてもぼくを始末せねばならないと考えている」

ルルロイグは、大げさすぎるほど声高に笑った。自分が楽しんでいるさまを、私たちに見せておくべきだと考えているようだ。もちろん、それは私の希望的観測だったのかもしれない。私は動揺するルルロイグを見たかったが、それでもなお、相手がエースをすべて持ち、こちらにはまともなカードが一枚もないという印象は消せなかった。

「私の脇腹に刺さった棘《とげ》を抜くべきときが、とっくにすぎていることは間違いない」ルルロイグは言った。

「〝棘〟みたいなちっぽけな比喩はやめてほしいところだが、そういう君の傲慢さには甘んじるとしよう。君にはわかっていないのだろうから」

「ただ、棘を抜くのは、フォン・ヘルリング男爵がすべき仕事ではない。この部屋で君たちを殺せば、少なからずまずいことになる。目撃者が多すぎて、外交特権もそこまでは及ばない」

「ぼくら三人だけになっても大丈夫だと判断したのは、そのせいだ」とホームズ。「ぼくは自分の命を軽く扱う気などないし、ワトスンの命はなおさらだ。玄関ホールでの騒動は、ワトスンとぼくが大使館にいることをできるだけ多くの人に知らせ、ぼくらが君に連れられて上階に行くのを見てもらうための追加保険だよ」

「いろいろと策略を繰り出してくるものだな」

「ぼくの賞賛すべき性質のひとつというわけさ」

「ハハ！　だったら乾杯用の紅茶をいれなおしてもらうべきかな。それとも、もっと強いものにするかね？」ルルロイグはベルを押した。「この大使館はりっぱなワインセラーが自慢でね、特に、甘めのワインが好みならお勧めだ。ゲヴュルツトラミネール（白ワイン用のブドウ品種。甘口高級ワインがつくられる）のものなど、どうかね？」

　ホームズはいきなり立ち上がった。「気前のいいお誘いだが、長居しすぎたようだ。大使閣下の貴重なお時間をいただいたし、今日はたくさんご予定がおありのはずだ。受付係もそう言っていた」

「予定など延期できるよ。この記念すべき再会に対し、別れの辞を述べたいのだ。こんな機会は二度とないよ――礼儀を守った言葉の一騎討ちを二人でやれる機会は。停戦状態は楽しめるときに楽しむべきだ、違うかね？」

「残念だが、ルルロイグ、断る」ホームズは私のひじをつかんで立ち上がらせた。「ワトスンとぼくは帰らねばならない。ぐずぐずしていると危険だ」

　わが友の声には、明らかに切迫した響きが混じっていた。何か危険が迫っていることはわかったが、それが何かはわからなかった。大使館にいるあいだは殺したりしない、とルルロイグも言ったばかりだ。あれは嘘だったのか？

　ホームズは私を引っぱって会議室のドアに向かった。あと少しというところで、もうひとつのドアが開いた。廊下ではなく、隣接する部屋につながるドアだ。執事が紅茶を運んでくるときに使った出入口で、きっと隣に厨房《ちゅうぼう》があるのだろうと思っていた。だが、そこから入ってきたのは、お仕着せの使用人ではなかった。ダークスーツに山高帽をかぶった、六人の男たちだ。彼らはすばやく着実な動きで階段に続くドアと私たちのあいだに割り込み、行く手をはばんだ。

六組の細長い目が、山高帽のつばの下から気味の悪い視線を送ってくる。鱗のある唇の隙間から出た先割れの六本の舌が、ちらちら動いている。

「ヘビ人間か」私は小声で言った。

この生き物を最後に見たのはずいぶん前だが、私の感じる嫌悪は以前と変わらなかった。全員が短い棍棒を持ち、それを振り上げて、あからさまに威嚇している。

これだけは言っておきたいが、ホームズも私も果敢に身を守ろうとした。さらに言えば、ホームズは私以上にりっぱにやり、私よりも長いことヘビ人間どもにやられずに持ちこたえた。私があの棍棒で何度も凶暴な攻撃を食らい、床に倒れたあとも、ホームズはまだ戦っていた。とはいえ、ヘビ人間の数は私たちの三倍、全員が私たちの三倍ぐらい力強く、しかも武装している。ホームズがなんとかポケットから私の銃を取り出したときは勝機が生まれたかに見えたが、結局銃を使うことはできなかった。ヘビ人間のひとりにそれを奪い取られると、悲しいかな、戦いの勝敗は明白になったのだ。

ヘビ人間たちに押さえつけられ、あおむけに横たわった私たちの顔を、ルルロイグが上からのぞき込んだ。「君たちはこれから連行される。その後どうなるかは私の知るところではないが、われわれ三人とも、君たちを待ち受ける運命を、かなり明確に想像できているのではないかな。誰かに訊かれても、フォン・ヘルリング男爵は、君たち二人を裏口から帰したと答えることができる。少なくとも嘘ではない。君たちが洗濯かごに詰められ、このりっぱな紳士たちに運び出されたという点が省略されているだけでね。もう午後もだいぶ遅い。間もなく夜になるし、その暗がりに紛れれば、彼らの鱗で覆われた皮膚や、あまり普通とは言えない容貌も、誰にも気づかれないだろう」

「ひとつ見落としているようだ」私は言った。

「なんだね、ドクター？　ここで大声で叫べば、役人たちが不審に思い、この部屋にやってくるはずだとでもいうのかな？」

「まあ、そうだ」私は少々勢いを失った。

「だが、意識を失ったら叫べないよ」とルルロイグ。「さて、お別れを言うときが来たようだ。私がフォン・ヘルリング男爵なら、『アウフ・ヴィーダーゼーエン（また会おう）』などとは言わない、再会をほのめかす言葉だからね。むしろ、永久的な別れのときに言う言葉、

『レーベ・ヴォール』と言いたいね。直訳すれば〝よく生きろ〟という意味だが、この場合は逆の意味になるな」

「きさま――！」

私はそれ以上反論させてもらえなかった。棍棒が振り下ろされ、まぶしい閃光が走り、そして完全な暗闇が広がった。

14章　歯擦音混じりの会話

暴力によって気絶していた人間が目覚めるときに感じる、喜ばしさや心地よさの水準は、きっとこんなものなのだろう。私も吐き気やめまい、頭痛、その他無数の不快な感覚に襲われつつ、なんとか少しずつ意識を取り戻した。ぼやけた視界の焦点が合うにつれ、小さく不安定な光源が見えてきた。粗野な粘土の器にろうそくが立っていて、炎がたなびいている。その弱々しい光輪が、湿った岩壁とホームズの顔を照らしている。

ホームズは座って岩壁に寄りかかり、両腕で膝をかかえていた。私と同じくらい意識が朦朧としているらしく、おまけに不機嫌そうだ。

「ああ、目が覚めたか。いや、まだ起きないほうがいいぞ。回復するのに時間をかけたほうがいい。棍棒で殴られるのは本当に不愉快だな。灰白質はああいった振動を受け止めきれず、目覚めるときになって活発な抗議活動を始める。じきにおさまるよ、それまでおとなしくしておきたまえ」

私は返事の代わりにうめいた。自分でも何を言ったのかよくわからなかったし、実のところどうでもよかった。

「ぼくを自信過剰の愚か者だと責めたければ、ぜひそうしてくれ」とホームズ。「誰よりも腹を立てているのは、このぼく自身さ。もっとさっさと動くべきだった。ルルロイグに最後のおしゃべりなど、させなければよかったんだ。押す回数が合図だったんだよ」

私は、話の意味がわからないということを、どうにかホームズに伝えた。

「ベルのボタンを押した回数さ。フォン・ヘルリングは二回ボタンを押して執事を呼び、ルルロイグは三回押した。執事ではなくヘビ人間を呼ぶ合図だったんだ。彼らは隣の部屋で待機していた。執事もぐるだったとしか思えない。厨房に一緒にいる六人の奇妙な連中のことは、見て見ぬふりをするよう指示されていたんだろう。フォン・ヘルリングから、彼らはひどい皮膚疾患なんだと言われていた可能性もあるが、単に詮索するなと命じられたのかもしれない。国家の大使で、上流階級に属する人物から黙っているよう言われたら、使用人が疑問をもつ余地などないだろう。それにしても、ぼくは馬鹿だ。愚か者だ！」

ホームズは手のひらでぴしゃりと眉間をたたいた。ホームズの頭が私の頭と同じ状態なら、かなりの自己懲罰的行為だったはずだ。

ようやく私は、自分たちが今いる場所が石炭貯蔵庫ほどの小部屋だということに気づいた。出入口は大ざっぱな長方形で、人がひとり不自由なく通り抜けられる大きさだ。この出入口を、いくつもの大きな石が外からふさいでいる。どれも三、四人がかりでないと動かせないような巨石だ。それ以外、部屋には何もなく、特色もなかった。

私はパニックに襲われはじめた。「壁に囲い込まれている。ここは墓穴だ」

「否定はできないね。ただ、丁重にろうそくが置いてあるところを見ると、そういうことでもなさそうだ。一時的な監禁場所だと思う。牢屋だよ」

生き埋めにされて窒息するまでここにいる運命かもしれないという気持ちも、完全には払拭《ふっしょく》できなかった。それでも私は、ホームズの言葉に少し元気づけられた。

「残念ながら」ホームズが続けた。「通常の牢屋と違い、この〝扉〟はとんでもない力持ちでなければ開けられない。岩を動かそうとしてみたが、無理だった。二人でやっても結果は変わらなそうだ。しばらくは閉じ込められることになるね」

長い時間が過ぎ、私のさまざまな不快感が薄らいできても、ホームズは深い考えにふけり、自己批判を繰り返しているようだった。ようやく私は、頭蓋が壊れそうな感じを覚えることなく、なんとか身体を動かして座ることができた。

「ヘビ人間は、ぼくらをずっと監禁するつもりなのかね？」

「どうかな。どうやらぼくらは処刑される運命にあるようだ。連中が忍耐強いかどうかにもよるだろう。楽しみを先送りすることで得られる喜びもある」

「処刑する側はそうかもしれないが、されるのを待つ側は違うさ。君はここから脱出する策を何か考えてるんじゃないのか？」

「ぼくらには銃もない」ホームズは言った。「ガラス瓶の入ったシガレットケースも奪われた。道具も武器もない」

「知恵はあるし、拳も使えるよ」

「それだけで足りると願いたいがね」

「たとえその時が来ても、おとなしく従ったりするものか。ぼくは最期の瞬間まで抵抗する」

「いつものワトスンだな。獅子の心臓の持ち主だ」

　ホームズがさらに何か言おうとしたとき、扉代わりの石の向こうから、物音が聞こえてきた。たくさんの手が大きな石を持ち上げ、脇へひとつずつどけていく。

出入口ができると、数人のヘビ人間が中をのぞいた。ホームズと私がまだ生きているとわかると、満足そうだった。それから連中は、仲間のひとりの通り道をあけるために脇へさがった。

　それが誰なのか、私はすぐに気づいた。最後に会ったときから十五年、ほとんど変わっていない。ヘビ人間たちは普通の人間のような歳のとり方をしないのだろうか。あるいは、鱗に覆われた皮膚にはしわができないので、いつまでも若いように見えるだけかもしれない。トラのような黒と金色の縞模様が、相変わらず人目を惹く。

ホームズの〝イレギュラーズ〟の元リーダー、ウグンズだった。今はこのヘビ人間の小集団を率いているようで、彼の支配的な性格からすれば、ひょっとすると、ヘビ人間全体もまとめているのかもしれない。

ウグンズは、小馬鹿にした態度で私たちに挨拶した。「これはこれは、ミシュター・ホルムスにドクトル・ワッション。まるで逆になりましたな。かつてはわれらがあんたがたの奴隷《シュレイヴ》だったが、今やあんたがたが捕虜となり、私の好きにできるとは。こんなかたち《シー・ユー》であんたがたに会える《・ジシュ・ウェイ》とは、実にうれしい《プリージュ》」

「ウグンズ」ホームズは無愛想に言った。「ほくそ笑むのはやめてくれ」ホームズは歯擦音混じりの英語で話しかけてきた相手に、ルルイエ語でしゃべりだした。「君はわれわれを殺すつもりでいる、それは確定事項だ。あるいはわれわれを憎んでさえいるかもしれないが、ぼくは君たちを公正に扱ったつもりだよ」

「公正？　三蛇の王冠でわれらの意志《ウィルシュ》を制御することが、公正だと？」

「あれは目的のための手段だし、使ったことを謝る気はない。どのみちぼくは、君や君の仲間たちで構成されたイレギュラーズが、その気もないのにぼくらの活動に加わっていたとは思っていないよ。ぼくを助けることで、君はほかの仲間を助けていたし、君たちに生まれついての利他精神がなければ、王冠があろうがなかろうが、君たちの参加を強要することなどできなかっただろう。君は善行をなしたかったんだよ、ウグンズ、そう意識してはいなかったかもしれないがね。それは今も変わっていない、ぼくはそう確信している」

「そうかな？」とウグンズ。「あんたはまるで、私自身《マイシェルフ》よりも私を知っているかのようじゃないか、ミシュター・ホルムスス。たいした知覚力《パーシェプティヴネシュ》だ！」

「君がルルロイグとどんな取り決めをしたか知らないが、それはなんの意味もないことだと認識すべきだ。あいつは信用ならない男だよ」

「私が取り決めをしたなんて、どうして思う？」

「ぼくはルルロイグを熟知している。彼は契約を結ぶが、利益にならないことは絶対にやらない。君と君の仲間がルルロイグと同盟を結んでも、それは対等な盟約じゃない。ルルロイグが代償として求めるのは、自分が与える以上に価値のあるものだ」

「ルルロイグは、あんたとドクトル・ワッションを殺せと言っただけだ。彼は何年ものあいだ《アフター・イヤーシュ》自分で殺そうと試みて、その結果《リジャルト》──」

「試みて、失敗したんだろう」ホームズが口を挟んだ。

「何年も試みて《アフター・イヤーシュ》、失敗した」ウグンズは認めた。「それで、われらに任務を託した。あんたたちが死《デシュ》ねば、われらの利益《インタレシュト》にもなる」

「利益というのは、復讐ができるということか？　ぼくが三蛇の王冠を使い、君たちが無礼だと感じるようなまねをしたことへの」

「それもそうだが《イット・イシュ・ザット・イエシュ》、ほかにもある。ルルロイグは、もっと大きな報酬を約束してくれ《ハシュ・プロミシュト・ア》た《シュ》」ウグンズの舌が、こわばった口の上をしきりにちらちらと行き来した。「あんたたちの世界に、混沌《カオシュ》がやってくる。間もなく、前代未聞の大虐殺《デシュトラクション》が起き、大量の血が流れる。その後は、勝利した側《ウィニング・スサイド》についた者に、チャンスが訪れる」

「なんの報酬だ？　それが何であれ、ルルロイグは決して約束は守らないと思うがね」

「われらが長いあいだ求めてきたものだ、われらにはそれを受け取る権利もある。そのためなら、なんだって《エニー・タシュク》やる。さて、話はもういい。二人とも、一緒に来い。行かなければならないところ《シャムウェア》がある。みんなが待っている。期待を裏切るわけにはいかない《マシュト・ノット・ディシャポイント》」

ウグンズは、鱗で覆われた前足の指で私たちを手招きした。ホームズと私は立ち上がり、小部屋を出た。死刑台に連れていかれることはわかっていても、これ以上あの狭く風通しの悪い空間に閉じ込められなくて済むと思うと、少しほっとした。

私たちを取り囲むヘビ人間は、総勢で十人あまりだった。うち二人が、発光するコケのようなものを棒に巻きつけた松明を持っている。粗野な道具が放つ光は薄暗かったが、周囲を照らすには充分だった。

ヘビ人間のひとりが、私のリヴォルヴァーを持っていた。ウグンズが手を差し出すと、相手は異議を唱えるでもなくそれを渡した。

私たちはばらついた列をなし、ゆっくり歩き出した。ホームズと私は真ん中にいて、ヘビ人間たちはその前後に同じくらいずつ分かれて歩いた。最初のうちは、ロンドンの街路の地下深くに存在する洞窟網の一部をなす、自然の地下道を進んだ。ヘビ人間の集団がこの地下領域に出入りするようになったのは、そもそもホームズのおかげだった。ホームズは、シャドウェルの地下にある洞窟だけでなく、街の下層領域をヘビ人間たちが自由に使えるようにしてやったのだ。私たちの側に優位な論点として、それを指摘してやることも考えたが、言うだけ無駄だろうと思った。それよりも、逃げるチャンスを探すことに集中したほうがいい。

間もなく、遠くから水の流れる音が聞こえ、洞窟が別の新しい環境に変わる前触れを伝えてきた。私たちは洞窟の割れ目に無理やり身体を押し込み、ロンドンの下水システムに入っていった。悪名高い悪臭《スティンクス》をロンドンから一掃し、コレラや腸チフスの発生頻度をほぼゼロに抑え、イギリスの首都を大幅に住みやすい場所に変えたのは、このサー・ジョゼフ・バザルジェットによる壮大なプロジェクトだ。

レンガを敷き詰めた下水路は、四十年ほど前につくられたもので、ヘビ人間たちの行動範囲は、ここを使うことで何マイルも先まで広がったのだった。むこうずねまで浸かる汚い排水の中をざぶざぶと歩き、曲がり角へ来るたびに太ったネズミの群れが走ったり泳いだりしているのに出くわすのは、私だけでなくきっとホームズにとっても、不愉快極まりない体験だった。一方ヘビ人間たちにとっては、にぎやかな大通りをぶらぶら散歩するのと変わらないようだ。あるときなど、連中のひとりが身を屈めかと思うと、木から熟したプラムを摘み取るかのようにネズミをつまみ上げ、大喜びで口に放り込んだ。じっくり味わうかのようにむしゃむしゃと噛むヘビ人間の口から、ネズミの尻尾がはみ出し、断末魔を伝えるかのようにパタパタ、くるくると動き回る。それを見ていた私の気持ちは、嫌悪などという穏やかな言葉ではとても表現できなかった。だがヘビ人間のほうは、その食事にも、それを手に入れた場所について軽口をたたくことにも、このうえなく満足しているようだった。まるで私が思い知るべき警告のようにも思えた。彼らは人の形をした生物ではあるが、別の側面から見ればまったく異質な種族なのだ。

やがて、たくさんの下水道が合流する地点にたどり着いた。貯水槽を中心とした、大聖堂ぐらいはあろうかと思える、広大な闘技場のような場所だ。中央の貯水槽にあちこちの水源から水が流れ込み、格子で覆われた幅広の水門を経て排水されているが、そこからの行き先は想像するしかない。流れ落ちる水の轟音が耳をつんざくように響き、排水の悪臭も、下水道そのものよりはましだが、息を詰まらせないために努力が必要な程度には強烈だった。それでも、この地下の洞窟のような空間にたどり着き、いくつもの滝のようにのたうって流れ落ちる排水を見ていると、私は奇妙な畏敬の念を覚えた。いかなる自然の驚異にも匹敵する、人工建造物の威厳が感じられたのだ。

何百というヘビ人間が、期待に胸を膨らませ、教会の信徒のように静かにそこに集まっていた。ほかの連中と比べてヘビ的な特徴の強いヘビ人間は、水深二、三フィートもない貯水槽に群れている。一八八〇年以降、ヘビ人間が動ける空間が広がるにつれ、その人数も大きく膨れ上がっていた。かつては村一個分程度の数だったのが、今では小さめの町の人口ぐらいには増え、ここにいる若いヘビ人間の数を見ると、まだまだ増えそうだ。子供の姿もかなり見られ、母親に抱かれた赤ん坊もちらほら見える。

ホームズと私は、侮辱の言葉を投げつける群れの中を歩かされ、増水した貯水槽の中央付近、水面よりいくらか高いところにある、レンガ造りの構造物の上に連れていかれた。台座なのか演壇なのかよくわからない場所で、真上に格子があり、月明かりが差し込んでいる。ホームズと私は、私の銃を持っているウグンズと、ヘビ人間の代表団とともに、実体のない柱のような柔らかい月光の中に進み出た。

ヘビ人間の群れが見上げる場所に立ち、光に照らされると、無防備なさらし者にされた気がした。見世物にされているのだ。革命広場の死刑囚護送車の中でギロチン台に呼ばれる時を待ち、血を求める暴徒に罵声を浴びせられる、フランス貴族の姿を思い浮かべずにはいられなかった。無数のヘビの目が輝き、シューシューいう罵声がさらに大きくなった。

「諸君」ウグンズがルルイエ語でしゃべりだすと、罵声が静まった。思ったとおり、彼はこの集団の指導者らしい。「わが民よ。ここまで、長く厳しい道のりだった。三十年前、われらは神を失った。強大なるナイアルラトホテップ、〝這い寄る混沌〟、われらが心から崇拝し、たゆみなく犠牲を捧げてきた神が奪われた」

　悲しみと怒りのざわめきが上がった。ナイアルラトホテップがヘビ人間の信仰対象だったころは、まだ生まれていなかったはずの若者たちも、これに加わった。

「ナイアルラトホテップは、モリアーティ教授《プロフェッショー・モリアーティ》と、この男、シシャーロック・ホルムススによって奪われた」

　集まったヘビ人間たちもホームズの名を呼び、歯擦音がこだました。

「われらはナイアルラトホテップの寵愛を失い、われらの生活はむなしきものとなり、意味をなくした。その後、シシャーロック・ホルムススが戻ってきて、われらに新しい目的となるものを与えた。正直に言おう、私もそれを信じたひとりだった。私は彼の嘘にだまされた。彼の命令に従うことで、ある種の救済を得られるかもしれないと思った。だが、シシャーロック・ホルムススは、われらから得られるものだけを一方的に求めただけだった。われらにはまるで敬意を払っていなかった。利用しただけだった。われらは彼の〝イレギュラーシュ〟だったのだ」ウグンズはその言葉に侮蔑を滲ませた。「さらに追い打ちをかけるように、彼は自分のやりたいようにやるため、三蛇の王冠を使った。言葉で頼みさえすれば、われらも自発的に彼に仕えたかもしれないのに、その選択肢は与えなかった。たやすく得られたかもしれないものを、われらから強引に奪ったのだ」

ホームズの名を呼ぶ歯擦音は、より際立った辛辣なトーンになっていった。ウグンズはホームズを悪役に仕立て、ヘビ人間たちが不満を向けるスケープゴートにしようとしている。実に古典的な大衆煽動であり、信仰復興を唱える伝道師のような情熱的な語り口で、私もしぶしぶながら敬意を感じずにはいられなかった。ウグンズはここまで必死にやってきたのだ。十五年ほど前、三蛇の王冠に不慣れな私の隙を突き、ホームズに対して事実上のクーデターを起こして以来、ウグンズはその反乱によって得た名声を大きく育て、支持者を増やすべく懸命に努力してきたに違いない。さまざまな革命の火つけ役と同じように、ウグンズも皇帝の地位に上り詰めたのだ。

「そして今」ウグンズは続けた。「われらはついにホルムススを捕らえ、屈服させ、好きにできる立場となった。すばらしいことだ。われらを虐待した代償を払わせることができる。ホルムススと、仲間のワッションを殺してやろう――食い尽くしてやろうではないか」

ヘビ人間たちに食われると聞いても、なぜか私は驚かなかった。これが単なる処刑の場でないことは、とうに感じはじめていた。ヘビ人間が人を食うこともあるのは知っていた。食料が不足すると、共食いしたことも過去にはあったという。人間を食わない理由はないのだ。

「彼らはわれらの栄養になるだろう」とウグンズ。「全員に分け前を与える。彼らはそれだけのことをした。われらにもそうする権利がある」

何百もの爬虫類の目がホームズと私を凝視していたが、その目の貪欲さは、物理的なものというより精神的なものだった。

「弁済を求める」ウグンズは言った。「回復を、あがないを求める。それは今日、今から始まるのだ」

ウグンズがそばにやってきて、リヴォルヴァーを私の頭に向けた。

私は身をこわばらせた。できることなら銃を奪いたかった。ウグンズと格闘し、銃を奪還し、ウグンズを撃ち殺して、さらにできるだけ多くのヘビ人間を消し去ってやりたかった。もちろん、いずれは反撃に屈するだろう。数は相手がはるかに勝っているし、弾は六発だけだ。何がどうなろうと私の命は奪われるだろうが、代償は充分払わせてやるつもりだし、きっとホームズも同じ考えだと、私は心から信じていた。勇敢なイングリッシュマンの生きざまと死にざまを、ヘビ人間どもに見せつけてやるのだ。

そのときホームズが、びっくりするほどの冷静さで言った。「ちょっといいだろうか、ウグンズ」

ウグンズは銃を私に向けたまま、振り向きもせずに返事をした。「なんだ《イェシュ》？」

「しゃべってもかまわないか？」

「だめだ」ぶっきらぼうな返事が返ってきた。

「死刑囚に最期の言葉を言わせるのが、伝統というものだろう」

「それはあんたらの伝統だ。われらには関係ない《ノット・フォー・アシュ》」

「別にかまわないだろう？　どうも理解できない点がある、それについて訊きたいんだが。好奇心が満たされないまま死にたくはない。君はぼくのことを知ってるだろう？　疑問の答えがないのは嫌いなんだ」

「なぜこっちが《ホワイ・シシュド・アイ》あんたを喜ばせてやらなきゃならん？」

「優れた指導者は誰に対しても公平に耳を傾けるものだ、たとえ敵にでも。敵に話をさせることで、さらに相手を追い込めることも多い」

ウグンズはこの言葉について考えた。何人かのヘビ人間は、ホームズに賛同した。そいつにせいぜい自分の行動を弁明させてやれ、という意見が聞こえた。首を吊るのに充分な縄を与えてやれよ、と。それ以外の連中は、大声で反対した。これ以上死刑判決を先延ばしにしたくないようだ。

思案ののち、ウグンズはうなずいた。「よかろう。要求を認める《リクエシュト・イシュ・グランテッド》、ミシュター・ホルムスス。だが、長話はごめんだ。ただの言い逃れだと判断すれば《イフ・アイ・シェンシュ》、ドクトル・ワッシヨンは即座に死ぬ《ダイシュ・インシュタントリー》。警告はなしだ。ただ撃つ」

私はホームズを見た。きっとホームズには何か考えがあるのだ、そう私は信じていた。時間稼ぎか？　この場から逃げるための狡猾な策を、何か隠しているのだろうか？　そうであることを祈った。とはいえ、私の心のどこかには、ウグンズに撃たれるほうがましだという気持ちもあった。生きたまま食われるよりはずっといい。

「ぼくはただ指摘したいだけだ」とホームズ。「ルルロイグ——今の君たちが運命をともにしているルルロイグこそ、君たちからナイアルラトホテップを奪った張本人だ。あれはぼくではない。モリアーティが、ナイアルラトホテップの神格を強奪し、ルルロイグとなったのだ。君たちの前から〝這い寄る混沌〟が消えたのは、ぼくではなく、〝隠れた精神〟のせいだ」

「われらがそれを知らないとでも？」ウグンズの声にせせら笑いが入り混じった。「ミシュター・ホルムスス、われらはルルロイグが何者か、どうやってあの力《ヒシュ・パワー》を手に入れたのか、よく知っている。彼が率直に話してくれたからな」

「それでも君は彼の申し出を受け入れたのか？　君たちの神を滅ぼした神の申し出を？　それは偽善では？」

「逆だよ。懸命な判断《イット・イシュ・シェンシブル》だ。神と、その神を打ち負かした神と、どちらが強い？　どちらが崇拝《ウォーシシップ》する価値がある？」

「なるほど。ナイアルラトホテップは死に、ルルロイグは生きている。興味深い。自分では、大胆な一歩を踏み出したと思っているんだろうね」

「大胆かつ実用的な一歩だ」

「ぼくには臆病に思えるよ。昔の君たちは、ナイアルラトホテップの前で縮こまっていた。今は、さらに強い畏敬の念を抱く神の前で縮こまっている。君たちは、独立よりも、別の隷属、しかももっと悪い隷属状態を選んだわけだ」

「ミシュター・ホルムスス……」ウグンズが警告するようになった。

私は、頭のすぐそばのリヴォルヴァーをますます鋭敏に意識した。ウグンズの人差し指が、引き金を引こうとしているのがわかる。私の反射神経では、ウグンズの指に力が入る前に銃を奪い取れるとは思えなかった。はかない希望は消え失せ、私に残されたのはシャーロック・ホームズだけだった。

15章　シュウィッツァーランド

ホームズは死刑囚の特権行使をさらに続けた。

「君はさっき、ルルロイグが報酬を約束してくれたと言ったね。さしつかえなければ、それがなんなのか聞かせてもらえないだろうか」

「国だ」とウグンズ。「われらの国だよ。もうわれらヘビ人間《シュネーク・メン》は、こそこそ《シュカルク》と地下で生きる必要がなくなる。戦争が終わり、人類が激減したら、ルルロイグがわれらに、われらだけのための《エクシュクルーシヴ・ユーシュ》国を与《ビシュトウ》えてくれる。そこでは自由に歩き回り、好きなことができる《ドゥー・アシュ・ウィー・ウィーシュ》。あんたもきっと聞いたことがある場所だよ。シュウィッツァーランドと呼ばれている」

「スイスか。そこが君たちの約束の地なんだな」

「ルルロイグは、そこには山があり、小川があり、湖があり、森があり、野生の獲物も豊かで、狩りをして食っていくことができると言った。世界中のヘビ人間《シュネーク・メン》、われらの兄弟姉妹《ブラザーシュ・アンド・シシュターシュ》も移住してきて、永久の平和と繁栄《エヴァーラシュティング・ピーシュ・アンド・プロシュペリティ》の中で、ひとつになって暮らすのだ」

「まるで地上の楽園のようだな」ホームズは皮肉った。「乳と蜂蜜の国、もしくはアルペンホルンと鳩時計の国か」〝アルペンホルン〟と〝鳩時計〟はルルイエ語で表せる言葉がないため、その部分だけは英語で言った。

あまりユーモアのセンスがないウグンズに、この皮肉は通じなかった。「まさに楽園だ」疑いなど微塵《みじん》もないウグンズの口調に、仲間のヘビ人間たちも口々に賛同を示した。「ルルロイグは、シュウィッツァーランドのとある地域が、わが種族に与えるのに最もふさわしい《ベシュト・シュート》と考えている。彼とあんたにとっても意味深い《シシグニフィカンシュ》場所が、その地域にあると言っていた。ライヘンバッハの滝だ」

私は思わず笑いそうになった。ホームズとモリアーティがライヘンバッハの滝の上で生死をかけて戦ったというのは、私がでっち上げた架空の物語だ。ウグンズやヘビ人間仲間の移住先として選ばれた先がそこだとは、なんと皮肉な話だろう。きっとルルロイグは、純粋に宿敵を嘲弄したくて、あの滝を選んだのだろう。私のホームズ物語において、モリアーティが最期を遂げた場所が、世界中のヘビ人間たちの新たな出発の場所になるというわけだ。

「うむ、ぼくもそこには行ったことがある」とホームズ。「あれは確かにみごとな滝だ。

ここよりははるかに劣るが、いくつか似た点もあるな」

「そこがわれらの故郷となる。かつて、人間が出現する前、はるか昔のわが種族がそうだったように、われらも太陽の光《バシュク・イン・ザ・シャンシャイン》を浴び、野外でスポーツをするのだ。写真も見た。ミシュター・フォン・ボルクが見せてくれた」

「フォン・ボルク？　なるほど。彼も君たちの仲間だったんだな」

「そう、そのとおり《ワシュ、イエシュ》。われらの友だった――よき友だった」

「彼が君たちとルルロイグの仲介役だったということか？」

「彼はルルロイグの代理人として、われらに接触してきた」

「人間の代理人では信頼を得られないかもしれないが、フォン・ボルクにはヘビの血が流れていた。理想的な人材だ」

「彼はわれらの一族だ。だから彼の話を聞いた《ショー・ウィー・リッシュンド》。そして今」ウグンズは苦々しくつけ加えた。「ミシュター・フォン・ボルクは死んだ」

「ぼくはフォン・ボルクを殺していない。そのとげとげしい口調の意味が、そういうことならだがね。ルルロイグはぼくが殺したと言ったかもしれないが、フォン・ボルクに手を下したのは、あくまでルルロイグだ」

「ルルロイグが彼にかけた呪文《シュペル》を発動させたのはあんただ。だから彼は死んだ。あんたの罪だよ、ミシュター・ホルムスス。責任逃れはよせ。あんたの犯した罪の数々《リシュト・オブ・ユア・クライムシュ》に加えるべきもうひとつの罪だ」

ホームズは大げさに肩をすくめた。「まあいい。どうせ絞首刑になるなら、親羊を盗むも子羊を盗むも同じことだ」

　ホームズは、そのことわざをわかりやすくルルイエ語に訳したりはしなかった。ウグンズは困惑し、それもあっていらいらしはじめた。遅かれ早かれ弾丸を脳天に撃ち込まれるのではと、私は恐怖に駆られた。

「さて」とホームズ。「ぼくの考えが正しいなら、君たちがワトスンとぼくを殺せば、スイスという楽園への切符が手に入り、気楽で満ち足りた未来を過ごすことができる。またこれは、ぼくが君たちに対して犯した罪への返礼でもある。簡単に言えばそういうことだな？」

「そうだ《イェシュ》」

「はっきりしてよかった。安らかに墓に入れるよ。ありがとう、ウグンズ」

「どういたしまして」ウグンズは皮肉混じりに返事をした。「さて、ミシュター・ホルムスス、お許しいただけるようなら、そろそろ懲罰を始めてもいいか？」

　ホームズは、あたかも神のとりなしを求めるかのように天井を仰いだ。それからまた視線を戻し、ウグンズにうなずいた。「けっこう。これ以上遅らせる必要はない。取りかかろうじゃないか」

　ホームズがこの言葉を、ルルイエ語ではなく英語でしゃべったことに気づくのに、少し時間がかかった。なぜ言語を切り替えたのか、私にはわからなかった。ずっとウグンズをなだめすかし、道理をわからせようとしたものの、ついに無駄だと悟ってあきらめたのかもしれない。避けられない事態に屈服しようとしているのだろうか。

　気が沈んだ。ホームズがあきらめるなら、本当に終わりだ。私たちの人生の残り時間は、秒とは言わないまでも、分単位になったようだ。

「私の肉は苦いぞ！」私はヘビ人間の群れにけんか腰で叫んだ。「きさまらの毒になってやる」

「ドクトル・ワッショ……」

　ウグンズの言葉じりが、ゆっくりとひと続きの歯擦音に変わっていき、そして途絶えた。その身体がこわばったかと思うと、頭の先から爪先まで全身が震え、すべての筋肉が硬直した。何か発作でも起こしているようにも見える。私のリヴォルヴァーは依然としてこちらに向いているが、ウグンズの指は引き金にかかったまま固まっている。きっと発砲しようとしたのだ。私は死ぬところだった。だが、今や時間が止まったかのように、一瞬が永遠になっている。

　動けなくなっているのは、ウグンズだけではなかった。熱狂して盛り上がっていた群衆も、蠟《ろう》人形のようになっていた。とはいえ、微小な動きの兆候はあちこちに見える。目がぴくぴくと動いたり、手が震えたりしている。

「突っ立ってる場合じゃない、ワトスン！」ホームズが言った。「逃げろ！」

　私はすぐさま動いた。ヘビ人間どもの不可解なヒステリー発作がなんであれ、ホームズと私には天の恵みだ。

　私はウグンズの手から銃を取り返そうとしたが、相手の手が固く握っていて、どうやっても引きはがすことができなかった。

　ホームズに袖をつかまれ、引っぱられるままそこを離れた。もうあのウェブリーにめぐり会うことはないと思うとつらかったが、あの銃にどれほど感傷的な思い入れがあろうと、生き残ることのほうがずっと重要だ。新しい拳銃はいつでも買える。

　私たちは台座から飛び下り、静止した群衆のあいだを駆け抜けていった。水は腿まで届く深さで、思ったほど速くは進めない。ヘビ人間たちはすぐにでもこの奇妙な昏睡状態から目覚めるのではないかと思えた。そうなれば私たちに襲いかかり、八つ裂きにしようとするに決まっている。彼らに囲まれているかぎり、命の危険は消えない。

群衆から離れてもなお、安全ではなかった。私たちを捕らえにくる相手とのあいだに距離を置く必要があるが、のろのろとしか進めないのだ。背後に危険が迫っているのに、なかなか逃げられない悪夢を見ているようだった。懸命に水をかき分けて進んでいても、歩くペースとほとんど変わらない。

そのとき、私たちを呼ぶ声がした。「はしごがあります。急いで！　これがいつまでもつかわかりません！」

すでにホームズは、私を連れて声のした方向へと向かっていた。頭上三十フィートほどの高さに下水の排水口がひとつあり、そのとき私はようやく、そのそばに男がひとり立っていることに気づいた。身を乗り出し、激しい身ぶりで何か伝えようとしている。男の言うとおり、彼の立っている場所に昇るためのはしごがかかっていた。下水道が吐き出す水流のそばの壁に、鉄のはしごが据えつけてあるのだ。たいしたはしごではなかったが、難破した船の水夫がヤシの木に囲まれた無人島を見つけたら、きっとあのときの私のような気持ちになるはずだ。

ホームズにはしごの前へ押しやられ、私は先にのぼりはじめた。振り返らないほうがいいと思いながらもつい肩越しに振り返ると、ヘビ人間たちが身じろぎを始め、しだいに本来の動きに戻りつつある様子が見えた。私はふたたび必死になってはしごをのぼった。

はしごの横木は恐ろしいほどにすべりやすく、腐食して穴も開いていた。私の靴もぐしょぐしょだ。しっかりとつかまってのぼるのは、並大抵の技ではなかった。そのうえ、流れ落ちる排水のしぶきが飛んできて、目もよく見えない。次の手がかりや足がかりを見つけるにはやみくもに探るしかなく、確実にのぼろうとするにも決然たる覚悟が必要だった。

ホームズも下からのぼってきているのはわかっていたが、とにかくはしごのてっぺんまでのぼることだけに集中した。高いところが嫌いなわけではないものの、すべり落ちることへの恐怖はあった。貯水槽に落下しても死ぬことはないかもしれないが、めまいや息切れ、あるいは負傷のせいで、ヘビ人間たちにあっさりやられてしまう可能性はある。

そうこうしているうちに、私はいきなりはしごのてっぺんにたどり着いた。排水口が手の届く位置にあり、そこに立っていた男が私に手を差しのべた。

「つかまってください、先生。手を貸します、こっちへ」

彼の助けを借りた私は、次の瞬間には下水道の流れの中で両手両膝をつき、息をあえがせ、必死に呼吸を整えていた。

「さあ、ホームズさん」男が言うのが聞こえた。

ホームズも下水道まで昇り、私の脇に来た。そして私の背中をたたいた。「休んでいる暇はないぞ、立ち上がれ、仲間もいる」

私はよろよろと立ち上がり、助けに来てくれた男のほうに向き直った。声に聞き覚えはあったが、なじみ深い身体の輪郭と愛想のいい顔を見たとき、喜びの笑みをこらえることができなかった。

「グレグスン警部！」

16章　元ヤードのグレグスン

「ただのトバイアス・グレグスンですよ、先生」と元警部は言った。「警官でなくなって五年になります。ホームズさんのおっしゃるとおり、今は休んでいる暇などありませんよ」

歳《とし》をとってやや猫背ぎみでもグレグスンは相変わらず背が高いが、以前よりいくぶんふくよかになっている。引退生活がしっくりきているらしい。

とはいえ、その外見で最も注目に値するのは、頭上に載っている物体だ。これでなく、似たものだったら知っていた。絡み合う三匹の蛇の意匠からして、まぎれもなく三蛇の王《トリフォディアン・》冠《クラウン》だ。メタリックな表面に沿って、不思議な緑色をした細い葉脈が、炎が燃え尽きたあとの残り火のように輝いている。

「それは……」私はその王冠を手で示した。

「説明はあとで、ワトスン」とホームズ。「グレグスンがぼくらを解放してくれたが、もうヘビ人間たちの支配力を失ったようだぞ」

「王冠を使うのがこんなにたいへんだとは知りませんでした」とグレグスン。「あんなに大勢に対して自分の意志を働かせるのは……」

ホームズがはしごの向こうに目をやった。「ほら。追いかけてくるぞ。グレグスン、そこにダーク・ランタンがあるな。こっちによこしてくれ。ぼくが先導する」

ランタンの明かりは点いていたが、おそらくヘビ人間たちにグレグスンがいることを知られないようにするためだろう、シャッターを閉めてあった。ホームズはシャッターを開けて、円錐形の光を前方に向けた。ランタンの光の届くかぎり、カーブしたレンガの壁が延びていく。全速力で走り出した彼のあとに、グレグスンと私も続いた。

「ホームズ！」水を撥《は》ね上げてトンネルを駆け抜けながら、私は呼びかけた。「君が王冠をかぶったらどうだ？　使い方に熟達してるじゃないか。君ならきっとヘビ人間たちを出し抜ける」

「あんなに大勢なのに？　無理だ。続かないよ。グレグスンがともかくやってのけたのだって奇跡なんだ、ぼくでもそううまくはいかないだろう。逃げるしかない。ヘビ人間たちの足止めはできないが、神の思し召しがあれば逃げ切れる」

それも確かとは思えなかった。ヘビ人間たちがもうトンネルまで来ていたからだ。背後に足音や耳ざわりな興奮の叫び声がして、どちらもしだいに大きく聞こえてくる。私たちがいるのは、連中が快適に感じるばかりでなく慣れ親しんでもいる環境だ。しかも、彼らのほうが私たちよりもこの環境に適している。先ほど処刑の場に護送されていくあいだに見たところ、ぬかるみを歩くヘビ人間たちの足どりは確かだった。私は靴底の下でやわらかくつぶれる、藻だかもっと不快なものだかに何度も足をすべらせ、大きくバランスを崩さないまでも、あわやという思いをしたというのに、ヘビ人間たちはシロイワヤギさながら、堂々と歩を運んでいた。彼らには勝手のわかっている強みがあり、ぬるぬると下水の溜まったトンネルを進むには、私たちが全速力を出してもかないそうにない。

「グレグスン」とホームズ。「この下水道にはマンホールか何かの出入口から入ったはずだな。そこへはどう行けばいい？」

「そう、マンホールからですが、ホームズさん、この場所からどう行けばいいのか、実はわからないんです」グレグスンは王冠を脱いで片腕にかかえている。「ここはまるで迷路だ。チョークを持ってきて角を曲がるたびに印をつけておくくらい、先見の明があればよかった。ペンナイフでレンガに刻み目をつけてはみたんですが、あまり深く切れなくて、わかりやすい痕が残せませんでした」

「ぼくらをどうやって見つけたんだ？」と私。

「ああ、そのことでしたら、ホームズさんの電報にあった指示に従いました」

チェルシーから送った電報の受取人は、グレグスンだったのか。

「グレグスンには、王冠を使ってヘビ人間たちの行動に異状がないか監視してくれと言ってあった」とホームズ。

「ルルロイグがぼくらを連中に引き渡すだろうとわかっていたのか？」

「〝わかっていた〟わけじゃない。ありそうなことだと思ってね。ヘビ人間がひとりいたら――つまり、フォン・ボルクだが――もっといそうなものだろう？　グレグスンへの警告は慎重を期したまでで、保険をかけておいたのが功を奏した」

「王冠が無線電信機のようなはたらきをしました」とグレグスン。「ヘビ人間の〝波長〟に合わせられるんです。シャーロック・ホームズの到来を心待ちにする――伝説の人物ですからね――さまざまなヘビ人間の思考を王冠が拾ったら、まるで信号灯《ビーコン》をたどるようにして、その思考を発信源までたどれました。それで連中が集まっているところへ導かれたんです。ホームズさんが時間稼ぎに連中の気を逸らしてくれたので、王冠の支配力を行使して、あとはご存じのとおりです」

「しかし、その王冠をいったいどこで手に入れたんだ？」と私。「ぼくらのはウグンズに奪われたし、ほかにはないも同然なのに」

「無駄口をたたかずに走れ、ワトスン」とホームズ。「なぜとかどうしてとかいう話をするのは、あとまわしだ」

実際、しゃべるのと逃げるのを同時にするのはきついと思っていた。グレグスンもそうらしく、息を切らせてあまり返事をしようとしない。ホームズの言うとおりだ。好奇心を満足させるのはあとまわしにしたほうがいい。全精力を注いでヘビ人間たちを振り切らなければ、〝あと〟がなくなる。

分岐点で方向を変えるたびに、きっとランタンの明かりに地表に出る縦坑の底が見えてくるはずだと、あるいはポンプ場が近いしるしの新鮮な空気が漂ってくるはずだと思った。そのあてがはずれて、目の前にやはりまたトンネルが続く。下水道はまさに迷宮で、出口に近づくどころか、どんどん奥へもぐり込んでいくのではなかろうか。知らず知らずのうちにもとの足どりをたどって、同じところをぐるぐる回っているような気さえする。どのトンネルもだいたい似たようなものなので、どうにもはっきりしない。

はっきりとわかるのは、ヘビ人間たちが迫っていることだった。しかも、追っ手集団はひとつではない。連中は部隊を分割していたのだ。私たちがたびたび垂直のトンネルを下りて回り道をしたのは、行く手に立ちふさがるヘビ人間たちを避けるためで、前方からも後方からも音がする中、選んだというよりはやむなくとった代替経路だった。逃げ場をなくして追い詰められるキツネとなった私たちに、猟犬が迫ってくる。

やがてたどり着いたところに、腰の高さの壁面にあいた、人ひとりが通れるほどの穴があった。ヘビ人間たちの手仕事らしい。レンガをはずした開口部から、その先の土を掘り進んだのだ。

「聞こえるか？」ホームズが足を止めた。

私には執拗に迫り来る追っ手がたてる音しか聞こえなかったが、ホームズは穴のほうに耳を傾け、中から聞こえてくる何か別の音をさぐっているようだ。

「風の音だ。グレグスン。早く、マッチを擦ってくれ。こっちに吹き込むのか、こっちから出ていくのか確かめよう」

ホームズが開口部にかざしたマッチの炎は、穴から離れるように曲がった。

「いいぞ。空気が流れるのは地上と地下の気圧差の結果だ。ここの空気が外の空気よりも冷たいから気圧が低くなって、内側に流れ込む。ここが出口だ」

そう言うなり、彼はまっしぐらに穴へ飛び込んでいった。私があとに続くのをためらっていると、グレグスンは意外そうだった。

「ホームズさんが出口だって言うなら、そこが出口ですよ」

彼は仲間を絶対的に、感動的なほど衷心《ちゅうしん》から信頼しているのだ。ホームズと苦境をともにした経験が彼よりも多い私が、用心深くなったからとて大目に見てほしい。危機に際して彼のとる突破策が、その危機自体に負けず劣らずろくでもないことが、ままあるのだから。

「どうとでもなれ」私が穴にもぐり込むと、グレグスンはあとをついてきた。

初めのうちは、腰をかがめながらとはいえトンネル伝いに歩いていけた。しかし、十ヤードも進まぬうちに、両手両膝をつかずにはいかなくなった。前方に見えるのは、ゆらめくランタンの光に浮かぶホームズのシルエットだけだ。石ころだらけの地面がひじや膝がしらに食い込んだ。

うしろでルルイエ語の叫び声が上がった。ヘビ人間たちが私たちの逃走ルートを見つけたらしい。数秒後には彼らも狭い通路を這い進んでいた。私たちの動きに切迫感がつのる。どんなにがんばっても人間がよつん這いで移動する速度しか出せないのだ。グレグスンの荒い息づかいが私自身の息と重なる。トンネルは果てしなく続くように思えた。間違いなくヘビ人間たちにもうすぐ追いつかれてしまう。

不意に、私の目の前のホームズがいなくなっていた。ランタンの投じる光がほぼ円形を描いている。出口だ！

そこからまっさかさまに落ちるようにして、広くて流れの急な水路の脇の岩場にぶざまに着地した。グレグスンが私の上に転がり落ちてくる。二人して立ち上がると、彼は痛恨のおももちで謝るのだった。

「おけがをさせていないといいのですが、先生」

「転落のショックをやわらげられたんなら、痛い思いをした甲斐もあろうというものだよ」

かつて警官だった男が苦笑する。「ねえ、ワトスン先生、あなたって人は本当に――」

銃声が響いた。グレグスンが肩に手をやり、苦痛に顔をゆがめる。

その銃弾はトンネル内から発射されていた。ヘビ人間の一団の先頭にウグンズがいるに違いない。

私はもたれかかってきたグレグスンを受け止めた。彼を押しやって穴から遠ざけ、ウグンズの射方向からはずす。肩をつかんだ彼の指のあいだから血が流れ出ていた。傷口をあらためている暇はない。直感的に命に別状はなさそうだと思ったが、確信はできなかった。銃弾が腋窩《えきか》動脈を傷つけた可能性もあるが、それなら流血が鮮紅色のはずだ。薄暗い中で見るかぎり、血の色は濃かった。ゆっくり流れる静脈血ということだ。命にかかわるほど大量に失血することはないだろう。

私はホームズのほうを向いた。「ヘビ人間がもうここに来るぞ。どこへ行く？」

「あそこだ」ホームズは濁流を指さした。「ロンドンのいわゆる〝末なし川《ロスト・リバー》〟（湖や海などに流入せず途中で消失する川）のひとつ――フリート川だ、ぼくの勘違いでなければ。バザルジェットの下水道はたいてい川と平行していて、ところによっては川を排水網に組み込んでいる。テムズ川の支流なんだから、どうしたってテムズ川につながるってわけだ。泳ぎさえすればいい」

「グレグスンは泳げない。腕が……」

「ぼくらが両側から支えて浮かばせよう。さあ、入るぞ!」

「いいえ」グレグスンのかすれ声がした。

「〝いいえ〟とはどういう意味だ?」と私。

「重荷になるのはお断りです。私のせいでお二人が逃げ遅れたら……論外だ」

　彼は私の手から身体を引き離した。銃創を受けたショックで顔色が青ざめている。まっすぐ立っているどころか、話をする力がどこにあるのかわからない。

「ホームズさん、ワトスン先生、微力ながら、お二人のそばで働けて光栄でした」彼は無事なほうの腕でかろうじて警官らしい敬礼をした。「お二人には生き延びてまだ戦っていただかなければ。その機会をさしあげるのが、かつては法の番人だった私の義務です」

「グレグスン……」胸が痛んだが、彼は心を決めていて、思いとどまらせるのは無理だ。

「妻には先立たれました」と彼。「そろそろ亡きミセス・グレグスンと再会してもいいころですよ」

回れ右すると、彼は穴の前に姿をさらした。もう一度あの王冠を使ってみるつもりなのだろうか。それによってほんのわずかでも猶予ができれば、こと足りるかもしれない。そこではっと気づいた。彼はもう王冠を持っていない。逃げる途中で落としたのか、それともトンネルを這い進むとき邪魔になってあきらめたのか。

「ようし、おまえら」彼の視線と、比較的穏やかな声から察するに、ヘビ人間の先頭にいるウグンズが目の前に見えているようだ。「道連れといこうじゃないか」ウグンズが彼の胴体めがけて、至近距離から二発撃った。グレグスンはどうにか倒れずにいる。それどころか、穴の中に身を乗り出してウグンズにつかみかかっていった。銃弾を三発も体内にかかえたまま、どうやって闘志を見出したのか、わからない。ただ、ホームズと私が命拾いしたのが、彼の勇気と不屈の精神のおかげだということはわかる。それ以上わかりやすく述べることはできない。トバイアス・グレグスンがいてくれなかったら、私が生きてこの原稿を書くことはなかったし、何よりも、その後間もなくシャーロック・ホームズが偉業をなし遂げることもなかったのだ。

「ワトスン」苦渋に満ちたホームズの顔。「川へ。さあ!」

飛び込めと促すどころではなく、彼は私を水際へぐいと引き寄せて突き飛ばした。私は黒々と広がる水流に突っ込んでいった。むせ返りながら水面に浮き上がる。私のすぐあとからホームズも飛び込んでいた。二人そろって流されていく先が、安全な避難所であるよう願うしかない。

17章　自然界で最も凶暴にして不屈の力

フリート川の地下水流につかっていたのは十分ほどだっただろうか。もっと短かったかもしれない。もっとずっと長いあいだに感じたが。

水中は凍える寒さだった。手足がたちまちかじかみ、息が切れてあえぐようになった。水面より上に頭をもたげておくのが精いっぱいだ。水の流れに従っていると、水流が私を運んでくれる。

ときどき、見えないところで突き出した岩が足に引っかかったり、腕にぶつかったりする。グレグスンのダーク・ランタンはとっくに消えていた。どこを見ても果てしない暗闇とうねる濁流、そして刺すような冷たさがあるばかり。もうひとつ、不気味な静けさもあった。水は水路をすべるように伝い流れている。ホームズと私が腕を動かすほうが、川の流れよりも大きな音をたてた。旅の途上で耳にした伴奏ともいえるのは、私たちが流れを乱してたてる水音だけだった。ただし、遠く上流から響いてきた、グレグスンの最期を告げる短い悲鳴を除いて。

うっすらと明るくなるというよりは、暗さがやわらいでいくような感じがしはじめた。ほどなくして、水路の天井がごつごつしたアーチ状になっているのが見えるようになる。フリート川がテムズ川に合流する地点に向かっているに違いない。

案の定、私たちは放水口から本流の川へ吐き出された。水がわずかながら温かく感じられる。すぐそばに、曇り空を背負った格子模様のブラックフライアーズ・ブリッジがのしかかるように迫ってきた。

ホームズに促されるまま、土手を目指した。テムズ川の流れはフリート川ほど急ではなかったが、うんざりしていた私は、流れに身を任せずまっすぐ横切って泳いだ。なんとか浅瀬まで泳ぎ着くと、そこからは川底と水際の泥を這い進み――実際のところ、這うというよりは見苦しくのたうち回って――土手の上まで続く石の階段にたどり着いた。石段を五、六段ほどのぼったところで、どっと疲れて小休止した。あまりにも消耗していて、石を枕に、まるでふかふかのマットレスに寝ているように眠ってしまいそうだ。

「ワトスン、階段をのぼりたいんだがね」とホームズ。「君がそこにいては通れない。もっと言うと、ここにいるのはぼくらだけじゃないんだ」

その言葉を強調するように、銃声がした。ほんの数インチのところで私の顔をかすめた銃弾が、土手に跳ね返って花崗岩をひとかけらえぐり取った。

ウグンズが、泥だらけの浅瀬でもたついていた。その表情が執念深い決意を物語っている。あれだけ大勢のヘビ人間たちの中で彼だけが、私たちを追ってフリート川に飛び込んだのだ。追跡中はずっと私のリヴォルヴァーが水に浸からないように、弾薬筒を濡らさないようにしていたに違いない――そのシリンダーにはもう二発しか残っていないはずだが。

危険を目前にしながらも、私は内心で敬服せずにはいられなかった。何はともあれ、ウグンズはひとつのことを間違いなく最後までやり抜くやつだ。

「ミシュター・ホルムスス、ドクトル・ワッション」水際を歩きながら、ヘビ人間は銃を構えた。射撃名手でもないのだから、的をはずしそうにない位置へ移動しているのだ。

「そう簡単に逃すものか《アシュ・イーシー・トゥー・エシュケープ》。死んでもらおう《ユー・シシャル・ダイ》、ご同類と同じように。残りはあと二発、ひとりに一発ずつだ。ルルロイグがそれをお望みだ、だから死んでもらう《ショー・シシャル・イット・ビー》」

そのとき、私の中で何かがプツンと切れた。もう我慢ならない。ウグンズの甘ったるい声が聞こえるだけで気分が悪くなる。この成り上がり者の元イレギュラーに私たちを殺す権利はないし、私のリヴォルヴァーをその道具にする権利などあるはずがない。

私は階段から身を躍らせ、フライング・タックルで彼に組みついた。二人一緒に、泥の中にどっと倒れ込んだ。私にのしかかられたウグンズが、衝突の衝撃で息を詰まらせる。

優位に立った私は拳で殴りかかり、唇のない黒と金色の顔面を矢継ぎ早にたたきのめした。ただひたすら嫌悪に突き動かされて。それを源泉とする敵意と新たに湧く力のせいで、みごとな戦果をあげた。あとになって思えば、ウグンズに勝ち目はなかった。彼の相手は、追い詰められて極限を超え、失うものなど何もなくなったイギリス人という、自然界で最も凶暴にして不屈の力だったのだから。そんな相手に勝てるはずがない。

　彼が慈悲を乞う場面もあったかもしれない。だとしても、耳でうなりをあげる血の音にかき消されて、私には聞こえなかった。殴っているうちに、相手の鼻から鮮血が噴き出し、ろくろく口もきけなくなった。なおも殴っていると、ホームズが私の手首をつかんでやめるように言った。

「意識をなくしてるんだ、ワトスン。もうよせ、永久に意識を取り戻さなくなるぞ」

「それがどうした」私は息を切らしていた。「当然の報いだ」

「君は人でなしじゃないだろう」

「こいつは人でなしだ」

「心得違いなだけだ。道具にされているんだよ。もう思い知らせてやったじゃないか。心を入れ替えるチャンスをやったほうがいい」

　私はホームズの手を借りて、よろよろと立ち上がった。指関節がずきずき痛む。肺が重苦しい。激情の嵐は、起きたときと同じく突然やんだ。ウグンズの力の抜けた手からリヴォルヴァーをひったくる。撃ってやろうかという思いがよぎったが、ほんのつかの間のかすかな誘惑にすぎなかった。銃をポケットにしまう。

「命拾いしたな、ウグンズ」私は捨てぜりふを口にした。「おまえはそれに見合うだけのことをしていないが、ともかく執行猶予をやる」

私たちは泥の中に意識不明で倒れているウグンズを放置した。以来、彼や彼の種族の消息はわからない。

ホームズと私はとぼとぼと、無言でマールバン地区へ向かった。家に帰り、泥まみれになった服を脱いで、熱い風呂でしみじみと身体をほぐすことしか、もう考えられない。ホームズも似たようなことを切望していたはずだ。

あいにく、そうはいかなかった。自宅へと角を曲がろうとしたところで、ホームズが悪態をつきながら私を引きずり戻した。

「いったいどうした？」

「シッ！　声を抑えろ！　気づかなかったのか？」

「何に？」

「君のうちの向かいで二人、道をうろついている」

私はこっそりと角をのぞき込んだ。街灯のそばで煙草一本を分け合って吸っているのが、アーク灯の白い光にはっきり照らし出されている。肩幅が広く姿勢がいい二人を見て、ホームズがドイツ大使館でやっつけた平服《ムフティ》の軍人たちをすぐ思い出した。家系が一緒なのかと思うほど、よく似た二人でもある。同じ鋳型でつくられた兄弟か。ただし、この二人の鋳型は軍人というわけだが。

「あいつらを捕まえよう」と私。「徹底的にぶちのめして、ルルロイグに送り返してやろう。教えてやるんだ、シャーロック・ホームズとジョン・ワトスンはちゃんと生きている、なめるんじゃないって」

「いや、あいつらには寝ずの番をさせておいて、予想外のことが起きていると思われないうちにヴィクトリア駅へ向かおう」

「どうしてそんなことをしなくちゃならない？」

「いいか、ワトスン、考えてもみろ。今までのところルルロイグは、ヘビ人間たちがうまくやってぼくらは死んだと思っている」

「ウグンズが意識を取り戻したら、そんな誤解はすぐに解けるさ。ほかのヘビ人間だっているんだし」

「それもあるが、ルルロイグはもう、ヘビ人間たちがしくじったかもしれないと考えている。だからこそ、ぼくらが君の家に避難するのを見越して、あの男たちに見張らせているんじゃないか。だが、ぼくらがサセックスまで戻るとは思っていないはずだ。ぼくの農場で傷をいやすほうが、ロンドンにとどまるよりもゆっくり時間をかけて力をたくわえられる。たった一日かもしれないし、ほんの数時間かもしれないが、それでも余分に休むことは大いに必要だよ。ルルロイグは首都の至るところにスパイや情報提供者を育てている。ここにいたら、農場に隠れているよりもずっとたやすく、ルルロイグがぼくらの居場所を突き止めて軍勢をさしむけてくるだろう。農場の場所だってきっと知っているはずだが――知らなくとも、すぐに突き止めるだろうが――しばらくのあいだは、手出しされにくく防御しやすいところにいられるってことだ。どう思う？」

「まっとうな論理だな」私はしかたなく認めた。

　こうして私たちは、疲れた足を引きずってヴィクトリア駅へ向かい、なんとかイーストボーン行きの終列車に乗った。汚れ切った身なりで服からいやな臭いもしていたため、乗ったコンパートメントにはずっと私たちしかいなかったが、クラパム・ジャンクションで浮浪者と勘違いした車掌につまみ出されそうになった。しかしホームズが、不運にもイースト・エンドで無法者集団に乱暴されたと言って車掌を丸め込み、何シリングかを〝迷惑料〟として握らせたので、安心して乗車を続けられた。

「グレグスンのことをどうして教えてくれなかったんだ？」車窓が街の明かりから田園地帯の暗闇に変わるころ、私は話をもちだした。「もうだめだと思った。せめて、彼の助けがあるかもしれないと予告しておいてくれてもいいだろう」

「〝かもしれない〟というところが重要だ。でもグレグスンがあの王冠を使いこなせるか、いや、ぼくらを見つけてくれるかどうかさえ、確かじゃなかったんだ。へたに期待させるようなまねをしたくなかっただけさ」

　私はうなずいた。すっかり許したとは言わないまでも、気持ちはわかる。「気の毒なグレグスン。英雄的行為だったのに、少なくとも一般大衆のあいだで讃えられることは永遠にないだろう」

「謙虚な男だったよ。讃えられないからといって気にするような男ではないだろう」

「そういえば、彼はあの王冠をどこで手に入れたんだ？」

「ぼくからだ。ぼくが自作した。ずっと昔モリアーティが自分用の王冠をつくったようにね。いつ必要になるかもわからないものだが、ぼくがロンドンを引き払うとき、まさに今夜のような事態に備えてグレグスンに預けておいたんだ」

「先見の明があるな」

「万一に備えることにかけては才能があると思いたいね。それに、そういう面では気を抜くわけにいかないんだよ、君もぼくも。ルルロイグがぼくらをあからさまに敵視しているんだから。ぼくらが生きていることを知ったら、さっそく次の攻撃を仕掛けてくるぞ。それに備えなければ」

18章　悪魔の首領《ベルゼブル》を寄せつけない

ところが、ホームズの予言ははずれることになった。危険と異常事態の連続だったロンドン滞在のあとに訪れたのは、小康状態ともいえる一時休戦の日々だったのだ。ルルロイグが追い討ちを計画しているとしても、実行を急いではいないようだった。当初私は、夜明けを迎えるたびに今日こそは動きがあるのではと思い、日が暮れるたびに、ホームズの地所に侵入してきた敵に夜の眠りを妨げられるのではと思った。気がもめて、競走犬《ホイペット》のようにそわそわしていた。

その緊張も、時とともにほぐれていった。すっかり警戒を解いたわけではないが、そう長いあいだ攻撃を予期して身構えていられるものではない。しばらくすると、ずっと警戒態勢でいることに疲れ、妙に退屈にさえなってきた。ただ、ルルロイグが私たちを放っておいてくれるだろうなどとは、一瞬たりとも思わなかった。これほど長きにわたって何度となく私たちを陥れ、亡きものにしようとしてきたのだ。前回はいっそう公然と大胆に攻撃してきた。また殺しそこなったくらいで、あきらめはしないだろう。次に試みるとしたら、きっと、さらなる猛攻撃だ。私たちにもとうてい乗り切れなさそうな、とんでもなく執念深い攻撃になるのではなかろうか。

しかし、攻撃はなかった、きのうも今日も、いまだに襲われずにいる。

ホームズと私は、なんとなく落ちついた日常生活を送るようになった。彼は日々の大半を書斎にこもって、さまざまな防御戦略や対抗策を講じている。もとはベイカー街二二一Bにあった、使い込んで酸の染みだらけになった実験台に向かい、水薬や粉薬を調合したり、大量に所蔵する秘術書を読みふけってメモをとったり。とりわけ『ネクロノミコン』のページを注意深く読み込んでいた。予備の寝室の下がその書斎なので、私がベッドに入ったあと、階下で彼が歩き回る音が聞こえることもあった。たまに、ひとりでぶつぶつつぶやくこともある。何年かひとり暮らしをするうちに癖になったのだろう。私自身もついひとり言を言ってしまいがちだった。

床板越しに聞こえる声はくぐもっていて、彼のひとり言の内容まではほとんど聞き取れない。ただ、ひとつだけ聞き分けられる、頻繁に出てくる言葉があった。クトゥルーだ。旧支配者の中で最も偉大で最も恐ろしい神の名前を、なぜホームズが口にしつづけたのか知らないが、私はその名を聞きたくなかった。アフガニスタン奥地の失われた都市タ・アーへ遠征した記憶が、よみがえるからだ。三十年ものあいだ必死で忘れようと努めて、どうしても忘れられない体験だった。タ・アーの神殿に巨大な黒い大理石のクトゥルー像が立っている光景が、私の記憶に深く刻み込まれている。不格好な胴体、タコのように膨れた不吉な顔、邪神の背を飾るコウモリの羽を、今なおしつこく夢に見る。彫像だけでこれほどまでに恐れおののかされるとしたら、生身のクトゥルーに出会えばどれほど恐ろしいか、想像したくもない。きっと誰も正気を保ってはいられないだろう。

書斎で集中する息抜きに、ホームズが一、二時間バイオリンを弾くこともあった。その楽器の練習を続けていた彼は、いつも雰囲気の解釈より演奏技術にこだわるせいか、あまり感情がこもらないにせよ、相変わらず優雅で巧みな音色を引き出せる。あまり人気《ひとけ》のない海沿いのわびしい家という舞台では、陽気なメロディでもなぜか哀調を帯びる。周囲がぽっかり開けて、近くに住む人もいないので、音楽も寂しげに響いてしまうのだろうか。

ほかにすることもないので――気分を発散させるためにも――私は長い散歩に出かけた。ホームズの住むことにしたのが、世界のかたすみの目をみはるほど美しい場所であることは、否定のしようもない。私はそれを最大限楽しもうと、崖づたいの道やなだらかな丘陵をそぞろ歩いて母なる自然を満喫した。日射しはまぶしくても、その温もりにほんの少し肌寒さが混じり、空気にうっすらと霞《かすみ》がたなびく。これが夜になるとたいてい、もっと濃い靄《もや》になるのだ。一面きれいに刈り込まれた牧草地から、赤みがかったオークやスズカケノキが葉擦れの音をたてる雑木林、ゆらゆら輝く英仏海峡まで、このあたりの地形が見せる多様な眺望が、私の目を楽しませてくれる。それでも、どこへ行くにも用心を怠らず、必ずリヴォルヴァーを携行した。いつどこでルルロイグの手先の不意討ちがあるか、知れたものではない。いつ、どこであろうとおかしくないのだ。

ある日の散歩中、いつの間にかクロウリンクをさまよっていた——浅い谷間の集落だ。おごそかな様子で草をはむヒツジの群れのあいだを抜けて、急な白亜の坂を上ると十字路に出た。もうそこが丘の頂上で、アヒルの泳ぐ池と、こぢんまりとしたフリント壁のイースト・ディーン村の教区教会がある。教会墓地の墓石をじっくり見ていきながら、一時間ばかりぶらぶらした。つつましい漁村民の永眠の地を示す墓石が多かったが、隔離された飛び地にひとまとまりに埋葬され、死してなお下々の者たちと距離を置いている高貴な家の代々の墓もあった。

墓地の屋根付き門を出ようとしたところで、ばったり司祭に会った。天候や近づく収穫祭といった他愛のない会話をなごやかに交わしていると、相手の表情が真剣になった。

「さしでがましいようですが、ずいぶんと気がかりがおありのようにお見受けします。話してごらんになりませんか？」

「そんなふうに見えますか？」

「笑顔でいらっしゃいますが、ひきつったような笑いになっていますし、あなたの目には決してぬぐい去れない暗さがある。的はずれなことを申し上げたのなら、お節介焼きの老いぼれ聖職者の言うことなどお気になさらずに」

　どういうわけだかそうしなければという気になって、私は心を打ち明けた。温和で信頼できそうな顔の司祭は、聞き上手と見受けられる。最近、友人とも思っていた親しい仲間を二人亡くしたことを話した。二人とも無惨な死に方だったとは言ったが、それ以上詳しくは語らなかった。

「ああ、歳《とし》をとっていくことにつきものの呪いです」司祭が思いやり深く言う。おそらく私より二、三歳年長なのだろう。「同世代の人たちが他界しはじめて、次は自分の番だろうかと自問するようになる」

「そういうことではないのです」と私。「死がそう遠い先のことでないのはわかっています。この先の年月はこれまでの人生より短い。それは受け入れます。死はつねに存在し、かつ避けられないこともわかります。兵士として、また医師として、人並み以上に死を見てきましたから」

「では、どうして？」

「その、異端の考え方と思われるかもしれませんが、その先に何かがあるとはなかなか信じられなくて。どうしても、死とは恒久的な最後、二つの節をつなぐコンマではなくて終止符だと思えてしかたがないのです。それに、慈悲深き神が来世で私たちを迎えて、ひとりひとりの魂を審査し、命の価値を評価したうえで報酬を配分してくださるとは、どうしても思えない」

「信仰をなくしたのですね」

「私の信仰ばかりか、神という概念全体に疑いを抱いてしまうようなものを見てきました。たびたび忌まわしいもの、恐ろしいものを見てきて、そのたびに、神の意志がはたらいている、どんな人間にも目的がある、神が愛情を注いでくださるといった、もとは私にもあったかもしれない感覚が、しだいにむしばまれていったのです。ここで墓を見ても」――墓地をぐるりと手で示した――「考えるのは、足もとの土の下で朽ちていく死体のことばかり。かつてそれに命を吹き込んでいた魂のことは考えません。魂の存在すら、もう信じていません」

司祭は憐れむように首を振った。「そういう思いを抱いているのはあなたひとりではないと申し上げたら、救いになるでしょうか？　この私も疑ってきました。私は福音を説き、日々祈りを捧げ、一生を捧げて神の御言葉を広めてきた。それなのに、むなしく感じられることもあったのです。聖職者のカラーを引き裂いて、私の信仰など無意味な欺瞞《ぎまん》でしかないと、無性に糾弾したくなることもありました」

私は驚きの表情を隠せなかったようだ。

「そうなのです」と司祭。「恐ろしい告白ですが、嘘はひとこともありません。ただ、私がまた説教壇に立って、善なる者は天の御国に迎えられると教区民たちに説くのをやめないのは、なぜだかおわかりですか？　彼らに希望をもたらすからなのですよ。希望がなければ、人間は無価値です。希望がなければ、私たちは動物と同じ。それどころか、モンスターです。希望とは、私たちを魔王《サタン》から隔ててくれるもの。希望は悪魔《ベルゼブル》の首領を寄せつけません」

司祭は肩をすくめて、顔をほころばせた。

「もちろん、あまり慰めにはなりませんね。聖職者からかけてもらえると期待なさっていたような、キリスト教信仰をはっきりと是認するような言葉でもなかったかもしれない。しかし、あなたがご自分の内にも他人の内にも希望の火を燃やしつづけることができれば、それで充分ですよ。そして、九月のうららかな日にこんな美しい場所にいて、青い空と青い海が水平線で出会い、梢《こずえ》でカラスが高らかに鳴き、なべて世はこともなし、さて……それほど難しくもないでしょう？」

司祭の言葉を胸に、私はホームズの農場へ帰っていった。慰めてもらったとも疑念を鎮めてもらったとも言えない。それなのに、それまでよりも足どりが少しだけ軽くなっていた。

ホームズは来客中だった。私の留守に、私たちが《脈動する房の教団》から救った娘モードの父親である、トム・ベラミーが訪ねてきたのだ。娘はつらい体験から立ち直ろうとしているが、すっかり元の状態に戻る日が来るのかどうかはわからないという。「あの子はときどき、たまらなくなって涙を流します。かと思えば、ふっと黙り込んで、私や兄のウィリアムを、知らないやつでも見るような目でじっと見る。まだまだ遠い道のりですが、時間はかかってもあの子はきっと回復すると信じてます」

彼は私たちが娘を助けたことに礼を言った。「バードル警部が自分の手柄にしてますがね、不埒《ふらち》なやつらからうちのモーディーを救ってくれたのは本当のところ誰なのか、このへんの者はみんな知ってます。ところで、娘の件で来たってわけじゃないんですよ、ホームズさん。ともかくそればっかりじゃない」

「そうなんですか？」ホームズは気もそぞろだった。愛想笑いこそ浮かべているが、トム・ベラミーの来訪を迷惑がっている。客の相手よりは仕事をしていたいのだろう。

「そう。別件でご相談にきたんですよ、できれば力をお貸しください」

「今、ひどく忙しくてね」

「仕事は引退なさったんじゃないんですか」

「飼っているミツバチの分封が近いものでして」

「分封期は三ヵ月も前に終わったじゃありませんか」

「論文をいくつも書かなくちゃならない」

「そういうことでしたら」ベラミーは立ち上がった。「私がどんな話をもってきたか、ご興味もわかないのでしょうね。失礼しますよ」

ホームズにすげなくされて機嫌をそこねたベラミーだが、見放されてわびしげにも見えた。私は司祭の説教を思い出した。「ホームズ、せめて話くらい聞いてもいいだろう？よほどのことがないかぎり、フルワースからわざわざいらしたりはしないよ」

ホームズは視線で私をとがめておいて、ため息をついた。「ああ、わかったよ。おかけください、ベラミーさん。お約束はいっさいできませんが、ぼくの力で解決できそうなことであれば、できるかぎりのことをしましょう」

「ありがたい」とベラミー。

ベラミーの謝辞は私に向けたものだったが、ホームズもうなずいた。

フルワースの貸しボートや脱衣小屋を一手に所有する資産家のベラミーは、腹の上で両手を組み合わせて話しはじめた。「ニューフォードのことはもちろんご存じですな」

「海岸の何マイルか先にある町ですね。もちろん知っていますよ」

「町の評判をってことです」

「評判があるとは知りませんでした。漁業と行楽で細々とやっている、いささかみすぼらしい小さな港町だとばかり」

「ニューフォードには、もっと奥が深いんですよ」

「見た目じゃわからないですね。町の魅力をうまく隠しているということでしょうか」

「歴史があるんです。太古の歴史が。ニューフォードのあの洞穴には、太古の昔から住人がいました。町のルーツをたどると、鉄器時代までさかのぼれます。考古学者によれば、石器時代までも」

「それで？」

「でも、そこに住んでいるのは人間だけじゃない。少なくとも町の周辺じゃ、ニューフォードは人間が異種生物と交わるところってことになってます」

「まさか、トロール網で海から引き揚げられる魚のことじゃないでしょうね」

やや尊大な性格のベラミーは、友人のこの軽口を気にもとめない。「別の種族のことですよ。海中の種族ではありますが」

「ははあ」

「わかってますよ、あんたは合理主義者だ。何よりも事実重視ってことで有名なんだから」

ホームズはそっと頭を下げた。

「でもね、私も本当だと思ってます」とベラミー。「あのカルト教団がモードを連れ込んだ洞窟には、何かがある。科学じゃそうそう説明しきれない何かが。モードが何度か、恐ろしそうに小声で話してくれましたよ。クラゲのようでいてクラゲじゃないものだったってね。ただのクラゲとはかけはなれた生き物《クリーチャー》なんだ」

「あのときの娘さんは、絶望的な恐怖のプリズム越しにものを見ていましたからね。その証言はたいしてあてにならないでしょう」

「どっちにしても、あの洞穴であったことは常軌を逸していた。あんただって、自分の目じゃ見なかったとしても、ともかく感づいたはずだ。でなきゃ、バードルに入口を爆破するよう勧めたりしなかったでしょう」

「警部は爆破してくれましたね、ありがたいことだ」とホームズ。「危ない場所でしたからね。あの垂直に深く落ち込む淵——いつ子供が溺れてもおかしくない。それを言うなら、大人だって危ないな。とっくの昔に立ち入り禁止にしておくべきだった」

「たわごとだと思ってるんですね。でも私は引き下がりゃしませんよ。さっきから言ってるように、ニューフォードには何世紀にもわたって繰り返し、ある海中種族が起源のクリーチャーが現れてるんです。人間に似ているが、両生類に付いてる、エラみたいな器官があります。地上でも生きられるんでしょうが、本来の住処は水中で、何リーグか沖の、水深二十五尋《ひろ》ほどの水中都市に住んでるって話です。陸地に上がってくることはたまにしかなくて、それも夜間とか霧の出てるときだけ。霧で湿ってると空気を呼吸しやすいからだとか、霧に隠れて行動したいからだとか言われています。その両方かもしれないな」

「ここいらには実に面白い民間伝承があるんですね」ホームズはつまらなそうに言った。退屈なふりをするのは、論理的な考えの持ち主というイメージをくずさないよう画策しているからだ。その実、灰色の目の輝きからすると、興味をそそられている。「それがどうだというんです？」

「つまりですね、ホームズさん」とベラミー。「ここ何日か、霧の夜が続いてることにお気づきでしょう？」

「気づかずにいるのは難しいですね、夕方に窓の外を眺めると、霧しか見えないんだから」

「また現れるようになったんですよ。都合のいい状況だから。またもやそのクリーチャーが、夜な夜なニューフォードを徘徊《はいかい》している」

私は胸の内がすっと冷たくなった――虫の知らせだろうか？　もうそのときには、来るべき試練や苦難を予感していたのだろうか？

「やつらがやってきて、人をさらっている」とベラミー。

「人をさらう？」とホームズ。いよいよ本格的に興味が湧いてきたらしい。

「まさしく。あんな呼び名が広まったのも無理はないんだ」

「どんな呼び名なんですか？」と私。

「〝海の悪魔〟です、ワトスン先生」という返事だった。「〝シー・デヴィル〟って呼ばれてます」

19章　海の悪魔《シー・デヴィル》たち

「〝シー・デヴィル〟というのはイトマキエイの別名だと思っていたが」とホームズ。

「かもしれませんがね」とベラミー。「このあたりじゃ、あいつらのことだけを指すんですよ。人間みたいに歩いて月の青い夜に陸へ上がってきては、何も知らずに寝ている者をさらって水中都市に連れ帰る、水陸両生の生き物のことを」

「なんのために？」

「繁殖のためです。シー・デヴィルのメスには生殖能力がないのか、ともかく妊娠が難しいらしい。種族存続のためには、ときどき生きのいい同類のメスを見つけなくちゃならないんです」

「繁殖用の人間か」

「ニューフォードでさらわれるのは女だけで、男がさらわれることはない。さらわれた女が何年か経って帰されることもあるが、やつれ衰え、たいていは恐怖と心労に耐えかねて気が変になっている。でもほとんどの女は帰ってこないんです」

「おぞましい」と私。

「ちょっと不合理にも思えるな」とホームズ。「生物学者じゃないぼくでも、異種交配がうまくいかないことくらいは知っている」

「それがうまくいくほどシー・デヴィルは人間に近いってことなんですよ」とベラミー。「というのも、長いあいだのうちには何度か、ほとんど人間と変わりのない赤ん坊と一緒にこちらへ送り返された女たちがいました。両生類の特性をもたないためにシー・デヴィルが受け入れなかったその赤ん坊が大人になって子供をもうけると、シー・デヴィルは自分たちの子孫にあたるその子を捜しに来るんです」

「血統上、生理的にシー・デヴィルと適合するからですね」と私。

「そのとおり」

「囚われた哀れな女性たちは、何年も海中で暮らすということか」とホームズ。「ちゃんと呼吸ができるよう、空気を供給した水密区画があるんだろうが——そこで新しい世代のシー・デヴィルを産むよう強制されるわけか」

「そういう話です」

「つくり話としか思えないな。小説中の出来事のようだ」

「ニューフォードの町の人たちには現実なんですよ」

「前回そんなことがあったのは、いつごろですか？」

「記憶に残らないほど昔のことらしいです。一世紀か、あるいは二世紀も前の」

「そして今また起きていると？」

ベラミーが両手を広げた。「だからこそ、私がここに来たんですよ。この一週間で三人、ニューフォードの若い女性が行方不明になっています。ひとりは私の友人のひとり娘で、モードの親しい友人でもある、ブランチ・グレイディです」

「お気の毒に」

「モードにはまだ話していません。すでに神経が参っているところに、ブランチの心配までさせたくなくて」

「賢明ですよ」と私。

「それはさておき」とベラミー。「暗くなると、ニューフォードの通りをずるずるすべるような足音が聞こえてくるんです。そして、霧の中を人影が見え隠れする――首にエラ、手足に水かきがある人間のシルエットがね。そればかりじゃない、何人もの船乗りが、海に出たとき波の下に不気味な光が見えたって言っている。昔からそういう現象はシー・デヴィルが出現する前触れだというんです。あれが伝説の生き物だってことは認めますよ、ホームズさん。私だって最近までは人並みに、そんなものが実在するもんかと思ってたんだ。だが、本当にあったことから生まれる伝説も多い。この伝説に限って言えば、そういうやつらしいんです」

「女性たちが行方不明だという話は、当然、地元の警察に伝わっているんでしょうね？」とホームズ。

「もちろん伝わっていますとも。『犯罪だという証拠はない』ってのがバードル警部のご判断でね、ありゃあどうにもならない」

「法の適用範囲に縛られているんでしょうね。ふむ」

ホームズは両手の指を突き合わせて上唇に当て、集中して考えるときの姿勢になった。トム・ベラミーが差し出した仕事を、引き受けるべきか否か熟考しているのだ。私にしてみれば、決まり切っている。若い女性たちがさらわれているとしたら、調査し、必要とあらば捜して連れ戻すのが、人道上当然のことだ。ホームズの考えが違うとは思えない。なにしろ、命にかかわる大きな危険を冒してまでモード・ベラミーを救ったのだから。

「当面のお考えはどうあれ、せめて調べてみるだけでもお願いしますよ、ホームズさん」モードの父親が頼み込んだ。「いずれはきっと、ブランチのことがうちの娘の耳にも入る。そうなったらあの子は立ち直れないんじゃないだろうか。あんたの力でいい結果が出せれば、モードのためにもありがたい――ブランチとあと二人の女性にとってももちろんね」

「三人ともそれぞれに、両生類もどきに連れていかれたという以外の、もっとわかりやすい理由で姿を消したのかもしれませんよ。たとえば、夫や父親の虐待から逃れるとか、家族に結婚を反対されている男と一緒にいるとか。三人が同じ週にいなくなったのは偶然だっただけで。あるいは、ひとりが真夜中に逃亡を決行したのに勇気づけられて、あとの二人がそれぞれの理由でまねをしたのかも」

「ブランチ・グレイディの場合、そんなことはありませんよ。母親と父親に溺愛されてるいい子なんだ。もうひとりのセアラ・カミンズは幸せな結婚生活を送っていたし、幼い息子までいる。その息子を置いていくなんて。誰の目にも、セアラは自分の命より息子を大事にしていた。絶対に手放すはずがない」

「三人目の女性は？」

「デボラ・スマイス。私は名前くらいしか知りません。それと、虚弱体質で肺病の気《け》があるってことくらい。母親と医者がつききりで世話していたらしいです」

「繁殖には不向きだな」とホームズ。「地理上のこと以外に、三人に共通することが何かありませんか？」

「三人とも歳のころがだいたい同じで、十九歳か二十歳あたりです」

「そして、みんな知り合いどうしなんでしょうね」

ベラミーは肩をすくめた。「ニューフォードは狭い。住人はほかの住人を全員知ってますよ」

「だったら、みんなして仕組んだ計画という可能性だってあるんじゃありませんか？」

「だが、なんのために？　大切な人を苦しめるためにですか？　頭をかきむしって半狂乱になるほど身内みんなを心配させるために？」

「単なる推測ですよ。もっとデータを集めるまでは、推測することしかできない」

「では、力を貸す気になってくださったのか？」ベラミーは勢い込んで言った。「私も、その『もっとデータを集める』って言葉から推測してかまわんのかな」

「その件に注意を向けるにやぶさかではありませんがね」とホームズ。「そのシー・デヴィルとやらが活動している証拠が見つかるかどうかは、ぼくにも予測がつきません。ただ、なんらかの悪魔的なことが起きているのは否定できないので、調べるに値します」

大喜びで農場をあとにしたトム・ベラミーは、その前にホームズに報酬として大金を差し出していたが、彼はそれを丁重に辞退した。

「引き受けてくれてうれしいよ、ホームズ。でなければ君を見そこなっていたところだ」

「騎士道精神が目覚めたな、ワトスン」

「若い女性が三人も不可解な失踪をした――当然目覚めるさ」

「人さらいだかなんだか知らないが、おあつらえむきのときに起きたと思わないか？　ぼくの家のすぐそこでだぞ？　このタイミングで？」

　彼が言いたいことを理解するのには、ちょっと時間がかかった。「つまり、これもルルロイグのしわざだと？」

「その可能性を考慮しなかったら、怠慢というものだろう」

「じゃあ、ぼくらを引きずり出そうとする策略か」

「さもなくば陽動作戦か。ぼくらの気をそらしておいて、どこかほかのところで別の策略を実行に移す。それとも、ルルロイグとはなんの関係もない、単発の出来事にすぎない可能性もある。ルルロイグのしわざであろうがなかろうが、とにかく先に進まなくちゃならないが、策略だった場合に備えて最大限の用心をしよう。もしやつが三人の無辜《むこ》の命を餌にして罠を仕掛けているんだとすると、ぼくらには飛び込んでいく以外の選択肢がない。だが、閉じる顎にあえなく嚙まれるかどうかについては、まだ選択肢があるぞ」

20章　ニューフォードのしきたり

ホームズの家政婦には運転手として働く息子がいて、彼もときどき運転を頼んでいた。ホームズが電話してから一時間とたたずに、その若者が家の前に、バーガンディ（赤ワインのような暗紅色）の車体にぴかぴかの真鍮《しんちゅう》装飾をふんだんに施した、なかなかりっぱな四人乗りローヴァーで乗りつけてきた。彼の運転で、私たちは海岸沿いの道を西に向かった。ちょっとスピードが出すぎなのが私は気に入らなかったが、ホームズはエンジンの轟音と殴りつけてくるような風を楽しんでいるようだ。ホンブルク帽をかぶった私には特に風の影響が大きく、頭から吹っ飛んでしまいそうな帽子を始終押さえておかなくてはならないが、ホームズのほうは旅行用帽子の左右の耳当てをあごの下で結んでいるので、その心配は無用なのだった。

やがてフルワースを通り過ぎた。弧を描いて延びる遊歩道、住宅街の並木道、二つもあるゴルフコースなど、小さくてもお勧めの場所にこと欠かないきれいな町だ。そこからさらに二マイルほど先が、私がまだ行ったことのないニューフォードだった。フルワースのできそこないの写しのようだ――面積も人口もほぼ同じなのに、両親が片方にだけ愛情を注いだ双子のもう片方のように、陰気でみすぼらしく、意地が悪い。うらめしそうな雰囲気で、いつまでも消えない妬《ねた》ましさのようなものが感じられる。家々がうずくまるように肩寄せ合い、そこからひとすじの細い不毛の草地を隔てたところに、急傾斜する石ころだらけの海岸がある。外洋の高波や沿岸の強風から守ってくれるものは防波堤一本だけという小さな港に、錨を下ろした漁船がものうげに揺れていた。住人たちも肩をすぼめて歩いていて、目つきにはこそこそと警戒しているようなところがある。ベラミーの人さらいとシー・デヴィルの話が本当なら、そんな態度をとるのも無理からぬことかもしれない。包囲された町の悲惨さを知っているように思えた。

　そんな印象が強くなったのは、パブの外に集まっている一団を見かけたときだ。昼下がりで、日暮れまでまだ数時間あるが、ある種の自警団らしかった。全員が武装していて、ショットガンやライフルを帯びる者も、斧や鍬《くわ》といった道具を持つものもいる。日没後には通りを巡回して、シー・デヴィルを撃退しようと備えているのだろう。

　私たちの行き先は、モードの友人、ブランチ・グレイディの家だ。三人のうちいちばん最近さらわれたのがブランチなので、もし手がかりがあるとしたら最新のものが見つかるのは彼女の家だろうと、ホームズは考えていた。

父親のサミュエルは町の港湾管理者で、グレイディ家の住まいは港のすぐそばにある、白塗り石造りの二階建てコテージだった。私たちは冷たくあしらわれたわけではないが、迎えられ方はいくぶん低めの温かさという感じだった。喪失感と嘆きは想定どおりだが、グレイディもその妻も、有名なコンサルタント探偵が介入したからといって状況が上向くとは、つゆほども思っていないようだ。

「トム・ベラミーがあなたを推薦する電報をよこしていなかったら、敷居をまたがせもしないところでしたよ、ホームズさん」とサミュエル・グレイディ。「ベラミーとは長いつきあいだし、やつの娘のモードとうちのブランチは親友どうしでしたから」

「〝でした〟と過去形でおっしゃいましたね。仲たがいでもしたんですか？」とホームズ。

「いえ。そういう意味じゃなくて。〝でした〟と言ったのは、ブランチがもう戻ってこないからです。わかっているんです。うちのゼルダもわかっています」彼は客間の暖炉のそばに座っている妻を手で示した。陰気なおももちで目を泣きはらした夫人は、抜け殻になったように見える。「誰もが知っています。ニューフォードの古くからのしきたりですから。シー・デヴィルが来たら、連れていかれた者は二度と戻らない」

「そのルールには例外もあると聞いていますよ」

「なきに等しい。自分の大切な人が、そのあるかなきかの例外じゃないかと思ってみたところで、なんの足しにもならん。亡くしたことを受け入れて先へ進んだほうがいい」

そんな哲学でいうところの宿命論的諦観に、感心するべきか嘆かわしく思うべきか、私にはわからなかった。自分には子供がいないが、もし息子なり娘なりが奪われたとしたら、どんなことをしてでもこの手に取り戻そうとするだろうし、どんな援助の申し出にも飛びつくんではないだろうか。ただそれは、ニューフォードの住人でない私の見解ということではある。

ホームズも、私が考えていたのと同じことを口にした。「ニューフォードの人がみんな無抵抗になっているわけじゃありませんよ。ここへ来る途中、にわかづくりの民兵組織のようなものが結成されているのを見ました」

「《キングズ・アームズ》の前でしょう？」とグレイディ。「ふん！　この三日間ずっとあの調子ですよ。どうなるかわかりますか？　酒を飲みはじめると、日暮れにはもうへべれけですよ。いざ出撃して町を守ろうというところには、ひとり、またひとりと、口実をつけては家路につく。アルコールの勢いを借りるどころじゃない、飲んだら度胸がしぼんじまうんだ。シー・デヴィルとまともに顔を合わせたいやつなんか誰もいやしない。連中だってあれが怖くてたまらないんだ。みんなと同じようにね」

「ちゃんと態勢を整えさえすれば……」

「わかってないなあ、ホームズさん。まあ、わかるわけがないか。この町の人間じゃないんだから。私らには骨の髄まで染み込んでるんだ。血肉となってるんですよ。ニューフォードに生まれた子はみんな、シー・デヴィルの話を聞かされて育つ。母親の膝で、あの怪物がまたやってくる恐怖を植え付けられる。たとえ一生のうちには襲ってこないかもしれないが、その話が世代を超えて語り継がれる。それが私らの歴史になる。そして、今みたいに歴史に追いつかれることもある。つまり……」彼は言葉を探した。「不可抗力ってやつだ。私らは生まれたときからずっと待ってきた。あんたが無抵抗と思うことを、私らはわかりやすく、分別のある受け身だと思っているんですよ」

「では、ブランチがさらわれたことを調べるのは許さないというんですか？」

「いや。どうぞ調べてください、私は認めますよ。でも、私や妻のためでなく、トムのために調べてやってください。ゼルダと私のほうは、起きたことと折り合いをつけるすべを学んでいます。神の御心にかなえば、いずれ平穏が訪れるでしょう」

　ホームズはグレイディに手早く事実を確かめた。前の晩、彼と妻はいつもどおり十時ごろ二階で就寝したという。ブランチはまだ一階の暖炉のそばでレース編みをしていた。コテージのドアも窓も全部施錠してあった。セアラ・カミンズとデボラ・スマイスの二人がいなくなったことはもう周知の事実だったから、危険を冒そうとする者がいるはずはない。シー・デヴィルが合計で何人の犠牲者を連れ去るつもりなのかは不明だが、霧が立ち込めなくなるまで、子供を産めそうな女性はひとり残らず安心していられないのだった。

グレイディは不穏な夢に眠りの邪魔をされて、なかなか寝付けなかった。十一時半ごろ、階下で妙な物音がしたような気がして、目を覚ました。階段を下りていくと、家の中を冷たい風が吹き抜けていくではないか。玄関扉が半開きだった。ブランチの姿はない。彼女が座っていた椅子の脇の床に、レース編みが見捨てられたように落ちていた。

恐怖に襲われて、グレイディは娘の寝室へ駆けつけたが、ベッドに寝た形跡もない。急を知らせることにした。無駄なこととは百も承知だが、知らせないわけにはいかない。近隣の住人たちによる捜索隊が組まれたものの、どこかにシー・デヴィルが潜んでいる霧の中、コテージからあまり離れたところまでは捜せない。声を上げてブランチを呼びながら、おっかなびっくりランタンをあちこちに向けただけで、誰もが自分の義務は果たしたという気になった。根気よく捜してもなんにもならない。捜索隊は解散して、それぞれの家に帰っていった。

「玄関をこじ開けたような形跡はないな」ホームズは玄関扉の枠に目をやりながら言った。

「施錠されていたのなら、シー・デヴィルはどうやって入ったんだろう？」

「わかりません」とグレイディ。「かんぬきが引っ込められて鍵もはずれていた。まるでブランチが自分から玄関を開けたみたいに」

「どうして自分から？」と私。「外にシー・デヴィルがいそうなことはわかっているのに」

「それが不思議なところで。そんなことをするんじゃないぞって、私は寝る前に念を押してもいたんですよ。『ノックされても応えるんじゃないぞ。困ったらお父さんを起こしにくればいいが、ドアはしっかり閉めておけよ』って。ブランチには分別があった。誰も中に入れようとはしなかったはずだ。私の言いつけどおりにしたはずなんだ」グレイディはまた、娘のことを言うのに過去形を使っていた。娘は死んだものと本心からあきらめているのだ。

「あなたが聞いたという物音は何でしたか？」とホームズ。

「はっきりしないんですが、ドアが開く音だったんでしょうか？」とグレイディ。

「それだけでしょうか？　ほかに音はしませんでしたか？」

「音楽が」

グレイディ夫人だった。ホームズと私がここに来てから初めて、娘の母親が口を開いた。

「音楽でした」ひび割れてかすれた、ささやくようなかぼそい声。「眠っているときに聞こえました。夢を見ているんだと思って」

「そんな話はしてなかったじゃないか、おまえ」グレイディの声は穏やかだが、厳しさの片鱗がうかがえた。

「話すほどのことじゃないと思って。関係があるかどうかもわからなかったし。私の想像の産物にすぎない、眠りながら聞いたまぼろしの音だったら、もちだすまでもないでしょう？　だけど、そうなの――だんだん確かにそうだと思えてきた――サム、あなたがベッドから起き出すちょっと前から、誰かがうちの外で何か管楽器みたいなものを吹いていたの。フルートとか横笛とか、そんなふうな楽器を」

「どんな音楽でしたか？」とホームズ。

「しみじみするような」とグレイディ夫人。「子守歌みたいに繰り返しが多くて。はっきりしたメロディみたいなものはありませんでした。一本調子が繰り返ししつこく続いて、繰り返すたびにちょっとずつ変調していく。ある意味、とってもきれいな調べだった。ずっと昔からなじんでいる音楽みたいに懐かしい気持ちになるんですが、一度も聞いたことがないのは確かです。わけのわからない説明かもしれないけれど、そうとしか言いようがなくて」彼女は夫にわびしげな笑顔を向けた。「わかったでしょ、サム、私がなぜ今までこの話をしなかったのか。まるっきり絵空事みたいじゃない？　結局のところは空耳だったのかもしれない。私の気のせいだったかもしれない」とは言いながら、彼女の態度はだけどたぶん気のせいじゃない、と言っていた。

　サミュエル・グレイディはあいまいに首を振った。「ゼルダ、ブランチはフルートか何かの音色に惑わされて、玄関の外におびき出されたとでも言うのか？　……そんな、信じられん」

「海底から来る水陸両生人間の存在よりも信じがたいですか？」とホームズ。

「そう。なぜかはわからんが、このほうが信じがたい」

「ほかの二人はどんなふうに連れ去られたんでしょう？　どういう状況だったかご存じですか？」

「セアラ・カミンズが、最初だったな。ええと、ちょうど一週間前のことでした。そうそう、確か、赤ん坊と一緒に出かけていたんだ。乳母車に乗せた赤ん坊を寝かしつけようとして。通りで男たちが乳母車と、大声で泣きわめく赤ん坊を見つけた。そしてセアラは……ふっと姿を消していた」

「デボラ・スマイスは？　肺病の気《け》があるということでしたね？」

「二日後のことでした。咳止め薬を切らしたとかで、母親が医者のところまで買いにいったんです。出かけていたのは十分足らずのことでしたよ。診療所は角を曲がってすぐのところなんだから。ところが家に戻ってみると、もうベッドにデボラがいなくなっていた」

「デボラをひとりにしていたということですね」

「ジュディス・スマイスは、夫の年金で暮らす未亡人なんだ。家族はデボラしかいない。もっぱら娘の世話をしている。娘をおろそかにしてはいないけれど、自分がいないあいだ頼りにできる人間もいない。必死で自立しようとしているから、医者と自分自身以外には誰にも娘の世話を任せようとしないんです」

「スマイス家には押し入ったような形跡があったんでしょうか？」

「なかったんじゃないかな。確か、窓が開いたままになっていたと聞いています」

「肺がよくないのなら、新鮮な空気は大事だからね」と私。

「窓を開けていたとしたら、シー・デヴィルを警戒することがその段階ではまだ最優先されていなかったのか」とホームズ。

「セアラ・カミンズの行方が知れず、夜には霧が立ち込めるとあって、もうシー・デヴィルの噂はたちはじめていましたが」とグレイディ。「まだどうしても、セアラが本当にシー・デヴィルに連れ去られたとは決めつけられなかったんです。一度だけだから」

「デボラもいなくなって、パターンができるまではね」

「それからですよ、私らニューフォードの住人たちが震え上がって、戸締まりを厳重にして、日が暮れてからは外出しないようになったのは。それから数日のうちに、シー・デヴィルは大胆になった。平気で姿を見せる、というか、ともかく姿をちらつかせるようになった。カーテンの陰で外の様子をうかがっていると、通り過ぎる姿が見えたりしてね。霧の中にぼうっと見えるだけなんだが、姿形が人間離れしてる」

「トム・ベラミーが、海に光が見えるとか話していましたが」

「見たのはフルワース船団の漁師たちだと思います。ニューフォードの者は見ていない。見ていたら、シー・デヴィルが来ることにもっと早く気づいたでしょう」

「デボラ・スマイスの話に戻りますが、シー・デヴィルが病人をさらったのは妙だな」とホームズ。「繁殖計画のためなら、健康体だけを選べばいいようなものだが」

「あんな怪物の考えることなんかわかりゃしない」とグレイディ。「当たるを幸いってやつでしょうよ。開いていた窓がデボラの寝室の窓だっただけで。通りすがりにそこからあの娘が見えた。手の届きそうなところに無防備で寝ているんだ、ちょうどいいって……」

「彼女は一階に寝ていたんですか？」

「発作が起きたら階段を使えないんです。身体が弱い娘のために、母親が居間に簡易ベッドを備え付けてましてね」

「それにしても、えらく的はずれな人選だな。シー・デヴィルももっと選り好みすればいいものを」ホームズは顔をしかめた。「今のところ質問は以上です、グレイディさん。周辺に物的手がかりがあるかどうか、調べさせていただきたい」

玄関と客間、そしてコテージのすぐ外と、ホームズは次々に調べていった。いつものように、猟に出た猟犬さながら元気いっぱいだ。前かがみになったりしゃがみ込んだり、ひざまずき、うつ伏せになってはまた立ち上がる姿はとても五十代とは思えず、二十歳そこそこで通りそうだった。老境を迎え、とっくに衰えていてもおかしくない人物がこれほど活力にあふれていることに、私はあらためて驚かされた。何かを細かく調べるために拡大鏡を取り出したことが何度かあったが、それはどんなに視力がよくても肉眼では見えないほど微細なものだったとしか思えない。ホームズが拡大鏡を使うのは、視力が衰えたせいではなかった。

戸口の側柱の前で足を止めたホームズは、腰くらいの高さのところに付着した物質のサンプルを採取した。ポケットナイフで削り取って、小ぶりな封筒に収めた。それで調査をしめくくるらしく、満足そうな声を出した。

「見るべきものはすべて見た。全容を解明とはいかないまでも、少しはわかったこともある」

彼はサミュエル・グレイディと握手を交わして、夫妻に別れの挨拶をした。しばらくのち、私たちはまたローヴァーに乗り込んで、高速で東へ向かっていた。

「それで？」私は車のエンジン音に負けじと声を張り上げた。「何を発見したんだ？」

「だいたいのところは、採取したサンプルの検査結果による」

「粘液のような種類のものに思えたが」

「そのとおり、ある種の粘液だ」

「水陸両生の海の生き物があとに残すような粘液か？」

「そう、いかにも水陸両生の海の生き物があとに残しそうな粘液だ」

「ほかにも何か？」

「足跡がひとつ。足跡の一部だな。興味深い部分の跡だった」

「水かきの跡じゃないか？」

「確かに、水かきがついているような足跡だ」

ホームズはそれ以上のことを言おうとしなかった。私はしつこくせがんだが、謎めいた沈黙をかたくなに守るだけだ。うっかり忘れていたが、ホームズは捜査が続いているあいだ、ひどくひとりよがりになる。そして、教える気になるまで結論は自分ひとりの胸に納めて、たいていは集めた関係者をぎりぎりまで混乱させ、気をもたせておいてから発表する。そんなやり方に、ひどく子供じみた喜びを感じるのだ。そういう面でも、身体能力と同様、年齢を重ねてなお枯れていないのだった。

21章　海岸の歩哨

その日の夕方、私たちはふたたびニューフォードにやってきた。ただし今回は、調査でなく歩哨が目的だった。

日が沈もうとする中、ホームズは海岸沿いを偵察して、見晴らしのいい地点を探し出した。町の東の境界線に切り立つ崖があるのだが、その崖が尽きるあたりに、ほんの指先ほど海に低く突き出た白亜の岬があった。いちばん高い隆起部が九フィートほどで、私たち二人が並んで寝そべるには充分な幅がある。そこから向こうの端にある港までずっと海岸全体をひと目で見渡せるし、海岸にいる者からは隠れていられるのだ。

私たちは腰を据えて待機した。夜明けまで監視することになるかもしれないし、霧が出なければシー・デヴィルも現れないだろうから、成果なしということもありうると、ホームズから注意されていた。そこで私は力づけに夕食をたっぷり食べ——蒸しだんご入りマトン・シチューをおかわりした——寒い中で身体を温め、血のめぐりをよくしてくれるブランデーをヒップ・フラスクに入れてきた。頼りになるウェブリーも持ってきた。ホームズもやはり武装している。彼が武器を携行することはあまりないので、それほど危険な状況ということだ。

　太陽がすっかり沈んで姿を消した。カモメが没した太陽を悼《いた》むような鳴き声を上げて、群れをなして巣に帰っていく。ニューフォードの家々の窓に、燃えさしのようにはかない明かりが明滅する。紫に染まった空が黒くなっていき、にやにや笑いを浮かべた月が昇った。

　そして霧が出た。海上がもやもやしてきたかと思うと、かろうじてそれとわかるくらいに、じわじわと濃くなっていく。あたりが静まり返った。水のはねる音がかき消されて、ほとんど聞こえなくなった。海面が貯水池のようにのっぺりしている。ふっと、まるで世界が息を止めているかのような静けさが訪れた。

　一時間、また一時間と時が経過していく。不気味な沈黙を守っている夜の、異様に遅々とした時の流れ。こちらへ忍び寄ってきた霧が、イカやタコがためらいがちに進む方向をさぐっているかのように、陸上へもその巻きひげを伸ばしていく。少しずつ広がりながら、やがて海岸をすっぽり包み込んだ霧は、ニューフォードの通りにもぐり込んでいく。町の明かりがかすんで、窓辺や街灯に暈《かさ》がかかった。

私は神経を張りつめていた。満月に近い月の明かりに海岸のほとんど充分見えているが、その月の輝きには不気味なものがあった。海岸の景色が銀色一色で、奇怪な銅版画か何かのように描き出されている。私の思考にも非現実感が染み渡り、どろりとした時間の経過とともに濃くなって、ぬぐい去れなくなっていった。しだいに当事者意識が失われ、上映中の映画《キネマトグラフ》のようなものを、出演者でもなく一観客として見ているような気がしてきた。自分がその場にいないような、他人の目を通して見ているような気分だ。

ニューフォード教会の時計が、霧にくぐもった音で時を告げた。十時、十一時、零時。依然として何事も起こらない。私はブランデーをひと口飲んで――いや、何口かになってしまった――しびれないように脚を動かした。ホームズは隣でコブラのように微動だにせず、油断なく海岸に目を配っている。

午前一時を回ったところで、私は口を開いた。しばらくぶりに出す声が、湿った空気にかすれた。「もう現れないんじゃないか。来るならとっくに来ているころだろう」

「辛抱しろ、ワトスン。辛抱だよ。夜はまだまだ先が長い」

「だけど、ぼくは老い先が短いんだよ。老骨の身を岩に横たえているのは面白くないね。痛くて」

「ここで起きる現象を観察するのは面白くないのかい？　海の底から来る人間だぞ？　そ

んなものが現れるかもしれないと思うと、ぼくはわくわくするがね」

「ぼくにわかるのは、君がシー・デヴィルについて立てた仮説を確かめたくてしかたがないってことだけだ」

「それは否定できないな」

「もうぼくにも教えてくれるんだろうな？」

「間違いだとわかったら、こっけいなことになるのに？」

「こっけいなことになるのを恐れてるんじゃないだろう。君が予測していてぼくには思いも寄らなかったことが、真相だとわかってぼくが驚くのを、見逃したくないからだ」

「さすが旧友、ぼくのことがよくわかっているね」

「せめてあの粘液の検査でわかったことくらい、教えてくれたっていいだろう。君は自分の書斎であれを調べているとき、声を上げた――うれしそうに。思った通りの結果だったってことだろう？」

「そのとおり」とホームズ。「時として奇抜なものがありふれたものだと判明しても、ありふれたものが奇抜なものだとわかったときに劣らず、うれしいこともあるのさ」

「そいつはなぞなぞか？」

「じゃあ、これならどうだ。ぼくらは半水生の種族が実在すると知っている。マサチューセッツ州インスマスのあたりでは、付近に生息する〝深きものども《ディープ・ワンズ》〟とやらに町の住人たちが人身御供を捧げ、その見返りとして大量の魚や、人間には未知の合金でできた風変わりな宝飾品が贈られるという話がいくつもある」

「確かその町は、一八四六年に疫病で少なくとも半数の住人が死ぬという災難に遭ったんじゃなかったか？」

「疫病なんかじゃない。いけにえが途絶えて激怒した〝深きものども〟のせいだったんだ。もたらされた災難は、病気ではなく大量殺戮《さつりく》だ。だが超自然的なものよりも平凡な説明のほうが好まれる歴史には、疫病として記録されたのさ。ちなみに、そのいけにえを捧げていたのが、ダゴンを崇拝するカルト集団だ。マイクロフトが隠密工作をするあの秘密組織をダゴン・クラブと呼ぶことにしたのは、インスマスでの真相隠蔽にあやかってのことだった」

　兄の名前を出すとき、障害物につまずいたかのように、ホームズの声がわずかながら喉に詰まった。サセックスにひきこもっていた私たちは、首都で行われたマイクロフトの葬儀に参列できなかった。新聞の報じるところによると、政府をあげての盛大な儀式だったようだ。葬列はパルマルを通り、王族や貴族も弔意を表したが、カントルミア卿はじめ格上のダゴン・クラブ員たちの葬儀に交じって影が薄くなってしまった。マイクロフトが正式に葬られたのを確認しただけで、葬儀でひと区切りつくはずの死別の悲しみを、ホームズはある程度なだめられただろうか。それはなんとも言えない。彼の知性をわかりやすく表現することはできるかもしれないが、感情のこととなると、まったくの不可解としか言いようがない。

「ぼく自身、君も知ってのとおり、グルーナー男爵のおかげで〝深きものども〟と直接会ったことがある。それはそうと、ご想像どおり、やつらは生臭《フィッシー》いよ。ひどい臭いだ。さて、今ここでぼくらはイギリスのインスマスとも言える地で、〝深きものども〟に似た、いかにも生臭《フィッシー》そうなものを相手にしているわけだな」

「類縁なのかもしれない。シー・デヴィルは〝深きものども〟から派生した種なんだろう」

「あるいは、呼び名が違うだけのまったく同じ種か。かき集めたわずかな目撃情報によると、類似点がいくつかある——エラとかね」

「グレイディ夫人が話していた、音楽というのは？　フルートを吹いていたとかいう。あれはどう思う？」

「『音楽は野蛮人の胸をなだめすかす魅力がある』というせりふがあったが」とホームズ（十七世紀の英劇作家ウィリアム・コングリーヴによる『喪服の花嫁』）。「パリにエーリッヒ・ツァンというドイツ人の老ヴィオル奏者がいて、異次元への扉を開くメロディを作曲したという噂だ。それが本当なら、理解できないこともないが――」彼はいきなり言葉を切ると、「シッ」と言った。私はその細長い人さし指が差す方向を見やった。

岸から十ヤードほどの海面が揺れ動いていた。つかず離れずの三ヵ所で、煮えたぎるスープのように海水が泡立っている。水面下に動きがあって、それが陸に向かっている。ただ移動しているのではない――上昇もしていた。海岸線に近づくにつれ、その揺れが激しくなった。水面下の動きが海底の勾配に従って上昇しているようだ。三つのものが――人間もどきのものが――三角形の隊列を組んで、深いところから浅瀬へ歩いてくるとしか思えない。

「なんと」私は声をひそめた。「やつらだ。シー・デヴィルだ。現れたぞ」

22章　よみがえる死者

頭がひとつ、海面を裂いた。ドーム状の頭蓋に太い眉弓《びきゅう》、そしてあいだの離れた一対の膨れた目。

そこでいったん止まって、どうやら様子をうかがっているようだ。そのうしろに出てきた二つの頭も、やはり水面上に目が出たところでじっとしている。

三つのうち最初に現れた頭が、海岸に何もないことを確認したらしく、また浮上しはじめた。今度はのっぺりした鼻とカエルのような口が見える。こめかみに沿ってコウモリの耳にも似た一対の扇状構造があるのは、おそらくこの怪物のエラだろう。次いで丸い肩、深々と曲がった背中、長い腕の先の水かきがある手が見えたかと思うと、不格好な前かがみの姿をすっかり現して、人間と両生類の交配種が前浜に立っていた。水が皮膚を伝い落ち、忌まわしくもつやのある灰色まだらの外皮が、月光に照らし出された。ゆっくりとぎこちなく胸が上下する。空気中の酸素を取り込むことに順応しようとしているようだが、水中で呼吸するよりもたいへんらしい。

その仲間二匹も海岸に上がってくると、私は震えを抑えられなかった。これまで相当数の怪異に出会ってきたが、この三匹は最も醜悪な部類に入る。人間らしい特徴が多々あるせいかもしれない。類似点があるせいでかえって相違が際立ち、ぞっとさせられるのだ。それに比べると、もっと人間に似ている、根本からは違わないヘビ人間は、親類のようなものだ。シー・デヴィルたちは、海から這い上がってきた生命が、入口のぬかるみでのそのそしながら背中に太陽を浴びていた、遠い時代を思わせた。

「今だ、ワトスン！」ホームズは小声で言って、さっと膝立ちになった。「やつらがまだもたついているうちに」

「襲撃するのか？」

「決まってるだろう？　ぼくらには武器がある。あっちにはない。それに不意をつける」

そう言うと、ホームズはすべるようにして岬を下り、銃を構えて海岸をのしのしと歩きはじめた。私も、少し戸惑い、少なからず用心しながらあとに続いた。

ホームズがあと二十フィートほどに迫ったところで、やっとシー・デヴィルたちが気づいた。歩を進めていた足をほぼ一斉に止めて、振り向く。

すると、驚いたことに、三匹そろってくるりと向きを変え、海のほうへ戻りはじめた。

「そこで止まれ！」とホームズが命じる。シー・デヴィルたちが従わないので、彼は空に向けて発砲した。その音で、彼らの足が止まる。「そうだ。次は警告じゃすまないぞ。おふざけは終わりだ。おまえたち悪党のことはもうわかっている。両手を高く上げろ」

シー・デヴィルたちは、困惑したように顔を見合わせた。

「手を上げろ《ヘンデ・ホッホ》！」ホームズが叫ぶ。「早く《シュネル》！」

シー・デヴィルたちが手を上げ、私は眉を上げた。たった今、ホームズは三匹に対してドイツ語を使った。それがやつらに通じたのだ。

「ホームズ」私は彼に追いついた。「いったいどうなってるんだ？　三匹、いや三人は……ドイツ人か？」

「そうさ」彼は得意げな笑顔で言った。

「海の怪物なんかじゃないってことか」

「見た目はそうだがね。それ以外のあらゆる点では違う」

「まさか……」

私は言葉を失った。このシー・デヴィルたちは文字どおりとんでもなく《モンストラス》たちの悪いでっち上げだと、だんだんわかってきた。しかも、でっち上げたのはドイツ人ときている。この情報をどう考えたものかわからないが、何はともあれ、今目の前にいる怪物と、フォン

・ヘルリング男爵を媒介に行動しているルルロイグとのあいだに、つながりがあることだけは直感できた。七人に死をもたらした小包の送り主がフォン・ボルクであることをホームズが見抜いて以降の出来事には、一貫してゲルマン音楽の伴奏がついている。最新のものが今夜の遁走曲《フーガ》だろう。

「君の銃で頼むよ、ワトスン」ホームズは自分の武器をポケットにしまった。「ひと皮むいたシー・デヴィルの姿を見てやろう。じっとしてろ《シュティル・シュテーエン》！」海のほうへそろりと一歩踏み出そうとしていたシー・デヴィルが、母国語でそう言われて動きを止めた。「よろしい」とホームズ。

ホームズはいちばん近くにいるシー・デヴィルに手を伸ばすと、その頭をつかんで引っぱりはじめた。怪物が抵抗すると、ホームズはもっと力をこめる。ひねったり回したりしたあげく、なんとか頭部がはずれた。大小の管が絡み合ったままぶら下がる。思ったとおりマスクのようなもので、その下から現れたのは、あごの線ががっちりした若い男の頭部だった。汗ばんだ亜麻色の髪はぼさぼさで、無念そうな、どことなく険悪な表情だ。

「ほら」とホームズ。「怪物もただの人間さ」

若者がドイツ語でうなった。

「お行儀のいいお愛想じゃないな」

「ちょっとは英語も話すぞ」とドイツ人。「お望みならそっちの言葉でののしってやる」

そのとき私は、もうひとりのシー・デヴィルが腰のあたりに帯状のものを吊っていることに気づいた。コンブが膨れたような形状をしている。膨らみ方からすると、その袋の中に何か重いものを入れているらしい。

それに気づいたのは、ホームズがマスクをはずしたシー・デヴィルに声をかけている隙に、そのシー・デヴィルがこっそり袋に手をやろうとしたからだ。

「おい！　なんのつもりだ、悪党め！」

私がそう怒鳴りつけるあいだにもその手が袋の口をさぐり、怪しげな長方形の金属製装置を取り出した。葉巻入れくらいの大きさで、広いほうの片面に格子が付いている。

「なんだか知らんが、手を放せ」そう言って私は銃の撃鉄を起こした。「今すぐだ」

シー・デヴィルはひるまず、すばやく装置背面のスイッチを入れた。

それからあとのことはわからない。

歌が聞こえた。幼いころ母の膝で聞いた、母がよく歌ってくれた子守歌だ。私を腕の中であやしながら母が口ずさんでいたあの調べ。私の髪をなでる母の手や、顔にかかるやわらかい息に触れて、えもいわれぬ満足感にひたったことまで思い出した。

その子守歌を一日中でも聞いていられそうだ。
不思議なことに、今私に子守歌を歌ってくれているのは、母ではなくてメアリだった。私の前に立つ彼女は記憶しているとおりに美しく、やさしくまじめな顔つきに長い金髪の巻き毛を波打たせた姿は神々しいほどだった。その笑顔に見つめられると、最後に会ったときよりも二十歳ほど歳をとって、白髪が増え、目もとがたるみ、腹が出て、心身ともに鈍くなったこの男を、彼女は私だとわかってくれるだろうかと思いながらも、微笑み返さずにはいられない。彼女はこんなに老いてしまった私を、若かったころと変わらず愛してくれるだろうか？

彼女のまなざしが、愛していると言う。思いやりあふれる寛大なまなざし。彼女の歌からも愛が伝わってくる。メアリは私の幸せだけを願っている。短くても幸せだった結婚生活で味わった喜びを、また二人で分かち合いたいと願っている。今ここに、私たちの二度目のチャンスがある。離ればなれになっていた年月などなかったかのように、もう一度一緒になれるかもしれない。

わかっている、メアリは死んだ。わかっていても、それはどうでもいいような気がした。理屈はこうだ。もしメアリが死んだなら、今この瞬間、ニューフォードの海岸にいるはずがない。したがって、彼女は生きているはずだ。不可解な奇跡だが、私は不可解な面を考えずに奇跡を受け入れることにした。うっとりするような子守歌をなおも口ずさみながら、メアリが両腕をこちらへ伸ばしてくる。私はためらいなく近づいていった。この腕で彼女を抱擁すること以外、何も考えられなくなっていた。抱き締めて、もう二度と離さないぞ。湧き上がる涙を、男らしくはないが、まばたきもせず流れるに任せた。最後にそれほど心を揺さぶられたのはいつだったか思い出せないくらい、久しぶりの感動だった。メアリばかりでなく私も死んで、今よみがえったような気がした。

あとちょっとで彼女に手が届きそうなところで、一発の銃声がすべてを断ち切った。ハンマーの一撃がガラスを粉々に砕くように。子守歌もメアリもふっつり消えてなくなった。壊れた金属製の箱を持ったシー・デヴィルが、ドイツ語で悪態をついている。そして、私のそばにシャーロック・ホームズが、硝煙のあがるピストルを手にして立っていた。

「してやられた」とホームズ。「あやうく捕まるところだった。そいつは無線受信機だな？」と、壊れた装置にあごをしゃくってみせた。ワイヤだの三極管だのが、摘出した内臓のようにぶら下がっている。「よそから送信した信号を拾うように設計されている――今回の場合は音楽放送だな。魂を奪うような音楽。ツァンが作曲したんじゃないかな。そうだろう、諸君？　聞き手の心をゆがめて、現実ではないものを見聞きさせる調べを書いたのは、エーリッヒ・ツァン。そうだな？　ただし、そのマスクをしていれば、音がフィルターにかけられてそういう影響をこうむらずにすむ。そうだな？」

マスクをはずされたシー・デヴィルは途方に暮れたような表情だったが、ほかの二人はまだ素顔が隠れていて、何を考えているのかわからない。二人のうちどちらも、ホームズの言うことを言葉では肯定も否定もしなかった。

「まあいい、それはあとで確かめられるだろう」とホームズ。「とりあえず、君たち三人を厳重に監禁するほうが先だ。あっちでな」彼は銃をニューフォードのほうへ振ってみせた。「向こうの町に、噂の怪物じゃないとわかりさえすれば、君たちとぜひとも知り合いになりたいって人が大勢いるんでね」

私たちは海岸を進んでいった。まぼろしのメアリ、私が失ったあの女性のことを思うと、悲嘆で腹がひりひりしたが、彼女を利用して私を陥れたドイツ人たちに対する怒りも同じくらいあった。そして、怒りが悲嘆を呑み込んでいった。心をさぐられ、蹂躙《じゅうりん》されたような気がする。その場でドイツ人たちを撃ち殺さないよう、自制心を総動員しなくてはならなかった。

23章　三着のシー・デヴィル・スーツとひとつの難問

私たちはサミュエル・グレイディのコテージまで、シー・デヴィルたちを並んで歩かせた。あの港湾管理者なら私たちを知っているし、ニューフォードでは権威ある地位についているのだから、味方につけるにも、シー・デヴィルの脅威が無に帰したと町民たちに納得させてもらうにも、最適の人選だろう。

だが、ちょっとやそっとでは耳も貸してもらえなかった。ホームズが家の外からしつこく説得してやっと、グレイディがおそるおそる寝室の窓を開けた。私たちが捕虜にした、もうマスクを脱いでいる三人を見下ろすうちに、彼の表情が動揺から徐々に不可解へ、それから驚愕へと変化していった。

「こんな……。こんな冗談みたいなこと」とグレイディ。「現実とは思えん」

「ちゃんと現実ですよ」ホームズが穏やかに言った。「下りてきて、よくご覧ください。ニューフォードに対する悪質な詐欺だったんですよ。ここにいるのが犯人たちだ。もうおとなしくしてるでしょう？　いたずらの罰として校長室の外に立たされてる小学生みたいに。この連中ときたら、ニューフォードに先祖代々受け継がれてきた恐怖につけ込んで、あつかましくも夜な夜な町の通りを闊歩していたんですからね。ぼくの話に納得がいったら、警官をひとりか二人呼んでもらえますか」

グレイディは驚くとともに憤慨しつつ、やっと私たちを中に入れてくれると、シー・デヴィルたちをじっくり見回した。

「ゴム引きキャンバス地のコスチュームを着ているんだな」

「潜水服のように水中で呼吸できるよう、このスーツ内蔵のボンベからマスクに酸素が供給される」ホームズがシー・デヴィルの背中を拳でたたくと、金属音がした。「ドネルーズとルケヨール（一八六四年に、空気容器を背負った初の潜水服をつくった）の先駆的な研究を、さらに発展させたものです。普通の潜水服だと、チューブを通して外から空気を送り込むが、これは圧縮した空気を使用者が持ち運ぶようになっている。それによってスーツだけで呼吸ができるんですね。そのため、この三人がひどく前かがみになって体重を支えている様子からおわかりでしょうが、かなりの重さにもなる。若くて丈夫な彼らにも重労働なんですよ。水中なら浮力がありますが、陸上ではちょっと苦労する。ゆっくり歩くのも、ワトスンとぼくが不意をついて襲ったとき抵抗しなかったのも、そのためです。戦ったら敵《かな》わないとわかっていた。かさばって動きにくいスーツを着ていては明らかに不利ですからね」

無線受信機から音楽を流すという、抵抗らしきものはあったのだが、私は指摘するのを控えた。それにしても、どうしてホームズが音楽の影響を受けず、私だけ影響されたのかは、不思議だった。

「人さらいはこいつらだったんですね」とグレイディ。「うちのブランチをさらったのも」

「この三人だけではありません。ほかにも関わっているやつがいる。しかし、実行役は彼らだな。いけません、グレイディさん。ぼくだったらそんなことはやめておきますよ。その握り拳を解いてください。そこにいるのは下っ端の、命令に従っているだけのやつらなんですから。お怒りはごもっともですが、抑えてください。ニューフォードのみなさんのために、町の雰囲気を乱さないでいただけますね。気をつけないと、集団リンチが起きてしまうのは目に見えている。そうなったら嘆かわしいことですから。平静でいてください。それに、間違いなく平静な警官を呼んできてくださいよ」

「今回のシー・デヴィルがただの人間だとしたら、それはつまり……？」口ごもるグレイディの目に、ほんのわずかな期待感がちらついた。「それはつまり、ブランチがやっぱり戻ってくるって可能性もあるってことですか？」

「場合によっては」とホームズ。

「どんな？」

「ぼくがどの程度うまくやれるか、どれくらい正しく推理できるかによります。まだあまり期待しないでいてください、グレイディさん。可能性の範疇を超えているとも言えないのですから」

コテージを出ていったグレイディは、制服警官を二人と、間違いなく信頼の置ける思慮深い人物だという謹厳そうな民間人二人を連れて、三十分としないうちに戻ってきた。そのころには、ホームズと私でドイツ人たちを説き伏せてシー・デヴィル・スーツをすっかり脱がし、グレイディ夫人が持ってきてくれた紐で手足を縛り上げておいた。三人はもはや観念した様子で、かたことの英語で寛大な措置を訴えはじめていた。ホームズは、この国の法律に則って裁かれることになるから安心しろと言った。即決処刑にはならないと。

ホームズは、スーツの使い方をドイツ人のひとりに実演させた。彼は圧縮空気タンクの制御バルブを見せて――彼は〝レギュレーター〟と呼んでいた――スーツの背面の垂れぶたに隠れている、刻み目のついた小さなつまみで開閉するのだと説明した。その態度には、その装置を考案したのはドイツ人であり、翻《ひるがえ》って自分の手柄でもあるとでもいうような、愛国的な誇らしさがにじんでいた。

ドイツ人たちを警察に任せると、ホームズと私のもとには三着のシー・デヴィル・スーツと、ひとつの難問が残った。次はどうしたらいいのかということだ。ともかく私には、それが難問だった。だがホームズにはもう計画があるらしい。

「一緒に来てくれとはとても頼めそうにないんだ、ワトスン。あまりに危険でね。大丈夫だ、ぼくひとりで行くよ」

「そんなことを言うなんて、長いつきあいなのに、さてはぼくのことがまだよくわかっていないんだな」

「君の気持ちにつけ込みたくなかったんだ」

「何をするつもりなのか教えてくれ。それによってぼくの気が変わることはない。ただ、どんな危険に巻き込まれるのか、わかっていたほうがありがたい」

「ぼくらがシー・デヴィルになるってのは、どうだい？」

24章　深海の辻馬車

　それからしばらくあと、手押し車で運んできたシー・デヴィル・スーツ二着とともに、私たちはふたたび海岸にいた。タイミングが重要だとホームズは言う。あのシー・デヴィルたちは遅かれ早かれ帰りを待たれているはずだ。予定の待ち合わせ時間に間に合わなければ疑われるだろう。

　各自潜水スーツを着用するに及んで、いくつか質問しておきたかった。

「早くしてくれよ、ワトスン。手短に頼む」

「まず、シー・デヴィルは偽物だと、どうしてわかったんだ？」

「君が履こうとしているブーツを触ってみろよ。水かきのある足に似てはいても、ブーツはブーツだ。地面に残るブーツの跡は、水かきがあろうとなかろうと、裸足の跡とは別ものだよ。ひとつには、かかとがきれいにくっきりしている。もうひとつは、靴底がべったりした跡を残すということだ。裸足の足裏なら全面均一に接地はしない。土踏まずがある。

それに、爪先がほかの部分と同じ深さまで食い込む。ところが、このシー・デヴィル・スーツの爪先は動かせない突起物だから、申しわけ程度にしか跡がつかない。ぼくがグレイディ家の玄関先のぬかるみで見つけた大きくて異様な足跡は、形といい体重のかかり方といい、裸足でつけたものではなかった。したがって、肉と骨のではない、履き物の足跡としか考えられない」

「あの粘液も天然ものじゃなかったんだな」

「ワセリンだった。戸口の側柱に塗って、ぬめぬめした生き物が通り過ぎたように見せかけたんだ」

「目くらましの燻製ニシン《レッド・ヘリング》（レッド・ヘリングとは、人の気を他へそらすもの）か」

「君も魚のことをもちだすとは、面白いね。あの岬で見張っていたとき、ぼくはシー・デヴィルがいんちきだということを教えたつもりだ。『いかにも生臭《フィッシー》そうなもの』と言ったのは、うさんくさいというつもりだったんだ。気づいていなかったとはね。さりげなさすぎたかな？　君のような文章家には通じると思ったんだが」

「ぼくは超自然でしかありえない異様なものに、すっかり慣れてしまったんだ。今回にかぎって、超自然じゃないかもしれないと疑わなかったとしても、責めないでくれ」

「この一件こそ、以前の作品で君が書いていたように、シャーロック・ホームズが一見超常現象と思える犯罪のうわべをはぎとり、隠れていた俗世の真相をあばいたってやつだな。こう言えば君は喜ぶだろう――『人生は変化を求めて芸術を模倣する』だよ」（「人生は芸術を模倣する」はオスカー・ワイルドが好んで使ったフレーズ）

「さっきまでの話とは落差がすごいな」と私。「最後にもうひとつ。シー・デヴィルが利用したあの音楽だが……」

「獲物をおびき出すためのね。催眠効果があって、心を奪うような幻覚を見せるんだ」

「それはぼくにもわかる。だけど、君は影響されなかった。どうしてなんだ？」

「知性の力さ」ホームズは言い切った。

「ぼくは頭が足りないというのかい？」私は冗談半分に聞き返した。

「いや、ぼくより君のほうが音楽によって揺さぶられる感性が強いというだけだ。それに、感情がおもてに出やすいせいもあって、影響を受けやすい。さて、ぐずぐずしてはいられないぞ。使命に赴く潮時だ。君のマスクをかぶせてやろう。ぼくにも頼むよ。数少ない専門家にだってめったにできないような、めくるめく冒険が待ち受けている。君の文学上のライバルだった亡きジュール・ヴェルヌも、君がこれから体験することをうらやんだことだろう」

「二万リーグ（一リーグは三マイル）もないことを祈るよ」にやりと笑ってみせる私に、ホームズが

シー・デヴィルの頭をかぶせた。（『海底二万リーグ』はジュール・ヴェルヌの代表作のひとつ）

マスクは窮屈だった。一対のガラスの半球でできたシー・デヴィルの目で、視界がいつもより狭い範囲に限られ、ゴム引きキャンバスと他人の汗の臭いが息苦しい。まっすぐに立っていられなくなりそうだった。スーツは重たいばかりか、バランスもよくない。今にもあおむけにひっくり返るのではないかと思えた。

それでも、私はホームズにマスクをかぶせてやった。両手が水かきのある手袋に収まっていて動かしにくく、なんとか作業ができるだけの余地しかない。シー・デヴィルの頭を、潜水用ヘルメットと同じように、スーツの首の突縁にねじ込み、カチッと固定してから、レギュレーターのつまみをひねって空気が流れ込むようにした。

ホームズは勇ましく手をひと振りすると、海めがけてのしのしと歩いていった。私もそのあとをゆっくりと続いた。身体のまわりで水位が高くなるにつれ、スーツが締めつけてくる。パニックをきたさないように必死でこらえた。小型の缶一本の空気を頼りに海中に潜ろうなんて、本気なのか？　ちゃんと息ができなくなったらどうする？　こんなに重くてきつい装備がなくても、泳いで海面に浮かび上がれるかどうかあやしいのに、溺れる前にスーツを脱げそうにもない。これは、ともに過ごした長年のあいだにホームズが思いついたうちで最も無謀な計画だ。私たちは潜水の達人でもなんでもない、まったくの素人でありながら、その達人にさえ危険な仕事をしようとしている。

それでも、さらに沖へ出て頭上を海に閉ざされると、覚悟が決まった。もう引き返せない。シャーロック・ホームズの行くところ、忠実なるワトスンもまたあり。そして、知っていようといまいと、三人の若い女性たちにとっては、私たちが頼みの綱なのだ。私たちが行かなければ、家族に二度と会えないだろう。そう考えると、私自身の愚痴などどうでもいいことだった。

出発したのは、シー・デヴィルが海岸に上陸したのと同じ地点だった。泥の積もる海底づたいにホームズのあとを追ううち、だんだんと周囲の水の抵抗にも慣れて、かえってそれを身体の支えともするようになった。マスク内で呼吸音がうるさい。余分になった空気が〝エラ〟に隠れた一方向弁から排出されて、気泡の列がゴボゴボとらせん状に立ちのぼる。水の冷たさは強烈だったが、スーツのおかげでいくぶん緩和されるので耐えられた。海水越しに降り注ぐ真珠のような光沢の月光のおかげで、五、六ヤードばかりしかないとはいえ視界は確保できる。ほんの腕ひとつ分先に、ホームズのぼんやりしたグロテスクなシルエットが見える。目の前にいるのは友人であって、怪物ではないのだと、自分に言い聞かせていなければならなかった。

私たちは重い足どりでゆっくり着実に前進した。足もとは起伏の多い海底だが、だいたいにおいて下り勾配だった。水深三尋《ひろ》ほどのところだっただろうか（一尋は六フィート）、耳がポンと鳴って、頭の中でカチカチ音がした。副鼻腔から聞こえてくるのだろう。人魚になったら避けられない生理現象のようだ。これをテーマにして、《ランセット》誌に記事が書けないだろうか。

海岸を五十ヤードほど離れたところで、ホームズが立ち止まった。暗い中で方向をさぐろうとでもするかのように、あたりを見回す。何を探しているのか私には見当もつかなかったが、まさかシー・デヴィルの虚構の海底都市ではあるまい。

すると、何かを見つけ出したらしく、彼はまたゆっくりと動き出した。間もなく、目の前に大きな丸いものがぬっと現れた。鋼板に鋲《びょう》を打ちつけてこしらえた、直径八フィートほどの球体だ。海底から二フィートばかりのところに浮いていて、鎖で錨につながれている。球体から先、もっと深い海域へ向かって、水平に太綱が張られていた。球体底面がかすかに光っている。

ホームズは球体の周囲をぐるりと回って、あらゆる角度からじっくり眺めた。続いてひょいと下にもぐり込み、姿を消した。やがてふたたび姿を見せると、錨を上げようというジェスチャーをした。錨を吊す索《つな》止めがあったのだ。球体は太綱にまだつながれているものの、水中での揺れが大きくなった。手招きするホームズのあとから、私も下側にもぐり込んだ。

球体の底にある円形の開口部から上がっていくと、内部は空気のある空洞になっていた。内側にリング状にめぐらせた幅の狭いベンチのようなものに、這い上がった。ホームズがマスクを脱いだので、私も脱ぎ、よどんで潮の臭いがするものの呼吸はできる空気を、胸いっぱいに吸い込んだ。ぼんやりと明かりの点《とも》った電球が、頭上に揺れている。

「こいつはすごいな」とホームズ。「なかなか居心地のいい避難所じゃないか。シー・デヴィルがひと息ついたり、捕虜を寝泊まりさせておいたりするんだな」

「どうやって？　さらわれた女性たちも、この球体にたどり着くまでは、ぼくらのように海底を歩かなくちゃならなかったはずだろう？」

「上を見てみろよ」

球体のてっぺんには円形の気密ハッチがあり、円形のハンドル・ロックが取り付けてあった。その下には、球体内部へ降りるための金属製のはしご段が三つ、ボルトで固定してある。

「この球体は今、充分に喫水するような比較的深い海域に沈んでいるはずだな」とホームズ。

「ほかの船がこの球体を安全に操作できるように、ということかい？」

「まあ、ある種の航洋船ではあるな。そして、その船は太綱をくりだして海に戻る。必要なときにシー・デヴィルたちはさっきのぼくらみたいに錨を上げ、荷馬車を引く馬よろしく太綱を引っぱって、球体を陸地に向かって人力で引き寄せる。水中の浮力によって重量がかなり軽減されるからこそやってのけられる芸当だな。球体のてっぺんが水面上に出るくらい海岸に近づいたら、ハッチを開けて捕虜をもぐり込ませ、はしごを使って中に下ろすんだ」

「それにしても、球体は水没しているのに、どうして水浸しにならないんだろう？」私は足のすぐ下にある円形の海に目をやった。

「コップをひっくり返して流しの水の中に置いても、中まで水が入ってこないのと同じだよ。コップが垂直に安定していさえすれば、中に空気が閉じ込められたままになる」

「だけど、きっとここに長くはいられない。たちまち空気を使い果たして、窒息してしまう」

「これは一時しのぎにすぎないのさ、ワトスン。移動手段だな。ある場所から別の場所に連れていってくれる、深海の辻馬車とでも言おうか。ここに巻き上げハンドルがあるぞ」

「太綱を操作するのかな？　滑車の要領で引っぱっていくんだろうか？」

「いや、違うな。それにしては小さくて頼りなさすぎる。でも、こうやって回したら……」彼はハンドルを何回転かさせた。

「何も起きないぞ」と私。

「まだだ。ちょっと待ってみよう。太綱の一本に絶縁電線が付けてあったから、それによって信号が送られたと思う。今ごろ、ここからそう遠くないところでベルだかブザーだかが鳴っているんだろう。ぼくの考えが正しければ、電動巻き上げ機みたいなものが動き出すぞ——ほら！　感じるかい？」

球体がほんのわずか揺れた。

「たるみがなくなっていく」とホームズ。「太綱がぴんと張った。もう動き出すぞ」

その言葉を裏づけるように、球体が揺れはじめた。横に引っぱられるような動きだ。足もとで円形の海の荒れが激しくなり、海面にはっきりした流れが現れた。おそらく時速三、四マイルといった、歩くような速度で牽引されている。それ以上速くなったら、球体が傾くか、転覆する危険性がありそうだ。

球体がひっきりなしに海底の潮流につかまってはコースをそれ、また戻っていくという旅を、私たちは何分間か続けた。

「終点にはどんな船が待っているんだろうな？」と私。「わかっているのかい？」

「うすうすとはね。この球体をひな鳥だと考えてみるといい。雌鳥がひなを連れ戻しているところなんだとね」

「もっと大きな球体かな」

「まあ、そんなところだ」

さらに何分かすると、今度は這い進むくらいにまで速度が落ちた。球体が別の何かにぶつかって、静かな反響音とともに止まった。

「旅の終わりだ」とホームズ。「またマスクをかぶったほうがいいだろう。元々のシー・デヴィルだと思われていれば、それだけぼくらの有利になる」

「三人いるはずが二人しかいないことで、ばれやしないかい？」

「ニューフォードでトラブルがあって、ひとりが逮捕されたか始末されたと思うだろう。したがって若い女性の捕虜もなし。尻尾を巻いて引き揚げてきたということだ。運がよければ、とりあえず信じさせることはできるだろう。そして、迎え入れてもらったところで跳びかかり、銃を突きつけてひとり以上の人質をとる。そして要求をもちだすんだ――人質の命はニューフォードの女性三人と引き換えだとね」

「あんまり言いたくはないが、ほころびがありそうな戦略だな」

「この状況で望みうる最善の策だよ。分が悪いのは確かだが、これまではなばなしい成果をあげてきたじゃないか。今度もうまくやれるさ」

シー・デヴィル・マスクをかぶっているとき、球体が上昇を始めるのを感じた。海中が大きく轟《とどろ》いて、球体のほかにもっと桁違いに大きなかたまりも上昇していくようだ。球体内の気圧が変化して、私の耳がまたポンと鳴る。やっと上昇が終わったかと思うと、球体は水に浮かべたコルクの浮き輪のように激しく揺れ動いていた。

揺れはしだいにおさまって、穏やかにうねる海上のボート程度の上下動に落ちついた。ホームズがハッチのハンドルに手を伸ばして、ロックを解除する。太綱の水が滴り落ちてきた。そのままハッチを押し開けたホームズが、はしごをよじのぼって球体を脱出する。私もそれをまねた。

球体は、はるかに大きい船に寄り添っていた。海上に見えている部分の高さが五フィートほどで、球体と同じ、鋼板に鋲を打ちつけたつくりだ。膨らむように湾曲した船体側面は差し渡し二百フィートにもなろうか。片側の端の垂直面に四角いフィンが突き出している。船体の真ん中あたりにくっついている切り株そっくりの展望塔が、唯一の上部構造だった。

直接見たことこそなかったが、今目の前にあるのは潜水艦だ。

25章　ドイツ帝国海軍U-19

喫水線より下で船首と船尾にライトが点いて、潜水艦のまわりが透明な光の海となった。展望塔のてっぺんのハッチが開き、海軍の制服姿の水兵がひとり這い出てきた。そのあとからもうひとり水兵が続いた。二人とも白い上着に布のふちなし帽ということは、階級が低いらしい。こちらへ呼びかけてくる声からすると、ドイツ人のようだ。

ホームズもドイツ語で叫び声を返した。シー・デヴィル・マスクでくぐもった声なので、彼の母国がドイツではないことも、シー・デヴィル・スーツの本来の中の人ではないことも、相手に悟られなかったらしい。乗船を促す合図とともに、のぼりやすいよう結び目をつくってあるロープを投げてくれた。

前甲板に立ったとたん、水兵たちに質問攻めにされた。私は彼らの母国語をごくわずかしか解せないが、主意はつかめた。どうして二人しかいないのか？　襲撃隊の三人目はどうした？　連れ帰るはずの捕虜はどこだ？

ホームズが「まあ待て」というふうに手で空気をはたいた。何か口にするよりも雄弁に、疲労と挫折感を装ったのだ。私もそれを見習った。水兵たちは同情したようだ。任務で何かとんでもない失敗をしたんだな、と。彼らはスーツを脱ぐ手伝いを申し出た。

顔を見られるやいなや、ホームズが目の前でぎょっとしている水兵にすかさず強烈なアッパーカットを見舞った。相手は甲板に倒れて動かなくなった。私も、もうひとりの水兵に跳びかかり、組み討ちになった。私にひとつだけ有利にはたらくとしたら、シー・デヴィル・スーツを着ているぶん、相手より重いことだった。すばやい動きができなくなっているのは間違いないが、のしかかっていって、私の下であおむけになった相手を押しつぶした。相手も私の肋骨を何度か殴ったが、スーツの分厚い生地がその攻撃を吸収した。

私が必死で相手を押さえているあいだに、ホームズは身をよじってスーツを脱ぎ捨てた。私もそうだが、スーツの下は着衣のまま武器を携行している。彼が銃を抜き、水兵のひたいに銃身を押し当てた。水兵がたちまち抵抗をやめた。

「英語でいいか？」とホームズ。「英語がわかるか？」

水兵はうなずく。「私は英語を少し話す《イッヒ・シュプレッヘ・アイン・ビッシェン・エングリシュ》」

「女性が三人乗船しているな。イギリス人の女性が三人。どうだ？　わかるか？」

「イギリス人女性が三人《ドライ・エングリシュ・フラウエン》。そうです《ヤー》」

「ぼくらを連れていけ。もし助けを求めたり、そんなそぶりを見せたら、撃つ。わかったな？」

「はい《ヤヴォール》、わかりました《イッヒ・フィアシュテーエ》」

「英語で言ってみろ」

「私が助けを求めたら、あなたは撃つ」

「よろしい。じゃあ立て」

私もスーツを脱ぎ捨て、全員で甲板を展望塔に向かった。これまでのところ、ホームズの計画はうまくいっている。目的を達成できると、考えてもいいのかもしれない。ただ、女性たちを連れてどうやって陸に戻ったらいいのか、私には見当もつかなかった。とても泳げそうにない距離があるし、私にわかるかぎりでは、あの球体は役立たずだ。独自の動力をもたないのだから。沖合で船からおろされてあとでまた引き戻される球体は、ボートのようには使えない。あるいは、潜水艦から切り離して、潮の流れがうまく運んでいってくれることを祈るか。思い切って、潜水艦本体を乗っ取るというのはどうだろう。しかし、乗組員たちが数の上で相当まさっていることを考えると、武器があるとはいえ男二人にそんな芸当ができるとも思えない。もしかしたら、船内に救命艇のようなものがあるのかもしれない。ホームズが頭の中ですべての選択肢をふるいにかけていることだけは、確かだ。

きっと私たちが無事ニューフォードへ戻れるようにしてくれるだろう。

私たちは人質を連れて展望塔のハッチへよじのぼり、はしごを下りて狭い部屋に入った。壁面には大小さまざまのダイヤル、計器、レバー、バルブを操るハンドルが、ところ狭しと並んでいる。この発令所の中央を柱のような潜望鏡が占領していて、立っていられるスペースもほとんどない。

水兵が二人だけ持ち場についていた。ホームズと私が仲間の乗組員でないと彼らにわかるまで、ほんの少し間があった。目が大きく見開かれ、ひとりが警報を鳴らすためらしいスイッチに手を伸ばしたが、ホームズがピストルを振りかざしてやめさせた。

言葉はひとこともなし。いや、言葉にする必要もなかった。発令所の二人の見張りを私に任せ、ホームズは最初の人質を連れて先へ進んだ。

任された二人に目を光らせながら、私は一分、さらにもう一分待った。水兵たちの顔にいらだちと落胆が表れている。目の前で人質を連れていかれたのに手をこまねいていたのが上官に知れたら、厳しい叱責を受けるのだろう。ドイツ軍の規律はむやみに厳しいと聞いている。いささか気の毒になった。いや、罪もない若い女性をさらうという陰謀に加担しているのだから、気の毒なものか。

時間だけが経つうちに、最初の疑念がきざした。なぜこんなに手間取るのか。女性たちのところまで行くのがそれほどたいへんなのだろうか？　潜水艦はたいして大きくないし、探し回っているとも思えない。連れていった水兵たちが居場所をはっきり知っているはずだ。

さらに時間がたって疑念が不安に変わっても、ホームズはまだ戻らなかった。不測の事態でも起きたのだろうか。あとを追いたい気持ちがよぎったが、水兵たちの見張りを放棄して発令所を出たとたん、警報を発せられるのはわかりきっていた。

ようやく戻ってきたホームズを目にした瞬間、腹にぽっかり穴があいたような気がした。その情けなさそうな表情。手にはもうピストルがない。女性たちを連れてきた気配もない。

彼が連れてきたのは女性たちでなく、モーゼル・ライフルを構えた水兵二人だった。その二人に続いて、セーターにひさしの付いた帽子という格好の、一分の隙もなくきれいにひげを整えた男がひとり現れた。帽子のつば上の金モールは士官のしるしだ。どうやらこの潜水艦の艦長らしい。その男がホームズのピストルを持っていた。

私はリヴォルヴァーを構えた。一、二発ぶっ放してやる。混乱に乗じて、ホームズと二人で逃げよう。

「よせ、ワトスン」とホームズが止めた。「ぼくらは装備でかなわないだけじゃなくて、作戦負けまでしてるんだ」

彼はうなずいて、うしろを見てみろと合図した。

発令所のもうひとつの入口から、私の背後に水兵がもう二人現れた。やはりライフルを持っている。隣の部屋で待機していたとしか思えない。

「武器を下に置きたまえ」と士官。「銃撃戦では何も得られない。あなたがたが死ぬだけだ」

私はホームズをちらりと見た。彼の目が従えと言っている。

リヴォルヴァーを床に置いた。士官に命じられて、私が見張っていたうちのひとりがそれを拾い上げる。そうか、こいつともうひとりの男がふてくされていたのは、ただ芝居を打っていただけか。武装した乗組員が隣室に潜んでいるのも、果敢に前進するホームズをもっと大勢で迎え撃つことになっているのも、すっかり承知のうえで。甲板の二人組だってそうだ――そこからすでに芝居だったのだ。最初から全部、巧妙に仕組まれた策略だった。そして、私たちはまんまと引っかかった。

「では、自己紹介させてもらおう」士官はホームズと私にそう言って、形式に則って左右のかかとをカチンと打ちつけた。「私は帝国ドイツ海軍のヨハン・キュンストラー艦長。あなたたちをこのU-19に歓迎する。当艦はダンツィヒの帝国造船所で竣工した最新のUボートだ。それどころか、できたての試作品とも言える。U-19型潜水艦の建造予定は、正式には来年になってからでね。その点、ドイツ海中海事輸送の未来をこうして内覧していることを、栄誉と思ってもらいたいですな。あなたがたイギリスの海軍のC級潜水艦をもってしても足もとにも及ばないでしょう」

「『栄誉』といっても、一方的な見方でしょうね」ホームズはつまらなそうに言った。「それより、艦長《ヘル・カピタン》どのにお尋ねしたい。ワトスンとぼくが来ると、どうしてわかりました？」

「予想していたんですよ」とキュンストラー艦長。「もう何日も前から待っていました。わがほうの潜水員たちが陸から戻ってくるあいだに異状があれば、シャーロック・ホームズ氏がシー・デヴィルの真相を突き止めたということだ。ならば、彼らになりかわって来るか、連れてこさせるか、いずれにせよやってくる、と」

「この場合の異状というのは、あの球体に乗ったシー・デヴィルが三人でなくて二人だったうえ、さらってきたニューフォード女性もいなかったことだな。それとも、ひょっとしてほかにも異状があったんですか？」

「球体の引き入れを頼むベルの鳴らし方ですよ」

「なるほど」ホームズは自責の念に唇を噛んだ。「ただハンドルを回すだけのはずがなかったんだ。暗号があったのか」

「三回鳴らす。長く二回、短く一回。あなたは知らなかったはずだ」

「考えが足りなかった。あのシー・デヴィルたちをもっと徹底的に尋問しておけばよかった」

「そんなことをしても無駄だったでしょうね」まるで手なずけるようなキュンストラーの声。「彼らはあなたに嘘を教えるよう厳命されていたのですから。訊かれても間違った鳴らし方を教えたでしょうから、結果は同じです」

「あの球体をこれからどうするんです？」

「廃棄するよう命じられています。役目を果たしたことだし、潜水艦の足を引っぱるだけですから。ひっくり返して沈めてしまいますよ」

「よく考え抜いたものだ」

「私の考えではないんですよ、ホームズさん」とキュンストラー。「祖国に仕える一介の奉仕者として、私は上から言われたとおりのことを力の及ぶかぎりやっているだけです。考えたのは当艦の乗客で、きっとあなたも知っているはずの人物です」彼は肩越しにちらっと振り返った。「実は、もうここにいらっしゃる。ご紹介しよう……」

キュンストラーは手をさっと振ると、一歩下がってうしろにいた人物を発令所へ通した。

「……フォン・ヘルリング男爵閣下を」

26章　自衛本能よりも義務感

ドイツ帝国の大使――ルルロイグの地上にいる主要な代弁者でもある男――が、にこやかに頭を下げた。ホームズと私は久しぶりに会った長年の友人だとでも言わんばかりだ。

私はため息をついた。その胸中をホームズが言葉にしてくれた。「驚いたと言えればよかったんだが。はっきりとした予感があって、何もかもフォン・ヘルリングの息がかかったことだと察せられた。シー・デヴィルは予備の計画だったんだろう。ロンドンでヘビどもをけしかけても、思いどおりにいかなかったときのための」

「いいや」とフォン・ヘルリング。「むしろ、『ヘビども』のほうが予備の計画だった。君たちとのあいだにやり残した仕事があったから、試してみたくなるのも当然だろう。もちろん、ウグンズたちが君を殺してくれていれば、多少もの足りなくとも、それはそれで好都合だったがね。こっちには、君を絡めとる網がもっと手の込んだ編み方で用意してあった」

「確かに、今回のシー・デヴィル計画をまとめ上げるには、あの慈悲深いウグンズにぼくを任せっきりにするよりも、はるかに深謀遠慮が必要だっただろうな」

「まさしく。ニューフォードは君の家のすぐそばだ。あそこの民間伝承なら、確実に君を巻き込める陰謀の基盤として理想的だった。事実上シャーロック・ホームズにあつらえたような素材になるし、私は自分の目的のために喜び勇んで利用させてもらったよ」

「まあ、こうして捕まっているわけだ、それは認めざるを得ないな。ワトスンとぼくは確かに手中に落ちた。しかし、お願いだ、この船のどこかに監禁した三人の女性は解放してもらいたい。彼女たちにもう用はないだろう。ぼくら老人は好きにしてくれていいが、あの三人には家族に再会する権利がある。この先の人生があり、未来もたっぷりとあるんだから」

「重ねてお願いする」と私。「ホームズと私はどうでもいいが、あの娘たちはもう役割を果たしたんだ。うちへ帰してやってくれ」

「ごりっぱなことだ」フォン・ヘルリングの視線がホームズから私に移り、またホームズに戻った。「なんと献身的、実に感動的だな。だがまったく無意味でもある。彼女たちを解放するだと？　問題外だ。いてもらわないと困る。まだ果たすべき役割があるのでね」

「なんだと？　この恥知らずめ」私は激してしまった。「いったい何をさせるつもりだ？」

「彼女たち自身には何もしてもらわなくていい。これからもこのUボートに乗っていてくれるだけでいいんだ。君たちを従順にさせておくためにね」

「いつまでだ？　言うまでもなく、私たちを殺すつもりだろう。何をぐずぐずしている？　娘たちを家に帰してくれれば、名誉にかけて誓ってもいい、その代わりにホームズと私は騒ぎたてて抵抗したりしない。とにかくおとなしく、目隠しで板の上を歩くのだろうがなんだろうが、お望みどおりのことをする」

「目隠しで板の上を歩く？」フォン・ヘルリングが苦笑した。「おかしなことを。昔の海賊でもあるまいに、ドクター。それじゃ、縛り上げて船底をくぐらせるというのもあるかもしれんな！　いいや、そんな粗野で野蛮なことは考えていない。信じてほしい」

「信じろだと？　ふん！　サソリが刺さないと言うのを信じるようなもんじゃないか。信じられるか」私は拳を振った。役に立たない行為でも、少しは気が晴れる。

「おやおや、そんな場違いなことはおよしなさい。あの若い女性たちならともかく、あなたのような大の男が、そんなわざとらしい芝居をするものじゃない」道化芝居にはうんざりだとばかりに、フォン・ヘルリングはキュンストラーに向き直った。「艦長、新たな捕虜二人をほかの連中のところへ連行させろ。忠告しておくが、年寄りだと思って油断してはいけない。特に極限状態では何をするかわからないぞ。隙を見せるな」

キュンストラーは敬礼した。「私がじきじきに監督いたします、閣下」

「よろしい」

キュンストラーはドイツ語に切り換えて、ライフルを持った水兵たちに、そして私たちにも、ついてくるよう命じた。鴨居が低くて敷居が高い、いずれも窮屈な隔壁の出入口を、いくつか通り抜けていった。カーテンで仕切られて並んだ数十の寝台から、大小さまざまないびきが漏れているコンパートメントを通りかかり、寝台のあいだにたるんだ紐からぶら下がる、ろくに洗濯していないような服をかいくぐった。次の並びのコンパートメントに小さな船室がいくつかあって、その一室に入るように言われた。ホームズに目配せして、何か思い切った行動に出るのではないか確かめる。目が合うと、彼は小さく首を振った。ともかく今のところはまだ、土壇場の反撃はなさそうだ。当面はフォン・ヘルリングの意のままになっていよう。

狭い寝台四つのほか、ほとんど何もない部屋だった。私たちの出現に、そのうちの三つの寝台にいた若い女性たちが、隈にふち取られた虚《うつ》ろな目を見開いた。つやのない髪の毛をもつれたまま垂らしている。二人はそれなりに元気そうだが、三人目の女性は頬がこけて目が血走り、息がぜいぜいと苦しそうだ。病弱なデボラ・スマイスに違いない。

「ちょっと、キュンストラー艦長」と私。「言っておくが、私は医者だ。この人は慢性結核を患っていますよ。結核菌の保菌者を、大勢の人間が肩を寄せ合って暮らす船に乗せているとはね。潜水艦といえば、まさに密閉状態の相部屋そのものじゃないですか。伝染する可能性が高すぎる。とっくに乗組員の半数が感染しているのに無自覚ってこともありうる。その危険性を正しく認識しているんですか？」

キュンストラーは肩をすくめた。「では、その患者の世話をして、絶対伝染しないようにするのが、あなたの仕事ということになる」

「そんなのは無理だ。責任をもって引き受けられるようなことじゃない」

「引き受けてもらうしかないんです。閣下の要求ですから」

「閣下は自分がどんな病気を相手にしているかご存じないようだ」

「私は閣下の命令に口出しできる立場ではないのです」キュンストラーの口ぶりに、ほんのわずか悔しさがにじんだ。スマイス嬢の病状に対する私の所見には同感で、できれば潜水艦に彼女を置いておきたくないのだろう。私と同じくらい、結核の集団感染を恐れている。だが、彼は自衛本能よりも義務感を優先させた。「この娘が艦に連れてこられたとき、指摘はしましたが、男爵は私の反対意見を退けました。危険な感染源どころか、望ましい人質と見ておられるようでね」

「それはそうだろう」とホームズ。「あの子がいればワトスンをかかりきりにさせておける。へたなことを考えさせないようにね。ヒポクラテスに誓いを立てた根っから良心的なこの友人が、なんとしてでもあの子を助けようとするのを、フォン・ヘルリングは知っているんだ。つまり、彼女はほかの二人よりも交渉材料として貴重なのさ」

「悪魔か」と私。

　キュンストラーがしばし沈黙したのは、まったく同感できないでもないという意味だろうか。しかし、相変わらず表情を変えず、自分の立場をわきまえている者の平静さを保っていた。「男爵は、皇帝《カイザー》にも直言するほどの、たいへんりっぱな貴族であり外交官です。そんな人が決定したことに、私は反対できない。ただ実行するだけです」

　そう言うと、彼は私たちの目の前でドアを閉めた。

　私はすぐさまデボラのそばへ行って、診察を始めた。熱っぽいらしく、彼女の目の前で人さし指を立てて左右に振ってみると、視線がついてこられないのか一瞬遅れて目で追った。触診でリンパ腺の腫れを確かめる——腫れてはいない。首に触れてみたところ、病的な腫れものはなかった。頭痛や腹痛、あるいは関節のこわばりはないか問診する。ささやくようなかぼそい声で、ないという返事が返ってきた。痛々しくやせこけた彼女は、私がそばについているあいだにも咳の発作に襲われて、たっぷり一分間は咳き込んでいた。咳が止まると、口もとを覆っていた手に血痰がべっとりついていた。

要するに、肺結核に典型的な症状がひととおり出ているのだ。ともかく肺以外には感染が広がっていないのが、せめてもの慰めだった。

赤褐色の髪のきれいな娘が、高い声で話しかけてきた。「どなた？　あいつらの仲間じゃないんでしょ？」『あいつら』というのはドイツ人たちのことだろう。

「その正反対ですよ」とホームズ。「君たちを救出しにきました。まだ救い出せてはいないが、望みは捨てていません。シャーロック・ホームズといいます」

「探偵の？　イーストボーンにお住まいの？」

「まさしく。そしてこちらが、頼れる相棒のワトスン博士」

「あなたの物語の作家でもある」

「まさにその作家先生だ」ホームズが機嫌よく言った。「そして君は、きっとブランチ・グレイディだな。目もとと鼻筋がお母さんに、性格はお父さんに似ている。ということは、消去法でいくと、こちらが」――三人目のほうを向いて――「ミセス・セアラ・カミンズ」

「そうです」彼女はほかの二人より二、三歳年上に見えた。「ああ、ホームズさん、私たちはどうなるんでしょう？　私が連れてこられてから、もう五日、少なくとも五日はたってるんじゃないかしら。太陽がちらっとも見えないと、なかなか時間がわからなくなりますけれど。ひどいことはされていないし、食べ物ももらっています。ほかの要求にも応えてもらえてます。でも、この船室から一度だって出してもらえない。夫と赤ん坊に会いたくてたまりません。もう一度会えるなら、なんだって差し出すのに」

「きっと会えますよ。だけど、すぐにというわけにはいかないかもしれない、そう自分に言い聞かせてもらわなければなりません」

目を涙に濡らしたカミンズ夫人は、嗚咽をこらえた。

「今のはあまり気のきいた言い方じゃなかったかもしれませんが」私は口を挟んだ。「つまり、今すぐ助け出すことはできなくても、いずれはみんなでここから脱出する方法を考え出す、ということです。どうかしばらく辛抱してほしい、それだけです。きっとうまくいくから」

そのとき、大きな機械音が響いて、潜水艦が揺れはじめた。勢いよく水が流れる音。やがて沈み込むような感じがしてきた。ひとしきり途方もないきしみとうめきを上げながら、艦が船首方向へ傾いていく。ホームズと私は手を伸ばして何かにつかまろうとした。

「バラストタンクに水を入れている」とホームズ。「潜水するんだ」

今度はエンジン音が聞こえてきた。船尾からエンジンの鼓動が船体を伝わって、全艦を振動させた。

「スクリューが動いた」とホームズ。「これから航行だ」

「移動するのか？」

「そうらしい」

「しかし、どこへ？」

「ぼくもそれが知りたいよ。ドイツのどこかの港かな。ブレーマーハーフェンとか？　ハンブルクかな？　ワトスン、ぼくらはくつろいでいよう。長い船旅になる」

彼の言ったとおりだった。ただ、どれほど長びくことになるのか、このときの私たちには知るよしもなかった。

27章　最後の挨拶？

その後ホームズと私は、女性たちの船室で狭い床に座って、海に出た最初の夜を明かした。彼は外壁に、私はドアにもたれて向かい合い、脚を互い違いに並べて。彼がひとつ空いている寝台に寝ろというのを、私は断った。私だけ多少の安眠をむさぼって彼は眠らないなど、あるまじきことだ。それを言うなら、男二人して三人の異性と寝室をともにするほうがあるまじきことだが、致しかたない。

私は一睡もできず、ホームズも眠らなかった。私は彼の顔を観察していた。彼の頭の中を駆けめぐる考えが見えはしないだろうか。私たちの苦境を秤にかけて、打開策をはじき出そうとしているはずだが。

朝六時ごろ、水兵が朝食を持ってきた――ロールパンと燻製ソーセージ、そしてコーヒー。ホームズがキュンストラー艦長に会いたいと頼み込み、ほどなくして艦長がやってきた。

「ワトスンとぼくがここにいるわけにはいきません」とホームズ。船室のことだ。「女性たちにはプライバシーが必要です」

キュンストラーは同意し、私たちは一時間としないうちに隣の船室へ案内された。寝台が二つある。

「本来は私の副長と少佐の部屋でしてね」とキュンストラー。「彼らもこの部屋を空けて下っ端たちと同室になるのは不本意でしょう。だが、それならこの私だって同じだと言ってやりました。艦長室は今、フォン・ヘルリング男爵のもので、私は乗務員たちの宿所でどこか空いている寝台に追いやられていましてね。みんな犠牲を払っているんです」

「感謝します、艦長」と私。「それと、艦内にどんな薬があるか、うかがいたいんですが。何かあるはずですね」

「必要最低限のものは」

「鎮静剤は？」

「あります」

「スマイス嬢に投与するモルヒネを分けてもらえませんか？　彼女の身体に何より必要なのは、安静です。監禁状態で緊張しているのは健康によくない」

「手配できると思います」

「新鮮な空気も、ためになるんですが。艦内は風通しが悪くて、少しも衛生的じゃない。ここの空気が彼女の肺にいいはずがない」

「艦を浮上させて、しばらく甲板に出してやれというんですか？」キュンストラーはそれを考慮してみているようだったが、却下した。「残念だが、無理です」

「この艦の責任者は誰なんです？」とホームズ。

「もちろん私です。ほかに誰が？」

「では、あなたがそうしたければいつでも艦を浮上させられるわけだ」

「いかにも」

「あなたには誠実な一面がある。ワトスンの要求は無理もない、医者として当然のものだということを、わかってもらえませんか？」

「旅程は守らなくてはならない。適宜浮上することはできるし、そうするつもりです。とはいえ、捕虜に甲板を歩き回らせるとなると、問題外です」

「それはあなたが決めたことではないですね」

「私が決めたつもりですよ、ホームズさん」

「いや、そういう意味ではない。ぼくが言いたかったのは、あなたの代わりにフォン・ヘルリング男爵がもう決めていたってことです。そうでしょう？　男爵がここにいるかぎり、あなたはこの艦の真の艦長ではない。あなたに選択権があるのなら、頼んだことをしてもらえるんじゃないかと思ったんですが、閣下はぼくらに譲歩するなとおっしゃったようだ」

「あなたたちをこの船室へ移すことは許可されましたよ」

「だが、それ以上については明言していた――ぼくらを終始厳重な管理下に置くようにと」

「閣下に逆らえというのですか？」キュンストラーは身体をこわばらせた。「まさか」

艦長はきびすを返して立ち去った。船室の外で見張りに立っていた水兵が、しかめ面を私たちに向けると、つまらないことはするんじゃないという合図に、肩から提げたライフルの銃床をポンとたたいてみせた。

「どうしてあの男を敵に回すんだ、ホームズ？　キュンスラーを味方につけられたら助かるだろうに。彼はフォン・ヘルリングを腹立たしく思っているんじゃないかな、そう口にするわけにはいかないだけで。ぼくらのよく知っている邪悪な存在があの大使の中にいるのをうすうす感じとって、不信感さえ抱いているかもしれない。きっとそれを逆手にとればうまくいくよ」

「まったくだよ。ぼくはキュンストラーを挑発したかっただけだ。フォン・ヘルリングへの忠誠心がどれほどのものか確かめるためにね。忠誠心は深いが、底のほうに強い逆流があるな。そのうちそれを利用できるだろう」

「いらだたせてしまったから、ちょっと共感してもらいにくくなっただろう」

「あまり見えすいていてもよくないさ。それに、土を耕すには、まず土をかきなしておくのがいい」

しばらくすると、水兵がモルヒネと注射器を持ってきた。彼は私がスマイス嬢にモルヒネ注射をするのを見ていた。娘はすぐに眠り、呼吸も楽になったようだ。彼女の胸に耳をあててみると、肺の上葉に結核の病巣があることを示す、特有のパチパチという音がした。空気のいいところで充分に静養しないかぎり治らないだろう。私はこの件についてキュンストラー艦長に、そして必要とあらばフォン・ヘルリングにも圧力をかけることにした。さもなければ、スマイス嬢は食べたり飲んだりすることができないほど衰弱し、骨と皮ばかりにやせ衰えてしまうだろう。

それから四日間というもの、ホームズと二人で船室にひきこもっているか、その隣部屋で患者の世話をするかを、交互に繰り返す生活だった。U-19が北海でドイツのどの港にも寄港しないことは、すでに明らかになっていた。ホームズの計算によれば、もし最高速力の十ノットで航行していたら、エンジンを絶え間なく動かしているので、ブレーマーハーフェンまでの五百海里なら二、三日で走破できただろう。ハンブルクまでなら、エルベ川下りを含めてさらに一日半かかったかもしれないが。どちらにも寄港しなかったところから、ドイツに向かっているとは思えなかった。もちろん、ロストックやリューベックなど、バルト海側のドイツの港もあるが、ユトランド半島を大回りして倍の旅程を経てまで同じドイツを目指すだろうか。

「違うな」とホームズは言った。「まったく別のところへ向かっている。しかし、どこへ？　どこなんだろう？」

五日目、絶え間なく聞こえていたエンジン音が一気に小さくなった。聞き慣れていた音がしなくなったと、気づくのに少し時間がかかった。すると、激しく泡立つような轟音とともに、船首が持ち上がりはじめた。

「バラストタンクに空気を送り込んでいる」とホームズ。「とうとう浮上するんだ」

「どういうことだろう？　どこかに到着したってことだろうか？」

迎えにきた水兵二人に銃口を突きつけられて発令所に連行されたかと思うと、そこから展望塔のはしごをのぼらされた。外界の空気が、信じられないほどかぐわしい。換気されずに機械油の臭いと不潔な男の体臭がこもった艦内は、むっとするような臭いだったのだ。

私は新鮮な空気を胸いっぱいに吸い込み、艦内の薄暗い電灯に慣れていたため、白昼のまぶしさに目を細めた。

すでに水兵が六人、甲板に配置されていた――やはり武器を構えて。厳粛なおももちのキュンストラー艦長も待ち受けている。

まるで銃殺隊のようではないか。

「ホームズ……」私はそっと声をかけた。

「スペインだな」という返事。

「なんだって？」

「ポルトガルかもしれない。真東に見えている海岸線だよ。ちょうど水平線上に。艦の移動速度からするとポルトガルよりもスペインという可能性が高いが、イベリア半島だというのは間違いない。空気に温もりがあるだろう？　緯度が低いところだからだ。ビスケー湾を潜行してきたんだな。荒れやすい海域だから、賢明なことだ。もう穏やかな海だから、海面でもっとスピードを出せる。そうじゃありませんか、艦長？」

ホームズの推測が聞こえていたキュンストラーは、うなずいた。

「だけど、きっと処刑されるんだ」と私。「射殺されて、死体となって海に放り込まれる。どこだっていいじゃないか」

「射殺？　違うだろう。フォン・ヘルリング男爵はどこだ？　これがぼくらの幕引きだとしたら——最後の挨拶というわけだな——男爵がその場で見届けるはずだろう？」

「もうすぐ現れるに違いないよ」

「ああ、どっちにしたって、この機会をせいぜい活用しようじゃないか。脚をのびのびさせて、限りあるとはいえ、与えられた自由を楽しもう」

私たちは鋼の甲板に足音を響かせながら、武装した衛兵が監視する中を潜水艦の端から端まで何往復かした。遠くに海岸線が、鉛筆で引いた一本線ほどに細く見えて、胸が痛くなるほど心をそそられる。すぐそこにあるのに、ひどく遠い。

展望塔から人影が現れた。てっきりフォン・ヘルリング男爵かと思ったら、意外にもカミンズ夫人、グレイディ嬢、スマイス嬢の姿がある。よろよろと甲板に出たスマイス嬢に手を貸そうと、あわてて駆けつけた。私にしがみついて立った彼女は、血の気のない顔で茫然とあたりを見回した。

「気を楽にして、ミス・スマイス」と私。「きれいな空気と太陽の光を、存分に楽しんでください」私たち全員が死を目前にしているのではないかという懸念は、口に出さなかった。この世で過ごす最後の時間を、できるかぎり楽しんでほしかった。

三十分以上外気に触れているうち、死は免れないという予感が薄れていった。キュンストラー艦長が、私たちの苦痛を先延ばしにするだけという残酷なことをしているのでなければ、やっぱり処刑されるわけでもなさそうだ。それどころか、これはめったに見られないほど深い思いやりなのだ。

艦内へ戻る時間になったとき、私はキュンストラーの目をとらえ、感謝のしるしに小さくうなずいてみせた。

「おわかりか、ドクター？」と彼。「私とて人でなしではない。閣下を説得するのに手間どりましたが、乗客をできるだけいい健康状態にしておくのが得策だとわかっていただけました。私は潜水艦に乗るようになってもう十年近い。外で羽をのばすひとときというのは、どんなに短くてもかけがえのない貴重なものだと知っていますよ」

「感謝します」

「男爵があなたとホームズさんを敵視する理由はわからないし、私はそれを尋ねる立場にもない。確かに、あなたたちはドイツの敵ですがね。ともかく、貴重なドイツ国民であるヴェルテル・フォン・ボルクを殺した張本人なのだから」

「それは事実に反しています」

キュンストラーはかまわず続けた。「しかし、閣下とあなたがたのあいだにある確執は、政治的というより私的なもののほうらしい。その二つ、私事と政治を、決して混同すべきではないというのが私の考えです。明確に境界線を引くべきだとね。この件に関して言いたいことはそれだけです」

私たちが船底に戻ると、間もなく潜水艦が航行を再開した。キュンストラーの言葉が心に残った。深く尊敬すべき人物だ。彼は自分の首をかけてフォン・ヘルリングに懇願し、私たちに甲板で過ごす機会を与えてくれた。ただ、相手が著名な国家的人物などでなく、みずからの判断を下すにあたってフォン・ヘルリングが助言を求めている、移植された邪悪な意識であるとは、思いも寄らなかったようだ。それでも、私たちのために発言するのは危険なことだ。私は彼の勇気を賞賛した。


私は図に乗って、キュンストラーにペンと紙をもらえないかと頼んだ。

「なんのために？」彼はもっともな質問をした。

「私は作家でもあるんです」

「知っていますとも。クルト・フォン・ムスグラーヴェの翻訳で読みましたよ」

「彼の翻訳はなかなかいいと思います」

「ドクターの著書は、わが国でも人気があります。国柄の違いにもかかわらずね。乗船中も執筆を続けたいと？　私自身に異存はありません。問題はなさそうだ。もちろん閣下と相談しなければならないですが」

「もちろんです」

しばらくして、水兵がペンとインク、そしてゴシック体で〝ダーゲブーフ〟と浮き彫りがある表紙のまっさらな日記帳を持ってきた。艦長の私物だったのだろう。

手もとに筆記用具があるのは、正直言って気分がよかった。自分の考えを紙に書き記すことには癒し効果があるし、その習慣はなかなか断ち切れない。それに、私たちはずっと潜水艦の中にいることになりそうだったので、スマイス嬢の世話をする以外に、何か気を紛らわせるものがあったほうがいいかもしれない。

私は航海日誌をつけはじめた。以下、その一部を抜粋する。いろいろな意味で、それが退屈、倦怠、恐怖の三重苦の中で正気を保つのに役立った。いわば命綱になったのだ。

28章　航海日誌からの抜粋

〔九月二十四日　土曜日〕

海に出て一週間半になる。ホームズと私は船乗りのように、いや実際には囚人のように決まり切った生活を送ることを学んだ。私は日々の経過を記録している。艦の見張り番は四時間ごとの交替だとわかった。部屋の外にいる歩哨の交替に注意していたからだ。食事の時間はまた別の時間の区切りになり、艦のコックの力作はとても〝高級料理〟とは言えないが、退屈な中でのありがたい気晴らしだ。それにしても、ドイツ人はどうしてこんなに塩漬け肉が好きなのだろうか？　ゆでたザワークラウトでさえ、ベーコンの細切りが添えてある。

スマイス嬢の状態は目に見えて改善し、私はモルヒネの量を少しずつ減らしている。きちんとした睡眠が身体の回復を手助けしている。しかしそれでも、まだ良好とは言いがたい状態のままだ。水兵たちにはそれがわかっていて、彼女が疫病――比喩としてはそれほど不正確ではないだろう——をもっているかのように避けている。

ホームズといえば、何も頭を働かせることがないときにいつも陥る倦怠感に、屈服してしまっている。ほとんどの時間を寝台に横たわって過ごし、緊張症のようにまったく口をきかず、うちにこもっているときもあった。なかば閉じられたぼんやりとした目の奥で何が起こっているかは、推測の域を出ないのだ。

一日に一回、天候が荒れていない場合、私たち五人の捕虜は甲板に出る時間が与えられる。まだ信用されていないので、武装した付き添いなしには上がれない。しかし実際のところ、連中は私たちが何をすると思っているのだろうか？　自分から海に飛び込んで泳いでいくとでも？　でも、どこに泳いでいくというのだ？　いちばん近い陸地でも何マイルもある。通り過ぎていく船に呼びかけようにも、はるかに遠い。広い海の上にいても、私たちは囚われ人のままだ。青く広い海原《うなばら》が私たちの檻なのだ。

〔九月二十六日　月曜日〕

フォン・ヘルリング男爵は、私たちに押しつけていることをみずから進んで行っているかのように、士官室にこもっている。時には仕切り壁を通して、彼とキュンストラー艦長が話している声が聞こえるが、内容はわからない。聞こえるのは彼が動き回る音と、たまにぶつぶつと言っているひとり言だけだ。

ホームズに、不倶戴天の敵がいつも近くにいるのはどんな感じなのかと訊いてみた。

「ぼくは、まあ君もだが、ルルロイグの影のもとで十五年間生きてきた。同じことが単に物理的に起きているだけだから、ほとんど変わらないさ」と彼は答えた。

「ぼくなら、機会さえあれば喜んであの悪党を絞め殺してやるね」

「そういう不測の事態になったら隣室の娘たちのひとりを殺せとキュンストラーがあらかじめ命じていなかったら、むしろ驚きだがね。そしてルルロイグは、ぼくたちの大胆な行為をしかるべく罰したあと、ヤツメウナギのように誰かほかの人間を捕まえてきて、何事もなく続くだろう。キュンストラーの意識の中に入り込むということも、考えられる。論理的に言って、艦長は彼にとって最もふさわしい次の宿主だよ」

「キュンストラーには、ルルロイグが食いものにできるような生来の堕落がないがね」

「彼がルルロイグの誘惑をはねのけられるほど純粋な心の持ち主だと、君は信じてるのかい？　まあ、そうかもしれないが、どれほど優れた人物でも権力や栄達の誘惑には屈服するかもしれない。人間の高潔さは試されるまでは決して確実じゃない。ワトスン、ぼくの助言は、反乱と報復という幻想でわれを忘れるなということだ。必要なときに備えて、力をとっておくのさ」

「でも、君はこの状況を変えるアイデアを思いついているんじゃないのか？　ぼくを安心させてくれよ」

「手は打ってある」

〔九月二十八日　水曜日〕

真夜中を少し過ぎたころ、夜半直（午前零時から四時まで）のあいだに、船室にあるに小さな折りたたみデスクでこれを書いている。ホームズはまどろんでいるが、私は眠ることができない。今夜の私はありとあらゆる不安と不吉な予感に取り憑かれていて、書くことによりそれを追い払おうという感情に駆り立てられているのだ。イングランドの地を二度と目にすることができないのでは、という恐れ。ホームズと私が三人の女性とした、彼女たちを救うという約束を果たせないのでは、という恐れ。そして何よりもいちばんは、ホームズがあきらめたのではないか、という恐れだ。彼はずっと、陰鬱な様子でうとうとしているだけなのだ。意気消沈するよりもさらに悪く、打ちひしがれたように見える。おだてたり責めたりしても、なんの効果もない。

　ルルロイグは始めからこのことを意図していたのだろうか？　ホームズをただ無感覚に陥らせて屈服させることが？　もしそうなら、あいつはついに効き目のある策略を思いついたのかもしれない。そして、すべてが失われるのだ。

〔九月二十九日　木曜日〕

今日のホームズは、短時間ではあるが生気を取り戻していた。けさ早く、朝食の直後にU－19は速度をゆるめ、ターンや横向き移動など、一連の細かな動きのあと、停止した。すると、艦の内外であらゆる活動が開始された。叫び声、ものや金属がぶつかる音、甲板での足音。男たちは私たちの船室の横を大きな音をたてて行き来し、貯蔵用タンクに液体が流れ込む音がした。

その騒ぎが続く中、水兵のひとりが私たちに昼食を運んできた。ここ数日の無気力状態から初めて覚醒したホームズは、その水兵に私たちがどこにいるのかと尋ねた。「入港したのは明らかだ。北アフリカ沿岸のどこかだと考えるのが正しいと思うのだが？」

「ラバトです」と返事が返ってきた。ヴォルフガングという名の若い水兵で、士官学校の一年目であり、乗組員の中でいちばん下っ端だった。十七歳にもならないくらいなのだが、人好きのする身だしなみの良い人物で、教養があり英語に長《た》けていた。母方の祖父が退役した提督だとのことで、祖父の輝かしい経歴にならいたいと望んでいるらしい。

「ああ、モロッコか」とホームズ。「じゃあ、ジブラルタル海峡を迂回したことから、地中海に向かっているのではなく、大西洋のアフリカ沿岸を南下しつづけていると考えるべきだな」

「ぼくにはわかりませんが、そう思います」

「どのくらい停泊するのかな？」

「数時間です」

「じゃあ、補給品の積み込みが終わったら乗組員に少しは上陸許可が出るんだろうね？」

「ぼくは違いますが、ほとんどの者がそうです。ぼくのほか数人は当直ですから船に残ります。ぼくの番は次の港です」

「ヴォルフガング、ハノーファーに残してきた彼女が懐かしくないかい？」

「え？……」少年は驚いているように見えた。「どうしてあなたが……？」

「ロッテという名だね？」

ヴォルフガングはすっかり面食らったようだ。

ホームズはやさしげに頭を振った。「最近彼女に手紙を書いて、仲間の水兵に街で投函するように間違いなく頼んだはずだ。君はインクが乾く前に手紙に手を置いていたんだね。手のひらの外側にいくつか鏡文字が写っていて、ぼやけているが読める。二つのつづりの一部がある。ひとつは『ｅｉｂｃｈ』で、これは確実に〝いとしい人《リープヒェン》〟という、通常は恋人のために使う言葉の一部だ。もうひとつは『Ｈａｎｏｖ』で、これから考えられる単語はハノーファーしかない。初歩の推論だよ」

「でも、どうして名前を知っているのですか？」

「そこは、少しばかりごまかしをしたと認めざるを得ないな。おととい、君の同僚二人がこの船室の外でその名前を甘い声で語っているのを耳にしてね。彼らの話し方はからかい半分だったが、いかにも年上の男が初恋に苦悩する若者へ向ける愛情がこもっていたよ。ぼくはかなり確率がいいはずだと思って、彼らが語っていた同じロッテが君の〝リープヒェン〟だということに賭けたのさ」

ヴォルフガングは種明かしをされてもまったく興ざめせずに、不思議な手品でも目撃したような様子で部屋から出ていった。

「友人ができたな」と私。

「あの若者は感受性が強い。ぼくの能力のほんのわずかでも見せれば効果がある」

「まったく、いつもの能力を見せてくれてうれしいよ。心配しはじめていたところだった」

「わかっている。『打ちひしがれたように見える』と、ぼくのことをゆうべ書いていたな」

「どうやって？……日誌を見ていたのか？」私は怒るよりも恥ずかしくなったが、怒りで体裁の悪さを隠すことにした。「ひどいじゃないか！」

「見る必要すらなかったよ。君が書いている姿を観察しただけさ。充分慎重に観察する者にとっては、ペンの上部の動きから、ペン先で書かれている言葉が明らかになるんだ」

「そうか」私は少しばかり言い訳のように言った。「実際に打ちひしがれたように見えたんだがね」

「外見は人の目をあざむくのさ」

「ぼくたちのために、そうであることを願いたいね」

〔九月三十日　金曜日〕

潜水艦にディーゼル燃料や真水、食料が補給され、私たちはラバトをゆうべ遅くに出発した。上陸許可をもらった船員たちは上機嫌で戻ってきて、酔っ払いの騒々しい笑い声をあげ、ドイツ語が流暢《りゅうちょう》でない人間にもわかる好色な歌詞の歌を歌っていた。

「およそ五時間だ」とホームズ。「彼らが仕事を離れるのを許される時間は」

「それが？」

「五時間だよ、ワトスン。そのあいだ、船にいる乗組員はいちじるしく減る」

「ああ、そうか」隣室にいるフォン・ヘルリングに聞かれるのではと、私は声を落とした。

「君がほのめかしているのは、ぼくが想像しているのと同じことかな？」

「三十数人の全乗組員がいるとぼくたちにチャンスはないが、半分くらいの最少人員相手ならどうだろう。有利な状況をつくり出しさえすればいい。ぼくたちに必要なのは、注意をそらすためのなんらかの口実だ」

「どんな口実か、ぜひ聞きたいね」

「いや、まだ充分に考える必要がある」

ホームズはそれ以上詳しく明かさなかったが、私はそのことにかえって勇気づけられた。彼が脱出のことなど考えていないように思えた長い休止期間のあと、実は真剣に考えていたことがわかったからだ。彼はあきらめてなどいなかった。打ちひしがれたと私に思われていることを知り、奮い立ったのではないかとも思えた。彼のプライドが、親友から落胆されているという不名誉を甘受できなかったのかもしれない。

私もまだ役に立つことができるのだ！

〔十月四日　火曜日〕
スマイス嬢は元気を取り戻した。頬に血色が戻ってきた。咳の発作は短く、頻度が減り、唾液にはほとんど血が混じっていない。食欲もある。危機は去ったと私は確信した。

とはいえ、私の世話だけで彼女が回復できたわけではない。カミンズ夫人とグレイディ嬢のおかげもあった。彼女たちはスマイス嬢をずっと支え、励ましてくれた。この二人は私と同じくらい、いやむしろもっと、彼女の世話をしてくれたのだ。

三人の女性たちは全員、すばらしく強靭であることを証明してくれた。これは私がずっと女性について強く思っていたことで、性別として彼女たちは強いのだ。私が言っているのは、肉体的強靭さではなく、スタミナと精神的強さだ。女性はごく普通の人生の中で、男性よりもはるかに大きな苦しみや痛みに耐えている。彼女たちには、男にとっては羨望でしかない、困難に耐えて立ち上がるという能力が備わっている。私は彼女たちの船室に入るたびに、苦しい状況にあるとは思えないような友愛と快活さを感じる。姉妹愛のような絆が三人の中で結ばれ、そこから助け合いが生まれているのだ。

やがて自由をかけて行動するとき、これが大いに役立つはずだ。ホームズが漏らしたのは計画の大枠だけだったが、それには女性たちとの連携と協力が必要になるだろう。

「彼女たちはぼくらの秘密兵器だよ、ワトスン」とホームズは言った。「彼女たちが〝無力で弱い女性〟と見くびられていることで、ぼくたちの成功の可能性が上がる。同じことがぼくたちの、つまり君とぼくの見せかけの従順さにも当てはまる。ぼくたちが抵抗しないと長く思われれば思われるほど、捕まえている人間は無関心になるんだ。もうすぐ時が来るよ」

29章　続・航海日誌からの抜粋

〔十月十二日　水曜日〕

艦は西アフリカ沿岸に沿って回り、ギニア湾を航海している。天候は蒸し暑い。太陽が照りつけている。波をかきわけて進むU－19の艦内は暑くて湿度が高く、以前よりさらに耐えがたい。真っ昼間には、まるで熱帯の温室のようだ。結露した水滴が鉄の壁を伝っている。船員たちはだらだらと動き回っている。私は汗をかきながら寝台に横たわり、ほかに何かする気にもなれないので、ただぼんやりとしているだけだ。

ヴォルフガングによると、明日は赤道を越えるとのこと。彼は私たちに食事を運んでくる係になった。私が思うに、彼が係に立候補して、ほかの乗組員は彼に任せることにしたのだろう。乗組員たちはヴォルフガングのことを気に入っているらしく、彼をマスコットかつ船乗り仲間として寛大に扱っている。ホームズも同じように、寛大な扱いをしていると思えた。

〔十月十八日　火曜日〕

補給のための、二度目の停泊。アンゴラのベンゲラにいる。

脱出を試みるにはまだ機が熟していない、とホームズは言う。アンゴラはポルトガルの領土で、五人のイギリス人逃亡者が姿を消して避難所を探すのは難しいのだと。

あとどれくらい私たちは待たなければならないのだろうか？

そして、この潜水艦はどのくらい先まで行くのか？　この航海の終点はどうなるのだろう？

果たして終点があるのだろうか。この航海は終わりがないのかもしれないと思えてきた。

〔十月十九日　水曜日〕

ヴォルフガングはきのうの上陸許可をあまり楽しめなかった。彼の説明によると、ベンゲラはにぎやかで埃っぽく、哀れな地元民がつきまとって物乞いをしたり、小物や怪しげな屋台の食べ物を売りつけたりしてくるのだという。それだけでなく、彼はスリにあって金を――さらに悪いことに愛するロッテから贈られたイニシャルの刺繍《ししゅう》入りの絹のハンカチを――盗まれてしまった。ヴォルフガングは世慣れた若者ではない。温室育ちだと思える。この航海が彼を成長させる可能性はあるが、私としては、むしろ壊してしまいかねないのではないかと恐れている。

いまだに彼は、ホームズと私に敬意をもって礼儀正しく接してくれる。仲間の乗組員たちと違って、私たちに気を許していて感じがいい。士官になれたら、ロッテに結婚を申し込むと言っていた。彼女はハノーファーの良家の美人だ。両家の両親ともに、この縁組みを認めてくれるだろうという。私は彼の幸運を願っている。

〔十一月四日　金曜日〕

喜望峰あたりは暴風雨だ。Uボートの私たちは、これを深く潜ってやり過ごす。海の下の暗い子宮の中で、強い風と波から身を守っている。影響を受けることなく、穏やかに航海は続いていく。

ヴォルフガングによると、ケープタウンに寄港する予定だったが、荒天のためにダーバン（南アフリカの港湾都市）まで航海するそうだ。

彼は私たちに潜水艦の様子を伝えてくれる情報源になった。現在の位置を伝えてくれるし、乗組員たちについても教えてくれる。甲板長は飲み過ぎで、操舵手はよく言われるように「すべての港に女がいる」と自慢するし、電動機関士は夜にベッドでとめどなく泣いているが、その理由は誰にもわからないのだという。ヴォルフガングがいるおかげで、孤立感と疎外感が少しばかり軽くなる。おそらくは、ホームズも同じように思っているだろう。

今日、ヴォルフガングに航海の最終目的地について何か知っているかと訊いてみると、彼はこう答えた。「いえ、何も。艦長からは聞いていませんし、フォン・ヘルリング男爵からもです。指示をしているのは男爵閣下で、艦長は単に告げられた場所に向かっているのだと思います。科学的な目的だということは明らかなようですが」

「科学的？」とホームズ。

「それ以外にありますか？　U-19は、現在の装備では対戦仕様ではありません。ほかのUボートと違って、この艦には甲板に機関砲が搭載されていませんし、魚雷ラックも空です。ですから、科学的調査をしているに違いありません。お二人は専門知識のためにここにいらしていて、自発的には来られずに強制されたのでしょう。お二人の才能は、お二人が好むと好まざるにかかわらず、ドイツ帝国と皇帝陛下のために役に立つことになります。初歩的な推論です」

ヴォルフガングは、ホームズのような手法でみずから状況を判断できたことを、明らかに喜んでいた。「それほど的はずれでもないだろうね。おめでとう。妥当な推論だ」とホームズが言うと、さらに喜んだ。

ヴォルフガングが出ていったあと、私はホームズに言った。「純粋に褒めているように聞こえたが、彼は正しいのかい？」

「フォン・ヘルリングは、誰もが科学的調査だと信じるようにしているはずだ。だから、彼はそれなりに正しいと言える。男爵があまり明言していないとしても、乗組員はそう考えるはずだ。ぼくとしては、ルルロイグはぼくらの中の何かを――専門知識かそれに近いものを――必要としているだろうと考えている」

「あれほど何度もぼくらを殺そうとしておいて、今になって生きたままで必要なのかね？」

「必要なのか、もしくはそのほうが都合がいいからだ」

「彼がモリアーティ教授だったときのように、またぼくらをいけにえにするのが目的だとしたら？」

「なんの目的で？　ルルロイグは今や神だ。神々はいけにえを受け取るほうであって、つくったりはしない」

「じゃあ、ぼくらをいつまでも拘束するということか。記念品として持っておこうとでもいうのかね」

「いいところに気づいたのかもしれないぞ、ワトスン。ぼくたちは、外なる神々《アウター・ゴッズ》が最終的に旧支配者《オールド・ワンズ》たちに勝利したあかつきに、ルルロイグが臣下たちの前を行進するときのただの戦利品かもしれない」

私は驚いて眉を上げた。「君は、外なる神々の勝利は避けられないと思っているのか？」

「ルルロイグの統率の下ならば、ありうるだろう。旧支配者たちはうまくやってこなかった。君も知ってのとおり、ぼくはこの戦いを追うのに最善を尽くしてきた。君がディオゲネス・クラブでどんな具合かと訊いたとき、ぼくには答える機会がなかった。今なら答えられる。最後にぼくが確認したときは、旧支配者たちに有利な進み具合でなかった。『ネクロノミコン』はおそらく、魔法使いの水晶玉のように、やり方を知っている人間によって予言の道具として使われるのだろう。夢遊状態であの本と交信して、より高度な宇宙の領域における出来事を〝見る〟ことができる」

私たちがロンドンからホームズの農場へ戻ったときに――ずいぶん昔に思えるが、数週間前にすぎない――書斎から彼のひとり言が聞こえたことを思い起こした。あれが彼の言う〝交信〟だったに違いない。

「なんだか危険な行為に思えるが」と私。

「『ネクロノミコン』とのいかなる交流も危険さ」ホームズは明るく言ったが、目には真剣みが表れていた。「それでもぼくはあれを使った。そして知ることができたのは、旧支配者たちがほぼ敗北したということだ。外なる神々は彼らを圧倒し、打倒した。イタクァ、イグ、ハスター、そしてほかのものたちも――戦いに破れ、屈辱を受け、隷属させられた。ルルロイグが天界支配するという野望を達成するのも、そう遠くない。まだ残っているのは、ひとりの旧支配者だけだ。まだ打ち負かされていないのはもちろんだが、挑戦を受けてもいない。ルルロイグは彼を最後の相手として残しているんだ」

「どのひとり？」答えはほぼわかっていると知りながらも、私は訊いた。ホームズが何度か書斎でつぶやいていた旧支配者のはずだ。「どのひとりなんだ？」

「クトゥルーさ。偉大なクトゥルー。彼だけが残っている」

〔十一月七日　月曜日〕

ダーバンまであと一日。ホームズは、明日が脱出の最終段階だろうとほのめかした。

彼は私に計画を伝えた。いろいろな理由から、私は気にくわない。あと味が悪いという気がしていた。それでも、その理屈はわかるし、うまくいくだろうと思ってはいた。

カミンズ夫人とグレイディ嬢、スマイス嬢とは、日課の診察のため船室を訪ねたときに話をした。彼女たち全員が演技をすることに同意した。
明日、私たちの試練も終わりになるのかもしれない。

30章　続々・航海日誌からの抜粋

〔十一月八日　火曜日〕

私はこれを重苦しい思いで書いている。打ちひしがれている。これほど意気消沈し、落胆を感じたことはない。

もう少しだった。ほんのわずかのところだったのだが、最後の最後に失敗してしまった。シャーロック・ホームズの馬鹿めが！

いや、彼を責めるべきではない。私も同じだけの責任がある。

起こったことを起こったままに、冷静に客観的に、思うままに書き留めることにする。

ダーバンに停泊すると、U‐19の乗組員たちは通常の補充と燃料補給の手続きを行った。いつものように、大多数に上陸許可が与えられた。これで私たちに時間ができた。最大で五時間。そのあいだは潜水艦の乗組員が減り、港に停泊している。

このとき、デボラ・スマイスの容体が急に悪化した。何よりも咳の発作がひどく、私たちの船室と女性たちの船室のしきり壁を通して、はっきり聞こえるほど激しかった。ちょうどヴォルフガングが私たちに昼食を運んできたときだ。

「なんてことだ！」と私は言った。「ひどい咳だ」

「あの女性はよくなっていたと思ったのですが、ドクター」とヴォルフガング。「いったいどうしたのでしょう？」

このときになると、スマイス嬢の苦しそうな咳の音に、ほかの二人の狼狽《ろうばい》した声が重なっていた。

「わからない。だがすぐに見に行ったほうがよさそうだ」

ヴォルフガングはドアを開け放したが、外にいた当番の見張りが、ライフルで私をさえぎった。

「君は耳が聞こえないのか？」と彼に言った。「聞こえるだろう？　あの娘さんは苦しんでいる。私が必要だ」

見張りは私の言っていることが正確にはわからなかったかもしれないが、私の切羽詰まった様子とスマイス嬢がたてる音から納得したようだった。彼が引き下がると、私は女性たちの船室へ急いで入った。そこでは、デボラ・スマイスが床に横たわって咳をしながら苦しんでいた。その身体を起こすと、口が赤く湿って汚れていた。

「たいへんだ！　感染が肺動脈に広がって、動脈瘤《りゅう》を起こしている」

戸口からのぞき込んでいた見張りは、スマイス嬢の顔の血を目にすると、ぎょっとしたようだった。ライフルをつかむ手がゆるんだ。

これこそが、ホームズが必要としていたチャンスだった。彼は私たちの船室から突進してきて、男の手からライフルを取り上げた。それを持ち替えると、銃床の部分で見張りの頭に一撃を見舞った。見張りは鋭い悲鳴を上げてどさりと倒れ、気を失った。

ホームズは薬室に弾を込めながら向き直り、ヴォルフガングに銃を向けた。

「早まったことはするな」とホームズ。「両手を上げろ」

一方のスマイス嬢は落ちつきを取り戻し、口を拭きながら立ち上がった。彼女の演技は、仲間たちと同じくみごとなものだった。彼女は激しい咳の発作がどんなものかよく知っていて、完璧に模倣することができた。口に付いた〝血液〟は、三人の女性が最近の食事から調合した偽物だ——主としてビーツと潰したじゃがいも、それに色の薄い何かのソース。彼女たちはそうした材料を隠しておいて、ホームズが渡したレシピに従って混ぜ合わせたのだった。

「うまくやれたね」と私が言うと、スマイス嬢はカーテンコールの女優のように、軽くおじぎをして頭を下げた。

私は女性たちを船室から外へ案内した。ホームズはすでにヴォルフガングとともに先に行っていたので、私たち四人は発令所で二人に合流した。ヴォルフガングは恥じ入るとともに悔しそうだ。当直で配置についていた二人の乗組員は愕然としていた。

「われわれを解放しろ」ホームズは彼らに告げた。「さもないと、この少年は死ぬ」その言葉を強調するために、彼はライフルの銃身で不運な士官学校生の背骨を突いた。

「あなたはぼくを撃たない、ミスター・ホームズ」ヴォルフガングがうなるように言った。「ぼくはあなたを知っている。あなたはそんな人じゃない」

「そうか、ぼくが自分とここにいる友人たちの命をどれだけ重んじているか、そして君たちの命はほとんど気にしていないことが、君にはまったくわかっていないんだな」ホームズは言い返した。

「ぼくは、あなたの友人だと思っていたのに……」ヴォルフガングの傷ついた声の調子から、裏切られたという強い思いが伝わってきた。

「君は甘かったんだ」ホームズはほかの乗組員たちに向き直った。「さあ、どうする？　ぼくたちを通さなければ、この純真な若いヴォルフガングが死ぬことになるが」

ホームズが彼らに与えたのは、実際にはまったく選ぶ余地のない選択肢だった。どちらの乗組員の良心も、士官学校生の死には耐えられない。ひとりがもう一方と目を見合わせ、互いの合意のもとに、反対しないという身振りをした。唇は、かろうじて押さえつけている憤怒のために固く結ばれている。

私たちはすぐに潜水艦の甲板に上がった。まわりにはダーバンの港が広がり、小島が点在する大きな潟湖《せきこ》のへりは建物でふち取られていた。灼熱の太陽は、活気のある波止場に炉のような光を投げかけている。港湾労働者たちの大声と、滑車がきしむ音やクレーンのうなり音が空気に満ちていた。

U-19と停泊している波止場のあいだは、渡り板でつながれていた。私たちは一列でそれを降り、ここ数週間で初めてしっかりとした地面に足を下ろした。

「もう解放してくれますよね？」悲しげでもあり、怒っている様子でもあるヴォルフガングが言った。「もうぼくは必要ない」

「残念ながら必要だ」とホームズ。「そして、ぼくがそうではないと決めるまでは必要なままだ」

「あなたを軽蔑します」

「それはしかたがないな。さあみんな、出発しよう」

私たちは、カバンなどの荷物を運んでいるポーターや、あたりをぶらついている船乗り、笑うほかにはすることがない様子のやせた現地の子供たちの騒々しい声の中を、縫うようにして進んだ。ホームズはもうヴォルフガングの背にライフルを突きつけていなかったが、彼が逃げようと決めたときに備えて手にぶら下げていた。やがて私たちは港をあとにし、入り組んで曲がりくねったにぎやかな道を通っていった。

「ホームズ、どこに向かっているんだ？」私はすでに、うだるような熱帯の暑さで大量に汗をかいていた。アフガニスタンでの、身体が気候になれる前の最初のころが思い出された。

「もちろん、イギリスの高等弁務官事務所さ。理想的な避難場所だ。名前以外は実質的な大使館で、そこにいるかぎりフォン・ヘルリングは、母国に大きな迷惑をかけずにぼくたちに手を出せない」

「場所はわかっているのかい？」

「いや。だが、きっと地元民が場所を教えてくれるさ」

私たちは店が並んでいる大通りへと出てきたところで、そこはダーバンのオックスフォード街とでもいう場所だった。歩道はウインドウの品物を見て回る通行人で混雑していた。

「あの男はどうかな？」私は向こうから来るカーキ色の服を着た、がっしりしたボーア人を指さすと、率先して呼びかけた。「そこのあなた、私たちは迷ってしまいましてね。高等弁務官事務所の建物はどこなのか教えてもらえますか？」

「イギリス人か？」ゴツゴツした顔の男は言った。彼の表情が冷笑に変わる。「覚えていないなら言っておくが、おまえらの兵隊とは何回か戦ったことがある。なんでおれが手助けしなきゃならない？」

「一般良識として」と私は言った。

「キッチナー卿がボーア人の農場の焼き討ちを命じたときと同じ良識か？　イギリスの収容所で二千人のボーア人を死なせたのと同じ良識か？」男は私の足もとにつばを吐いた。「これがおまえらの良識にはお似合いだ。自分で探せ。それから、おまえらにふさわしいような攻撃を受けないことに感謝するんだな」

「お願いです！」ヴォルフガングが口を出した。「ぼくはこの人たちに捕まっています。軍服からわかるように、ぼくはドイツ人水兵です」

「ドイツ人だと？」

「撃つと脅されています。助けてください」

　私たちの計画が無に帰する瀬戸際だった。ボーア人がこれほど私たちに敵意をもっているとは、そして男に助けを求める度胸がヴォルフガングにあるとは、考えてもいなかった。ヴォルフガングは、ホームズのライフルがただの脅しだと思っている。彼が銃を使わないと、わかっているのだ。

「本当か？」ボーア人はホームズに向き直り、武器を指して言った。

「まったく違いますね。ご迷惑をお詫びします。もう行かなければいけませんので。それでは」

私たちはそこを立ち去った。ホームズは、やさしくはあるがしっかりとヴォルフガングのひじをつかみ、前に押しやった。

「まずい選択だったな、ワトスン」彼は私に向かってつぶやくように言った。「ぼくに任せるべきだった。もう少し洗練されていて、もっと敵対的でない人物に質問しようと思っていたのに」

「彼があれほどイギリスへの嫌悪感をもっているなんて、どうやったらわかるんだ？」

「ゴツゴツした手と農夫のように日焼けした肌の男だぞ？　当然彼はイギリス人を憎んでいる。彼がわが国の兵隊を容赦なく攻撃したゲリラにいなかったとしたら、ぼくには大きな驚きだね」

「まあ、害はなかったんだし」私は肩越しに振り返りながらのんきに言った。ボーア人は頭をかきながら、遠ざかる私たちを見ていた。その顔に何かがおかしいという戸惑いの表情がしだいに浮かんでくるのが見えた。

「待て！」彼が叫んだ。

ホームズが足を速め、残りの私たちもそれに続いた。

「戻ってこい！」

ボーア人は私たちのあとを追いはじめた。どちらにせよ、彼はボーア人のイギリス人に対する憎しみで私たちに悪意を向けていたし、ヴォルフガングの懇願はその偏見を少しばかり強めただけだ。

「ご婦人方、申しわけないが、もっと急がなくちゃならない」ホームズが女性たちに言った。

私たちは走りはじめた。少なくとも、五人はそうした。ヴォルフガングが足を止めたので、ホームズが引っぱらなければならなかった。

「ヴォルフガング」私は強く言った。「行くぞ。抵抗するな」

ヴォルフガングは、てこでも動かない。

ホームズは彼をつかんでいた手を離した。「置いていったほうが良さそうだ。もう役に立たない」

このときすでにボーア人は大騒ぎを始め、まわりから注目を集めていた。仲間らしい南アフリカ人たちが興奮しはじめている。

「あいつらを止めろ！」ボーア人が怒鳴った。「あいつらはイギリス人で、何か企んでいるぞ！」

走りつづける私たちの中に、もうヴォルフガングはいない。私たちは誰も、たぶんホームズ以外は、体調が良好とはいいがたい。私は年齢のため不利だし、Uボート内に何週間もいた運動不足から衰弱している。女性三人には若さがあるとはいえ、同じように監禁で弱っているし、さらにスマイス嬢は、最悪の状態からは回復したが全体としては体調不良だ。彼女は短時間のうちに息を切らし、ふらつきはじめた。カミンズ夫人とグレイディ嬢が彼女の腕をとって支えたが、足を一歩進めるのがやっとだ。やがて、よろめいて転んでしまった。

　私は彼女を抱き起こし——衰弱しているので羽のように軽い——歩くように励ました。だが、彼女がもう一歩も歩けないのは明白だ。顔色は真っ青で、胸が激しく上下している。気絶する寸前に見えた。

「行ってくれ」私はほかの人たちに言った。「ぼくはミス・スマイスと一緒にいる。高等弁務官事務所にたどり着いて、できたら助けを連れてきてくれ」

　このとき、追っ手の側はさらに大騒ぎとなっていた。何十人もの人々が叫びながら私たちを追っているのだ。私たちを襲おうと追ってくる中には、金属製の熊手《レィク》を手にした金物店の主人や、頭部が金属の大きな木槌を持った蹄鉄工もいた。私たちは怒った群衆に取り囲まれる寸前だったのだ。

「これを持て」ホームズはライフルを私に突き出した。彼がスマイス嬢を両腕でかかえ上げ、私たちはまた走り出した。

横の小道にそれた。ボーア人とヴォルフガングに率いられて声を上げる群衆は、すぐうしろに迫っている。ヴォルフガングは残忍そうな笑みを浮かべ、優位に立ったことを喜んでいる。私たち逃亡者を捕らえる手助けをすれば、出世に大いに役立つと考えているのだろう。捕虜として捕らえられたことを嘲笑されるのでなく、私たちの逃亡計画をくじいたことを賞賛されるのだ。だが正直なところ、仕返しを望む彼を責められない。彼の信頼を冷ややかに勝ち得たホームズが、それを最も残酷なやり方で利用したのだから。計画に賛成した私も同罪だ。

先ほどまでいた通りに並行する次の通りで、ホームズはあやうく黒人とぶつかりそうになり、腕にかかえていたスマイス嬢を落としそうになった。

「教えてくれ」と彼が言った相手は、スーツの上にエプロンをつけていることから判断すると、使いに出た召使いかなにかのようだった。「イギリスの高等弁務官事務所は、どっちだ？」

黒人は私たちの背後の白人群衆に目をやり、一瞬考え込んだようだった。私たちを助けることは追っ手の損になるが、彼らと白人たちのあいだにもともと親愛の情などない。

「突き当たりを」彼は通りの先を指さした。「右に行って。事務所は角を曲がってすぐの大きな建物だ」

走り出しながら、ホームズは黒人に手を振って感謝を示した。

通りの突き当たりを右に曲がると、ユニオンジャックが門の上に翻っており、その背後には堂々とした二階建ての植民地様式の建物があった。国旗を見ていやな気分になったことなどないが、このときほどその紋章を見て元気づけられたことはない。門まで最後の数ヤードを走り、内側で警備に立っている兵士たちに入館許可を求めた。

「私たちは英国国民だ」とホームズ。「国王の臣民だ。保護を求めたい」

若い女性が三人もいて、うちひとりは明らかに具合が悪いことが、兵士たちの同情を誘った。しかも地元民の一団が追ってきていることから、私たちが間違いなく窮地にあることを理解したのだろう、彼らは私たちの懇願を無視することができず、門を開けた。私がカミンズ夫人とグレイディ嬢を通し、ホームズは慎重にスマイス嬢を地面に下ろす。彼女は二人のあとについて、手を引かれながら建物の正面玄関へとよろよろ歩いていった。

三人を追おうとしたとき、ホームズにまったくそのつもりがないことに気づいた。

「どうした、ホームズ」と私は言った。「やったじゃないか。もう安全だ」

ゆっくりと、いや私にはなぜか悲しげに見えたが、ホームズは頭を振った。

「君にとってはこれで終わりだ。でもぼくにとっては違う」

「いったい何を言っているんだ？」

「ぼくは最後まで見届けなくちゃならない。ルルロイグの計画を確認せずに進めさせるわけにはいかないんだ。さらば、わが友」

彼は迫ってくる一団のほうに向き直り、降伏のしるしに頭の上に両手を上げた。

「ホームズ。ホームズ！　頼むからやめてくれ、馬鹿なことをするな」

「また会おう、ワトスン。イングランドに戻ったら、真っ先に君を訪ねる」

彼を撃てばなんとかなるかもと、私は考えた。脚を少しだけ傷つけ、致命的ではなく動けないくらいのけがをさせる。それから彼を引きずって高等弁務官事務所へ入る。彼には止められないだろう。

「だめだ」そう小声でつぶやいた言葉を、私は抵抗の宣言として声に出した。「だめだ！」そして兵士たちに向かってこう言った。「あの三人の娘たちがきちんと世話をされるように確認してくれ。ひとりは衰弱状態から回復中だ。彼女たちに体力がついたらすぐに、イングランドへ送り返すようにしてくれ。私はドクター・ジョン・ワトスンで、あそこにいる愚か者はミスター・シャーロック・ホームズだ。必要となるいかなる経費も私たちのどちらかが負担する。わかったかな？」

兵士たちはかなり困惑しつつ、うなずいた。

私はライフルを捨て、同じく両手を上げながらホームズのもとへ急いだ。

「こんなことをして、そう簡単には許さないぞ」群衆が集まる中、私はホームズに言った。

「あの娘たちに付き添って高等弁務官事務所に行かなかったことも、簡単には許さないよ」

「君はもともと逃げ込むつもりがなかったんだな」

「ぼくたち全員がということか？　なかったね。女性たちは送り込むつもりだった。君のこともだ。ぼく自身はその気がなかった」

「拘束しろ」ヴォルフガングが群衆に命じ、私たちは乱暴につかまれた。

ヴォルフガングは間違いなく、祖父の提督から生来の権威を受け継いだようだ。それが表に出てくるには、こういう出来事が必要というだけだった。

「この二人はドイツの捕虜だ」彼は同じように横柄な調子で言葉を続けた。「彼らはドイツ人殺害の容疑で手配されている」彼がフォン・ボルクの死についての嘘を信じていようがいまいが、それを利用したのは確かだった。

私たちはアフリカーンス語（先祖がオランダ人であった南アフリカ独自の言語）による怒りの言葉に取り囲まれていた。

振り返ってイギリス人兵士たちをちらりと見たが、どうすることもできないようだ。彼らは、高等弁務官事務所の敷地外で起きたいかなる事柄にも、介入することを禁じられている。権限が及ぶのは敷地内だけなのだ。

ヴォルフガングは、自分が地元民を味方につけているとわかっていた。〝敵の敵は味方〟ということだ。彼は群衆を促して私たちを港まで護送させた。

たいして行かぬうちに、キュンストラー艦長が士官二人をともなって現れた。

「乗員からあなたが逃亡したという通報を受けましてね。あなたとお仲間たちがこの騒動の原因だという気がしていました。まさかあなたがこんな大胆なことをするとは思ってもいなかった。確かに誤解していたようですね」

脱出の詳細について報告したヴォルフガングは、彼が再捕縛に果たした役割について、わずかばかり――ほんのわずかばかり――脚色を加えた。

「女性たちは逃げたと言うのかね?」キュンストラーが彼に訊いた。「確かなのか?」

「彼女たちは手が出せないところにいますよ、艦長」ホームズが口を挟んだ。「フォン・ヘルリング男爵といえども、彼女らを取り戻すために実質的な英国領土へはあえて入らないでしょう。だがそれでも、ぼくとワトスンがいます。これで満足しておくことです。おとなしく行きますから」

キュンストラーは、損失を抑えるべきだと悟ったようだ。晴れやかな顔のヴォルフガングを褒めると群衆に自分の階級を告げ、ここからは自分が引き継ぐと言った。彼らの助力に感謝し、ドイツは現在も将来も彼らの味方であると南アフリカ人に知ってほしい、と語った。

観衆がこの発言に納得したかはわからないが、少なくとも彼らは、二人のイギリス人が彼の管理下に置かれ、彼らが犯した犯罪について裁きが下るという保証を得た。それで彼らには充分だった。

こうしてホームズと私は、このいまいましいUボートのうんざりする船室に舞い戻り、艦は今ダーバンの港を出て進んでいるというわけだ。ドアの外の武装した見張りは、ひとりでなく二人になった。もう一度見張りを不意打ちできる可能性は低い。私たちは当分のあいだここにいることになるだろう。

これもすべて、ホームズがルロイグにやすやすと目的を達成させたくないからだ。そして私は、ホームズにひとりで行動してほしくない。私たちそれぞれが、良心に従わざるをえない犠牲者なのだ。

ただ、少なくとも女性たちは害を免れることができた。私はこのことに慰めを見出している。今日はいいことをした。しかし、私たちの代償はどのくらいなのだろうか？

〔十一月十日　木曜日〕

大胆な行為への罰として、食事が与えられていない。今日は食事なしの二日目で、二人ともコップ一杯の水だけだった。

禁欲生活に慣れているホームズは、うまく対処できているらしい。だが私のほうは……

〔十一月十一日　金曜日〕

空腹の苦しみが耐えがたくなってきた。ドアをたたいて食べ物をくれと言いたい欲求を感じる。そうしないのは、苦しんでいることを知られたくないという一点だけだ。やつらに満足感など断固として与えたくない。

〔十一月十二日　土曜日〕

食べ物以外のことは考えられないようだ。このページと前のページの余白に、ケーキや牛肉の塊、ハム、プディング、パイなどの料理を落書きした。考えただけでよだれが出そうだ。

ホームズは平然として飢えに耐えているが、彼でさえ限度が近づいているのではないだろうか。夜中にうめくのを聞いたことがある。ときどき腹を押さえているのを見たこともある。私自身の胃は痙攣して痛み、満たされることを渇望している。飢えは頭の中でうめいている声のようだ。頻繁にめまいを起こして力が入らないので、ペンを持つのもやっとだ。この書き込みもミミズがのたくったような文字で、自分でもどうにか読める程度なのが少し驚きだ。

悪夢だ。私たちは人間なのに、ドイツ人たちから犬のように扱われている。

〔十一月十三日　日曜日〕

ついに苦しみが終わった。食事が運ばれてきた。それぞれに薄いスープがひと椀とパンの薄いひと切れがすべてだが、祝宴のように思えた。私たちはこれを物乞いのように喜んで食べた。これからは限られた量の配給になると告げられた。私たちを衰弱させたままにしておいて、逃げようという考えを持たせないためだろう。しかし、少しではあっても、ないよりはましだ。

〔十一月十四日　月曜日〕

今日の午後、フォン・ヘルリング男爵のご臨席をたまわった。私は、目的地に着くまで会うことはないだろうと思いはじめていた。私たちの船室で彼に会ってうれしいなどとは言えないが、少なくとも彼はいくつかの点で私たちの好奇心を満たしてくれた。何よりもまず、U-19がどこに向かっているのかが、私たちにはわかった。ただし、相手に対しては今後も知らぬふりを貫くつもりだ。

男爵は両手を背中に回して、横柄な貴族然として立っていた。見張りに向かって、私たちのことなど恐れていないと言い、プライバシーのためドアを閉めるようにと命令した。

「さて諸君。君たちは自分たちのやり方の誤りを理解したと私は考えている。きわめて大きな賭けに出たものだ」

「価値はあったと思うよ」とホームズ。「五人の捕虜がいたのに、今や二人だ。ぼくらの行動で君は貧しくなり、ぼくらは豊かになったわけだ」

フォン・ヘルリングはまるでブヨをたたくように手を動かした。「女性たちのことは取るに足りない。ただ注意をそらすためだ。われわれの航海の半分のあいだ、君は彼女たちに大きな関心を向けていたから、ほかのことにはたいして集中できなかっただろう」

「半分？」と私は言った。「このいまいましい船に、まだ何週間も乗るということか？」

「およそ六週間というところだ。殺すほうがはるかに簡単な選択だったのに、なぜ私が君たちを連れてきたか、自問しただろうね」

「頭をよぎったことはある」と、ホームズが自信なさげに言った。「ぼくがたどり着いた唯一の結論は、君がなんらかの目的のためにぼくらを必要としているということだ」

「目撃者として必要なのだよ」

「なんの目撃者だっていうんだ？」

「もちろん、私の究極の勝利をだよ、ドクター」

「まさか」

「疑うのかね？」

　このとき話している相手は、明らかにルルロイグだった。私の判断するかぎり、フォン・ヘルリングは〝隠れた精神《ヒドゥン・マインド》〟に完全に吸収されていた。あまりにも長いあいだ結託していた二人は、神と人間が完全に混じり合ったひとつの存在になっていたのだ。声と特徴は男爵のものだろうが、導いている知性はルルロイグのものだった。

「私の戦争は、ほぼ終わった」ルルロイグが続けた。「君たちはそれに気づかずにはいられないはずだ。神々の次元で、私の軍勢が旧支配者《オールド・ワンズ》たちを打ち負かした。いわゆる古《いにしえ》のものたちは、われわれの猛攻撃によって倒れ、今や彼らを閉じ込めるために特別につくった地下牢の中で衰弱している。私はあらゆるものの超越した神として支持されたのだ」彼は飼い主に耳のうしろをくすぐられた猫のように、つややかな髪の頭を持ち上げて、誇らしげに言った。「あらゆる方面から、私を賞賛する声がする。ルルロイグの名前が崇められている。私はドリームランドを、宇宙の最深淵を、宇宙の王国の隅々までを支配し……」

「地球以外のすべてをね」とホームズが言った。「地球ではルルロイグはほとんど知られていない」

「しかし、それも変わるだろう。君も知ってのとおり、地球は異なっている。地球は、あらゆるものがそのまわりを回転する旋回軸だ。それは偉大な報償であり、神々が何千年も争ってきた宝石なのだ。ほかのすべての場所が征服されれば、やがてそれは私のものになる。実際の話、このつつましやかな小さな惑星がそれほどの重要な地位を占めているのは驚きだが、それ自体が本質的な価値をもっているわけではない。価値を与えているのは大陸でも大洋でも極地の氷冠でもなく、動植物でもない。地上いっぱいに繁栄した人類なのだよ。彼らはすばらしい崇拝者になる——そしてすばらしい奴隷にも。創造性と野心、愛と憎悪、夢と弱点、独立への熱望と、それと矛盾する、導かれたいという気持ち。これらをもつ君たち人類こそが、地球に最も刺激的な趣《おもむき》を与えているのだ。全宇宙に人間ほど複雑で矛盾する生き物はおらず、ここでしか見つけられない。君たちが地球を特別なものにしているのだ」

「君もかつてはその一員だったはずだ、ルルロイグ」

「はるか昔のことだよ。生まれた土や生み出された子宮、蝶になる前の毛虫は、私とはなんの関係もない。私はすべてを超越している」

「超越していてもなお、特定の二人の人間に対し、勝利についてしつこく吹聴したいという欲望を抱いているんだな。たぶん、自分が思うほど高みに上ってはいないのだろう」

「君は以前にも、私に向かってそのような愚弄の言葉を放ったことがあったな、ホームズ君。私が言えるのはただ、勝利は君の言うように吹聴したくなるほど甘美なものだということだよ。君を消すのはなかなか難しいものだから、いつも私の目の届くところに置いておこうかと思いついたわけだ。私の作戦の最も重要な段階である今、ものごとが最高潮に達しようとしているこのときは、特に必要になる。君に邪魔をされるわけにはいかないのだから、いっそ監視下に置いておけば確実だろう？」

この理屈は、私にとって納得できるものではなかった。まったく矛盾しているし、逆効果だ。何年も私たちの死を望んでいたフォン・ヘルリングなのだから、何か私たちを生かしておきたいという隠された動機があるのではないか。だが、もしそうだとしても、私には不可解なままだった。

「君とドクターを殺すほうが、賢明なのかもしれん」フォン・ヘルリングは続けた。「しかし、屈辱を与えるほうが……」彼はまるで良質なワインを口にしたかのように、恍惚《こうこつ》としたため息をもらした。「……それこそが真の勝利なのだ。私を食い止めようという何年もの努力が無駄だったと、君たちは理解することになる。君たちは時間を無駄にした――命さえも無駄にしたのだ。それでこそ私は、真に君たちを打ち負かすことになる」

「その点においては、とても自信があるようだな」

「ああ、そうだとも。自信がある。さらに、そのときは君たちを殺すこともしない。そうだな、君たち二人とも生きたままペットのように飼うことにしよう。残りの寿命をずっと、びくびくして、弱々しい鳴き声を上げながら、私のあとをついてくるのだ。みずからが失ったものの大きさを理解できないほどに、知性も衰えている。やがて私を崇拝するようになるだろう。君たちに唯一残されたすべてのものである私の名を、愛情を込めて口にするだろう。君たちを苦しめる者でもある主人への愛を込めて」

彼の顔に浮かんだ微笑みは、見るに堪えなかった。そこから伝わるのは激しいサディスティックな喜びであり、また狭量さでもあった。そこには、人類と神々両方における最悪の属性が備える要素があった。その目も同じで、生まれながらの加害者のものである、ぞっとするような満足げなぎらつきを宿していた。たった今自分が語った運命が私たちに訪れることを、彼はきっと喜ぶはずだし、それを現実にする決意だということも、疑いなかった。

「こちらも、もう少し言っておくべきことがある」ホームズが強く言った。「ぼくたちが死ぬまで君を妨害しようとすることは、知っているね」

「そして君たちは、自分たちが失敗することを知っている」

「それでもなお、やれることはやる。少なくとも、ぼくたちがどこへ向かっているかを知ることはできた。以前は疑いだけだったが、その疑いが固まって、確実になった」

ルルロイグは頭をかしげた。「で、それはどこだ？」

「航海はあと六週間だと君は言った。そうなると、太平洋をかなり進むことになる。インドを過ぎ、マレー諸島を過ぎ、どの陸塊からも最も遠い太平洋上のある場所、〝到達不能極〟として知られる地域だ」

「続けたまえ」

「ぼくも君もそこに何があるか知っているはずだが、もしぼくが正しければ、君の野望に敬服するしかないし、同時にその無謀さが残念でならない」

「それはなんなんだ？」と私は訊いた。「その到達不能極では何が見つかるんだ？」

「おいおい、ワトスン。この情報は君の頭の中にあるんだぞ。ただ取り出せばいいだけだ」

私はやってみた。そして今、大きな不安でいっぱいになっている。ルルロイグは自分の船室へと戻り、考え込んだり、苦悩したり、瞑想したりと、まあなんでもいいのだが、これまでの数週間やっていたことを続けているはずだ。ホームズと私には、あと一カ月半の監禁生活が待っている。この日誌はもう続けられる気がしない。無意味に思えてきた。今や緊張をやわらげもしないし、心の奥底の感情のはけ口にもならないのだ。緊張が大きすぎるし、そういった感情は言葉では表現しがたい。紙の上に文字を書くことが、なんの役に立つのだろうか？ 私たちは地獄へ向かっている。ほぼ文字どおりの意味で。地球上において冥府の王ハデスの穴に最も似た場所へ向かっているのだ。そこへ向かった者は誰も戻ってこなかったし、万が一戻ってきても気が触れていた。ルルロイグの真の目的地が本当にそこだとは、まだ信じ切れずにいる。その反面、そうに違いないとも思う。筋が通っているのだ。彼に残されたのは、大きな敵ひとりだけだ。本拠地にいるその敵を攻撃しないわけはないだろう。

ルルイエだ。

そこが私たちの向かっている場所だ。

ルルイエ。

半分廃墟と化した、悪夢のような都市。地図にはない岩だらけの島の上にあり、地下墓地には名もなき怪物たちが棲《す》んでいる。
ルルイエ。
クトゥルーみずからがまどろむ場所。
私たちは死ぬ運命にある。
私たちは呪われているのだ。

31章　ルルイエ

最後に日誌に記入した日からほぼ六週間後、U‐19は太平洋中部の異常なほど静かな海の上にいた。

最後の寄港地は、ドイツ領ニューギニアの一部であるカイザー・ヴィルヘルムスラントのシンプソンハーフェンだった。乗組員にとってこの保護領は母国の海外領土のひとつであり、少し故郷に似ていると感じられたに違いない。その後、太平洋最深遠の隠れ家に向かってさらに東に進み、どんどん文明から遠ざかっていった。

あるときには、マッコウクジラの群れがついてきた。もちろん私は目にしなかったが、彼らの鳴き声は艦内でも聞こえた。船体に浸透して潜水艦全体に響き渡るその高音の鳴き声は、哀愁を帯びて心に染み込み、私には何かの警告のように感じられた。クジラは私たちに、手遅れになる前に引き返せと告げているのだ。このままの進路をたどっても、よいことなど何も起こらないだろうと。

海の巨人であるクジラは賢明で、私たちは彼らの助言に従うべきだと思わずにいられなかった。彼らはルルイエについて知っていて、海を渡るときはその島に近づかないようにしていたに違いない。Uボートの乗組員に彼らの語ることが理解できればいいのだが……。

このような考えが理性的だというふりをしているのではない。このころになると、正気を失いはじめていたのだ。船室での永遠に続くような時間と、かぎりなくわずかな食料で生き延びていたせいで、私は世界から切り離され、感覚を失ったがらんどうの殻になってしまった。命を絶ってしまおうかとも考えた。なんとかして素手で船室の外壁を破り、海水を引き入れて溺れるさまを想像した。スープを飲むスプーンが、まるで鋭いナイフのように誘惑的だったときもあった。これを使って動脈を切れるかもしれない。少なくとも、自分の息を詰まらせることはできるかもしれない、と。

ホームズが似たような自殺的思考を弄《もてあそ》んでいたかどうかは、わからない。私の錯乱しかけた状態では、彼のことを気にするのは無理だった。自分以外の誰かの苦難を考慮することができなかったのだ。

よく食事を運んでくるヴォルフガングの顔には、今や恨みと軽蔑がはっきりと表れていた。私たちのあいだで言葉が交わされることもなかった。キュンストラー艦長は、時おりみずから私たちを訪ねてきた。彼の目にはダーバンで出し抜かれたあとでもいくぶんかの同情があったが、それも以前よりずっと奥深くに隠されるようになった。彼が私たちの立場だったら、やはり同じことをしたのではないだろうか？　そう私は思った。しかし、まるで私たちが彼のもてなしを拒絶したかのように、なぜか彼は失望していた。キュンストラーは自分のことを慈悲深い看守だと考えている。彼が理解していないのは、慈悲深いとしても看守は看守だということだ。

　そして毎日、ルルイエがどんどん近づいていた。

　U‐19は速度を徐行まで落とし、エンジン音はカタカタという低い音になった。ホームズと私はフォン・ヘルリング男爵から船室を出ないかと誘われた。ここからは簡単にするために、彼のことは単にルルロイグと言うことにする。

「甲板に上がって、艦を寄せるところを見ないかね？」と彼は言った。「この重要な出来事を見る機会を君たちから一秒たりとも奪うわけにはいけないと思ってね」

　その意味するところは、彼は私たちの最終的かつ完全な屈辱を目にする機会を一秒たりとも逃したくないということだ。

　私がこれまで経験したことがないほど海にはガラスのような滑らかさがあった。私たちのまわりを囲んでいるのは、ほとんど動かないエメラルドグリーンのシロップのような海だ。時おり波がうねっても海面が膨れるだけで、波頭が立ったり、波が砕けたりしない。

Uボートの船首が海面を切って進むと、油が落ちるような音がした。まわりに立ち込めている靄《もや》は、霧や霞《かすみ》というより空気がぼやけたせいで、水平線の見える範囲がおそらく一マイルほどに狭くなっている。陽の光は薄暗く、血のような赤を帯びていた。

甲板上に私たちとともにいるのは、ルルロイグとキュンストラー艦長のほかはひと握りの水兵だ。精一杯隠そうとしているが、彼らの不安は明らかだった。祈りの言葉をつぶやいている水兵がひとりならずいるし、キュンストラー自身も落ちつかないように見える。彼はそわそわして脚を踏み替え、ひげのあるあごを手でたたいている。彼らのうちの誰も、こんな海に遭遇したことがないのは明らかだった。静けさが異常なのだ。サルガッソ海でもこれほど穏やかではない。

左舷真横のすぐ外側で、何かが海面から激しいしぶきを上げて飛び出した。その生き物をちゃんと見た者はいなかったが、ちらりと見たかぎりでは、大きくて幅もある、光る何かだった。アザラシだと言う者もいれば、イルカだと言う者もいた。だが、二人とも、自分の考えにも相手の考えにも納得していないようだった。

キュンストラーの命令を、ひとりの水兵が展望塔から下の発令所へ伝達した。潜水艦はさらに速度を落とし、歩くよりも遅い速度で進んでいった。

そのとき、靄を通して島が現れた。現れたと言ったが、むしろこちらへ忍び寄ってきたという感じだった。海面のすぐ上に浮かんでちらちら光る島は、初めは蜃気楼《しんきろう》かと思われた。それがしだいに像を結び、三次元になって姿を現した、おそらくワイト島の四分の一ほどしかない狭い土地は、どれほどの高さかわからない海山の頂上だった。そこには人工物に見える、黒い岩石と緑色のごつごつした形状のものがあったが、一マイルほどの距離からは、なんのためにつくられたかを知るすべがなかった。考えつくのは大神殿だが、あまりにも巨大なため、人間を収容するために建てられたものでないことは確かだった。

島の最も特異な特徴は一本の石柱で、まるで現代のバベルの塔のように島の最も高い地点から天に向かって伸びていた。この石柱を目にすると、これが建てられた理由はある種の冒瀆的な挑戦を行うためだと考えるしかない。その高さと、控え壁のない完璧に簡素な姿は、私たちのあらゆる建築物を見下し、人類がこれまでに建てたあらゆる尖塔、ピラミッド、聖塔《ジッグラト》をあざ笑っている。その当時ニューヨークで次々と出現していた、いわゆる〝摩天楼〟でさえ、この柱の巨大さに比べれば小さく見えた。

すべるように進んでいくと（奇妙なほど濃い海水を進んでいくU‐19は、すべると表現するしかないのだ）、柱の足もとのまわりにある建物群の輪郭がはっきりとしてきた。ひとつひとつが巨大でほとんど窓がなく、翡翠《ひすい》色の石でできており、大きさと色は共通だが、どれもが少しずつ異なっているので、全体としては雑多な印象を受ける。不規則に広がっているような建造物もあれば、傾いたようなものもあるし、しゃがみ込んだようなものもあった。さらに、どこにも直角の構造が見られなかった。曲線的なふち、凹凸のある表面、数多く見られるが規則性も対称性もない鋭角と鈍角。幾何学の法則に無知か、それを無視している巨人の、奇妙な気まぐれで生み出されたように見えた。

さらに近寄ると、島を取り囲む油っぽい泡の輪が見えるようになり、海岸線を覆うぬるぬるした海藻も見えはじめた。ルルイエの岩だらけの海岸線は、今まで荒波に洗われたことがないと思えた。その静かでよどんだような穏やかさを見ていると、この島が恒久的な無風帯にあり、暴風雨や荒れ狂う潮流に襲われなかったとしか考えられないのだ。

島の外側を回るために進路を変更すると、キュンストラーは双眼鏡で上陸にふさわしい地点を探した。彼はすぐに、内側の陸地に沿って土手がある三日月形の湾を見つけ出した。細かいことを気にしない人間なら浜辺と呼びそうな程度の場所だ。土手の上には石の階段がひと続きあるが、かなり高い場所に続いているので、実際には断崖と呼ぶべきかもしれない。一段ずつの高さはよくわからないが、三フィート以下のものはなかった。人間の利便を考えてつくられたものではなく、もっとはるかに大きい何かが使うためのものだ。

潜水艦は完全に停止し、錨を下ろした。木製手漕ぎボートの部品が艦の内部から運び出され、ネジとボルトで手際よく組み立てられた。三十分もすると、耐波性のある八人乗り上陸用舟艇が組み上がった。

そのあいだ、ルルロイグはホームズと私を後ろ手に縄で縛るように命じた。「君たち二人はまた逃亡をはかるだろうからな」と彼は言った。「今回はずっと制約を大きくしたよ。しかしホームズ君、君はむしろ、私たちと一緒にいたいのではないかね？　君はこの島に魅了されている。その目でわかるよ」

ボートが海に降ろされると、ルルロイグはまるで湖に漕ぎ出す行楽客のように、楽しげに跳び移った。ホームズと私はライフルを構えた二人の水兵に押されるようにして、彼のあとに続いた。縛られているので、乗り移るのには手助けが必要だった。次にその武装した乗組員二人が乗り込み、さらに三人が、やはり武器を手にして続いた。この三人のうちのひとりは、ほかでもない元友人のヴォルフガングだった。彼が手にしていたのはライフルでなく、拳銃だった――正確には私のウェブリーだ。私は三十年以上も身近にあったそのリヴォルヴァーに、うらやましげな視線を向けた。ヴォルフガングは私の顔を見て、にやりと笑った。

「もらえるように頼んだんですよ、ドクター」と彼は言った。「この調査にも、自分から志願しましたし」

「ヴォルフガングなら、誰よりも目を離さずにいるでしょう」キュンストラーが甲板から言った。「『一度嚙まれると、二度目は用心深くなる』——これは英語の格言でしたかね？」

「あなたは来ないのですか、艦長？」ホームズが言った。

「よき船長がすべきように、船とともにあらねばならない。安心したまえ、部下たちは優秀だ」

「そのとおりです！」と、ボートに乗っている水兵のひとりが言った。その顔を見ると、イングランドでU-19に忍び込んだときにホームズがノックアウトした男だった。あれから、それにダーバンでの失敗した逃亡計画からも、ずいぶん経った。今日はボクシングデー（十二月二十六日。キリスト教由来の休日）だ。あの船室に隔離されていたから、侍臨節《アドベント》もクリスマス自体もほとんど気づかなかったし、お祭りムードもほぼ感じなかった。今は一九一〇年最後の週で、やがて来年がやってくる。

水兵がヴォルフガングの髪をくしゃくしゃと触った。「若いヴォルフィーがおれたちの規律を保ってくれるさ」と言った。「おれたちの小さな提督だ」

少年はこの扱われ方に、うれしさ半分、腹立ち半分のように見えた。いつか自分はこのような男たちの指揮をとり、かわいがられるのではなく敬礼を受けるのだ、と彼が考えているのが見て取れた。

食料や予備弾薬などの必需品が入っているらしき重い背嚢《はいのう》が、二つ積み込まれた。出発の準備ができたようだ。

「艦長」とホームズがキュンストラーに声をかけた。

「なんですか、ホームズさん？」

「戻ってくる場合に備えて、ぼくらの船室を片づけておいていただくと、とてもありがたいのですが」

キュンストラーは眉をひそめ、一方のルルロイグは気の毒そうに頭を振った。「いったいどうしてこんなときに快適な生活のことなど考えられるのか、私にはわからんね。優先順位というものがあるだろう！」

「むしろ優先すべきことですよ」とホームズ。「ベッドの寝具を新しくして、部屋に空気を通してくれと頼むのが、やり過ぎですか？」

「キュンストラー艦長はホテルを経営しているわけではない」

「そうですか？　ではなぜ、ぼくは来客名簿にサインしたのでしょうか？」

ルルロイグは馬鹿にしたように鼻を鳴らした。「君の軽々しさは受け入れがたいよ。まったく！」そう言うと彼は、ボートに乗っている水兵のひとりに向き直った。ドイツ語で早く出発しろと言い、ほかの二人にはオールを漕ぎはじめろと命じた。

上陸用舟艇は舳先を島に向け、ゆっくりと進んでいった。オールをひとかきするごとに、潜水艦という堅固な安全が遠ざかり、ルルイエの不吉な不確かさが近づいてくる。上陸隊の中に不安感がつのってきたが、ルルロイグとホームズだけは平気のようだ。不合理なほど巨大な建造物を抱く都市は、悪意を放っていた。やがて泥と雑草の臭いを感じる距離まで来ると、島全体の空気も不快なことがわかった。泥も草もそれぞれに悪臭なのだが、両方が合わさると実に不快だった。その悪臭には、どこか死体の腐敗臭と湿り気のようなものが含まれている。はっきりと言いたくはないが、それは死の臭いなのだった。

手漕ぎボートは、石段の足もとから数ヤード前で浅瀬に乗り上げた。八人全員が降りると、すぐに足首まで泥に埋まった。のろのろと岸へ上がったあと、家にある普通の階段を幼児が一段、また一段とよじのぼるような調子で、階段をのぼった。段を覆っている草のせいで、さらに厄介で危険だった。両手を縛られたホームズと私は、ここでも手助けが必要だった。最上段にたどり着くころには、全員が緑色のねっとりしたものにまみれ、程度の差こそあれ息切れしていた。

だが、島の建物が私たちの行く手をはばんでいた。どの建物にも海側に扉はなく、どの窓も入れるほど低い位置にない。密集した建物の正面は、都市へ入ろうとする人間に対しての要塞というか、開口部のない防塁となっていた。

　しかしルルロイグはひるまなかった。遊歩道のようになっている最上部の階段の湾曲部に沿って自信たっぷりに歩を進め、二つの建物のあいだの隙間で止まった。島に接近していたときにこのような隙間を見た覚えはなかったが、見なかったと断言もできない。ルルイエに関するすべてのことが、建造物の規模から傾いた壁まで、見当識障害を引き起こすのだ。特定の視点以外からは隠れている隙間なのだろう、と私は考えた。正面に立っているときだけ見ることができるのだ。とはいえ、この都市は私たちを誘い込むために、みずからその裂け目をひそかに広げて見せたのかもしれない……そんな思いが消し去れなかった。

　ともかく、そこに出現した道は、両側から突き出た建造物のあいだを曲がりながら続いていた。ルルロイグに促されて、私たちは道をたどって奥へと進み、泥と雑草からくる不快な瘴気《しょうき》をあとにした。都市深くに進めば進むほど、まわりはますます静寂になり、恐ろしさが増していった。岩に寄せるくぐもった海水の音がやがて消え、私たちのゆっくりとした歩みだけが反響するようになった。

　水兵二人が母国語で不安そうにささやき合っているのが、ふと耳に入った。彼らのささやきに対し、ルルロイグが何か長々と反論していた。好奇心を浮かべた私の顔を見てルルロイグは、二人はこの都市の住人がどこにいるのか不思議に思っているのだと、説明してくれた。

「この場所は見捨てられたように見える」と彼は言った。「しかし、ほぼきれいな状態のままだ。とすると、人が住んでいるはずではないか？　でもそうだとしたら、いったいどこにいるのか」

「確かにそうだ」私はまわりを見回しながら言った。「隠れているのかもしれない」だが、いくつもの目が私たちを観察し、侵入者たちをどう扱おうか検討しているという考えは、気に入らなかった。

「あるいは、ルルイエはずっと以前に放棄されて、居住者は別の場所に移ったのかもしれない」とルルロイグ。

「だったら、どうして荒れていないのか」

「ドクター、島のまわりの海がきわめて不活発なのを見ただろう？　空気も同じことだ。この地域では、自然の力がほとんど作用しないように思える。風化と腐敗という通常のプロセスが、停止状態なのだろう。言うならば、ここでは時はほかの場所よりゆっくり過ぎるのだ。そう思わないかね、ホームズ君？」

ホームズは、はっきりしない声を出した。

「おいおい」とルルロイグ。「はるばるここまで連れてきたのだから、むっつりしたり無反応になったりは困るね」

「きちんとした観察ができたら、言うさ」とホームズ。「それまで意見は胸に秘めておく」

「時が来れば当然君の意見が求められ、提供することになるのだよ」

「じゃあ、ぼくがここにいるのはそれが理由か？　それが、ぼくをずっと生かしておいた理由なのか？　君の役に立つかもしれないから？」

「たぶんね」ルルロイグは謎めいた調子で言った。「たぶん」

　私たちは歩きつづけた。しばらくすると、水兵たちがまたひそひそ話しはじめた。そのうち、ひとりが声を上げた。私たちは堂々巡りをしているようだというのだ。今入ったばかりの狭くて小さな広場は、十分ほど前に通ったところだと、彼は確信していた。

　まわりを見回した私は、同意するほかなかった。見たことのある建物だということは明らかだ。ここに来るまでに目についていた、ねじれた教会の尖塔にしか見えない、ぐらついた建物があった。今、まったく同じ形状のものが私たちの上にのしかかり、その斜め向かいには、これも以前見た覚えのある、カットされた宝石のような多面をもつ低層の複雑な構造物があった。

気づかないままに逆戻りしていたとしても、私には驚きではなかった。ルルイエは迷宮のように入り組み、際立った特徴があるのだが、それらがあまりにも過剰なため、人の感覚、特に方向感覚を狂わせる。最も近い例を挙げるなら、木々のすべてが異なっているのに、結局はすべてが似通ってしまうジャングルだろう。

「ホームズ君」とルルロイグが言った。「どう思うかね？　われわれは迷ったのかな？」

「まだ意見を言う段階ではない」とホームズ。「さらなる証拠が出るまではね」

それから間もなく私たちがたどり着いた広場は、ひとつ前、そしてさらにそのひとつ前のものによく似ていた。ここでもやはり、ねじれた尖塔とそれに隣接する宝石のような建物があった。

最初に堂々巡りをしていると言った水兵はきっぱり断言し、もうひとりはうろたえた低いうめき声を上げた。私たちは終わりのない輪にとらわれたようだった。ルルイエは網の中の魚のように私たちをその罠に捕らえたのだ。私たちは都市の通りを歩きつづけ、混乱してさまよい、最後には疲労と飢餓で倒れることを運命づけられていた。

いささか難しかったが、私は閉じ込められるという恐怖を振り払った。安心感と説明がもらえることを期待して、ホームズのほうを見た。

「一見したところ確かに、まるで進んでいないようだ」と彼は言った。「実際のところ、あの建物が意図的にぼくらを混乱させているように思える。建物がぼくらの知らないうちに動いているという可能性は？　都市がぼくらの背後で、わずかずつ静かに再構成されているということは？」

「そんな馬鹿な」と私は言ったが、本当にそう思っていたのではなく、単に否定してみただけだった。

「確かに、ぼくらが過去に経験してきたどんな事件より馬鹿げているよな？」ホームズは空々しいくすくす笑いをしながら言葉を続けた。「まあ、ぼく自身も信じていないがね。これがすべて不用心な旅人を迷わせるためにつくり上げられた巧妙な錯覚なのか、あるいは超自然的な力が働いているのかを見定める方法が、ひとつある。誰かナイフを持ってないか？」

　ホームズの言葉をルルロイグがドイツ人たちに伝えると、水兵のひとりがポケットから折りたたみナイフを取り出した。以前にホームズが殴って気絶させた水兵だ。

「地面に何か特徴のあるしるしを刻んでくれ」とホームズ。

　水兵はルルロイグからその指示を伝えられると、広場の中央近くの円形の敷石に、二つの文字を刻んだ。彼の頭文字だろう。

「では、もう一度進んでみて何が起こるか見てみよう」とホームズ。

案の定、私たちは数分後にふたたび広場にいた。水兵たちは円形の敷石のまわりを調べたが、刻んだ頭文字は見当たらなかった。

安堵の微笑みと、さらには笑いのさざ波が起こった。

「すばらしい、ホームズ君」とルルロイグ。「君が真価を証明することはわかっていた。賞賛に値する君の知力を発揮する機会は、この先数多くあるに違いない。その力がまだ君にあるうちに最大限活用するよう、助言しておくよ」

四度目に、ふたたび広場に入ることはなかった。それはまるで、私たちが合格したから、妨害を受けずに進むことをルルイエが許しているかのようだった。それに感謝はしたが、こんな幻惑を考え出した邪悪な建築家が誰であれ、呪わずにはいられなかった。彼らは——あるいは彼らの子孫のほうがありそうだが——まさにこの瞬間にどこかの高みにある安全地帯から私たちを見下ろし、笑いに身をよじって残酷な喜びに目を輝かせているのだろうか？

そのとき私たちがいた通りは、今までのどの通りよりも広い大通りだったが、やはりあの不愉快で異様な建物が並んでおり、道は上へと傾斜しつつ長い距離を曲がりはじめた。

回りくどいやり方ではあるが、この通りは私たちを島の斜面へ導いているようだ。私はこのころには疲れはじめていて、足の先はひりひりするし、脚もうずいていた。手首の縄が皮膚を傷つけ、腕は長い時間同じ姿勢を強いられたせいでつっていた。全体として身体も精神も苦痛に屈服しかけていて、奮起するのがますます難しくなっている。

一方のルルロイグは、無限の力で満ち満ちているように見えた。「いいぞ」彼はみずからの能力に満足して言った。「もしわれわれが奥へと進みつづけるなら、やがては必然的に都市の向こう側へ至るだろうことは知っていた。われわれは言うならば郊外にいて、この道は島の内部へと続く大動脈のようだ」

「地図もなしに広大なこの土地を行けるとは、賢いことだな」ホームズは冷たく言った。

「常識で充分なところに、誰が地図など必要とする？　それに」ルルロイグは指し示すような動作で手を振りながらつけ加えた。「あの柱は間違いなく目印だ」

「そして、あの柱がぼくらの最終目的地だ」

「そのとおり。ほかのどこだと言うのだ？」

ルルイエのこの場所を郊外と表現できるかどうかには議論の余地があるが、確かにほかより閉ざされておらず、より密度が薄い感覚があった。獣や悪魔のような形の彫像を通り過ぎていくと、ふたたび水兵たちが仲間内で不安そうにつぶやきはじめた。はしゃぎ回っているような怪奇な彫像は、以前見たものより威圧的で異質だった。多くの建物の側面に装飾された浅い浮き彫りも、忌まわしい儀式と、言葉では表現しがたい堕落の場面を表現している。武器を持っている誰もが、金属の冷たさと、それが死を与える武器だという保証を救いにしようと、手もとに引きつけた。このような場所で、銃はある程度までしか効果がないが、それを水兵たちに言ってやるほどの思いやりは、私にはなかった。もしこの都市に居住者がいるとしたら、住んでいるのは銃弾の効き目がないか、もしくは退治する前にこちらの弾薬が切れてしまうほどの大群で攻撃してくる、生き物だろう。少なくとも私の過去の経験からは、そう判断できた。

　私たちはのぼり坂を進んでいった。その先で例の柱はますます高く、ますます堂々とそびえ立っている。手招きする標識塔のようなそれに向かっている曲がりくねった通りは、やがて容赦なく私たちを呑み込んでしまうのではないかと思われた。吐き気を覚えた私は、疲れと長期間の運動不足と不適切な食事のせいだと思ったが、ほとんどの水兵たちが同じ表情をしているとわかった。彫像たちの不気味さと通りの奇妙な形状が相まって増幅され、吐き気を誘発していたのだ。内側へと曲がっているような通りの角や、遠ざかるのか近づいているのかわからないような地面、さらには言うまでもなく恐ろしい彫像。そうしたものに対して精神が耐えるには、限度があるようだった。これらにある程度以上接すると、根本的な内なる適正の感覚が乱され、平衡感覚の精神的な混乱が肉体的混乱へと姿を変えるのだ。ドイツ人二人が胃の中身を吐き出した。私もあやうくそうなるところだった。

上陸してから二時間、あるいはもう少し長かったかもしれないが、私たちはついに二つ目の階段にたどり着いた。この階段は最初のものより狭かったが、やはり並外れて大きかった。ずらりと並ぶ長方形の石が都市の郊外から離れ、島の頂上に向かって伸びている。最後なのだからと身体を引きずるようにして、ホームズと私は助けられながらこの階段をのぼり、誇るように空を突き刺している柱の足もとへとたどり着いた。

柱の基部には、扉がはめ込まれていた。そして、その扉ときたら！　寸法は丸々ひとつの納屋に――かなり大きな納屋に――匹敵した。そして、鋳鉄のくぼみのある質感と、青銅のほのかな輝きという質感の両方を具えた、なんらかの金属でつくられていた。

入口には、イカとドラゴンと人間の集合体のような厳格な顔つきのクトゥルーの横顔が刻まれ、私たちを脅かすように見下ろしていた。旧支配者たちの中で最も偉大な存在を描いた巨大で恐ろしげな姿が、水兵たちを戸惑わせた。私は、自分がアフガニスタンで初めてクトゥルーの像を見たときのことを思い出した。こうしたものが不用心な人間に呼び起《お》こす、ぞくぞくする根源的な恐怖のことを、私は知っている。今も水兵全員がその前で怖じ気《け》づいており、少なくとも三人はすぐにでも尻尾を巻いて逃げ出しそうに見えた。

ルルロイグが彼らにドイツ語で何か語りかけた。彼が何を言ったのか正確にはわからないが、〝マルク〟という言葉が聞こえたので、続行するためになんらかの報奨金を約束したのだろうと推測するしかなかった。フォン・ヘルリング男爵から特別に金をもらえるという望みで、男たちは沸き立ち虚勢を張った。彼らは一斉に扉の像をけなし、自分たちの臆病さを笑った。ヴォルフガングは誰よりも大声で笑っていたが、いちばん若い彼こそが、最も虚勢を張っていたはずだ。

　扉を囲んでいるのは、左右が均等ではない〝M〟のような形のアーチだった。正方形の石の突起がちりばめられており、それぞれに異なるシンボルが彫られている。いくつかのシンボルに見覚えがあった――旧神の印《エルダー・サイン》と、ンガーの印章だ。しかし、そのほかの大多数は私には未知だった。なんらかのメッセージを構成しているのだろうか？　ダンテの『この門をくぐる者はいっさいの希望を捨てよ』のように、警告なのかもしれない。あるいは、ただの装飾なのだろうか？

　ホームズが興味深そうにそれを見ている一方、ルルロイグは同じように興味深そうな目でホームズを見ていた。

「さて、ホームズ君？」とルルロイグ。「君はどう解釈する？」

「ルルイエについて読んだことのある情報、特に目の前にある柱について読んだ情報から考えるに、ぼくらはクトゥルーの住処の入口に到達したと言えるだろう。彼の〝巣〟とか〝霊廟〟など、さまざまに呼ばれる地下住居だ。だが、どうやって入るかは別の問題だ。この種の情報の一次資料であるアブドゥル・アルハザードとフリードリヒ・ヴィルヘルム・フォン・ユンツトの書物には、この問題が書かれていない。ノックすればクトゥルー本人が出てくるというものでも、いなかったら給仕か執事が来て応えてくれるというものでもない。扉自体が堅固につくられていて重いので、押して開けることもできない。人手が充分にあったとしても、ちょうつがいが見当たらない。さらに、ちょうつがいがないということは、この扉は通常の手段では開かないことを示唆している。目に見える錠がないことから、なんらかの隠された機構があるはずだ。ここまではどうだろうか」

ルルロイグはうなずいた。「君の推論は私のものと同じだ」

「君自身、どうやって入るのか確信をもてないと？」ホームズは片側の眉を持ち上げた。「驚きだな。全能の〝隠れた精神《ヒドゥン・マインド》〟はすべてを知っていると思っていたが」

「この隊では、私をフォン・ヘルリング男爵あるいは閣下と呼ぶように」ルルロイグは鋭く言った。「ほかの呼び方は混乱を招くかもしれない」

「もちろんです、閣下」ホームズは皮肉を込めた調子で言った。「兵たちを混乱させるべきではありません。つまり、彼らのうちで充分な英語能力のある者を」

偶然ながら、水兵たちはこのやりとりを聞いていなかった。誰もが、クトゥルーの姿について相手よりも下品な表現をしてやろうと、競い合っていたからだ。

「ぼくには」注意を扉に戻してホームズが続けた。「アーチの石の突起は、単なる装飾だけではない別の機能を果たしていると思える。それが扉を開く手段となるかもしれないというところまでは言える」

「なんらかの記述の鍵か？」

「そのとおり」ホームズは自分にいちばん近い石の前に歩いていくと、ごく軽い力をかけながら肩で動かしてみた。「やっぱり。動くな。側面に見える小さな溝は、ほかの面にもあるが、すべらせて出し入れするときに、入れる穴とふちがこすれ合って削られたものだ。この突起は、タイプライターのキーや金庫のダイヤルと類似のものだと思う。特定の順序で押し込めば機構が動き、扉が開くだろう」

「私もそう思う」とルルロイグ。「私はすでに同じ結論に達していたが、君の思考が私のものと同じなのか興味があったのだ」

「君の言葉を信じることにしよう」

「好きにすればいい、ホームズ君。君は相変わらず、物事について自分の重要性を買いかぶっているね。私が確立すべきことは――そして君が望むなら提供できるものは――正しい順序だ。私には、あのシンボルはまったく無作為に選択したものに見える。種々雑多な由来があり、ほとんど共通点がない。可能な配列の数は無限に等しい。試してもいいが、時の終わりが来ても成功しないだろう」

「それこそが核心なのかもしれない」私が口を挟んだ。「われわれは入るべきじゃないんだ。誰も」

「それは予測というより希望だな、ドクター」とルルロイグ。「私はそう簡単にあきらめない。私は中に入るつもりだし、入れると確信している。実際、シンボルのいくつかを結ぶ論理的なつながりを見抜いたところだ」

「ぼくにはわからない」とホームズ。

「われわれのどちらがより鋭い知性を所有しているかを、証明しているな」

それからルルロイグは、兵たちから志願者をつのった。推測するところ、ロッククライミングの得意な者が欲しいようだった。

ひとりが手を上げた。パフという名のその男はバイエルン出身で、若いころにアルプスでしょっちゅう登山をしていたという。ルルロイグの指示は、石の突起を手がかりと足がかりにして登り、ルルロイグが言うとおりの順番で特定の石を押すというものだった。

パフは左側の柱の突起をサルのように身軽に上った。彼はやる気充分で——どうせならそのほうがいいだろう――フォン・ヘルリング男爵だと思っている男に自分の登山の腕前を見せつけたいと考えているようだった。大使に好印象を与えれば表彰に、もしかしたら昇進につながるかもしれないのだ。

　彼は柱の上でひと休みして、肩越しに振り返った。そこで顔をしかめ、ひたいにしわを寄せた。何かがおかしいんです、と言った。下を見下ろし……さらに上を見た。

　彼はふらついたが、頭を振って数回まばたきし、突起を握り直した。落ちつきを取り戻したように見えた。

　ルルロイグは、パフの右側にある突起に注意を向けさせた。〝M〟の上部にある、斜め下向きの短い線が付いた突起を、まず押すようにと言った。

　パフは手を交互に動かし、二本の柱の上部に水平に渡されたまぐさ石に沿って横に移動した。身体が斜めになって、ほぼ腕だけで身体を支えている。左足の爪先が突起に少しだけ触れ、右足のほうは空中にぶら下がっていた。この離れ業《わざ》を楽々としているように見せているので、上半身の強靭さは驚異的に違いない。

　右手を放して、手探りでルルロイグが指示した突起を探す。彼がそうしたとき、ホームズが口を結んで不安な表情を浮かべているのに気づいた。単にパフが落ちないか心配している以上のものだった。ルルロイグのシンボルの選択に反対したかったが、それを言うのを控えたのではないかという考えが、頭に浮かんだ。

パフはなんとか突起を押すことができた。

すると、いきなりすべての突起が同時に内側に沈み込み、支えのなくなった彼は落下した。

だが、彼は下に落ちたのではなかった。横方向に落ちたのだ。手をばたばたさせて叫び声を上げながら、パフは扉右側の脇柱に向かって二十フィートほど投げ出された。そのまま垂直に急落下するような落ち方だったが、実際には水平方向に落ちていったのだ。

彼は思わず吐き気をもよおすような、身体の砕ける音をたてて脇柱にぶつかった。ぐにゃりとした身体が跳ね返り、横に動いたときには働かなかった重力が、今度は彼を地面に落とした。

最初の衝撃が彼を殺さなかったとしても、二度目が殺した。パフは頭から地面に落ち、頸椎《けいつい》が折れる音は銃声のように大きかった。

私は走り寄ってとにかく彼の脈をとったが、疑いようがなかった。すでに死んでいた。

そして、扉が開きはじめた。

32章　暗闇の〝しゃべくり屋《ジバラー》〟たち

山羊のような目をしたクトゥルーの像は、それが刻まれた金属製の入口がゆっくりと上へスライドするにつれて、うれしそうに見えた。動くにつれて、目に見えない歯車が回り、つめ車《ラチェット》装置がきしんで鎖が鳴るような、大きな深い音がした。足もとの地面も震えていた。

乗組員たちは扉が突然開いたことに驚いていたが、パフの死にはそれ以上の衝撃を受けていた。彼らを動揺させたのは、予想外の悲劇だったことよりも、その不自然さだった。彼の転落のしかたは、物理学の法則にまるで反していたからだ。

崩れ落ちた死体は、洞窟のような開口部の前、暗闇の中に横たわっていた。扉は視界から完全に消え、扉を上昇させていた機構が突然停止した。その後しばらくのあいだ、ゴロゴロという音が響いていた。

ルルロイグは、恍惚と言ってもいいほど強烈な喜びの表情を浮かべていた。対照的に乗組員たちは恐れおののき、反乱寸前だった。怒りの爆発と、口論の勃発。そのやりとりはあまりに急で、ドイツ語が不自由な私には充分に理解できなかったが、要点ははっきりしていた。パフの身に何が起こったのか、それがどんな経緯で起こったのかを考えると、大急ぎでUボートに戻るべきだという主張だ。

ルルロイグは当然それと反対の意見で、よりによって若いヴォルフガングが賛同者になった。昇進の機会を逃したくないヴォルフガングは、フォン・ヘルリング男爵の側につき、去る者は脱走兵として誰でも射殺するとまで言った。乗組員たちはその脅しを快く思わなかったが、とりわけその脅しが最年少の無愛想な若者のものであったことが、反感を増長させた。

口論はますます激しくなっていった。ルルロイグは誰よりも大きな声と命令口調で怒鳴り、部下に対する自分の優位性を主張した。彼はカイザーの名前を持ち出し、個人的な友人であることをみんなに念押しした。そして、気後れせずここにとどまる者への報奨金を値上げした。皇帝への忠誠心と金儲けへの愛が相まって、兵士たちはルルロイグに従った。

不和が収まりつつある中、ホームズは私にそっと言った。「ルルロイグは嘘をついていた。あるいは、はったりだったと言ってもいい。解決策はない」

「どのシンボルを押してもドアは開いたということかい？」

「イエスでもあり、ノーでもある。石の突起物がカギになっているわけではなかったようだ。犠牲者の血が必要だった。ルルロイグはそう直感したんだろう。そしてあの悪党は、哀れなパフを故意に死に追いやったんだ」

「君にはわかっていたのか？」

「確証はなかったがね」

「確証があったら、きっと何か言ってたんだろう？　そうしたらルルロイグは志願者を獲得するのにもっと苦労したはずだ」

「ぼくがどんなに抗議しようと、彼は押し切っただろうさ。それが彼のやり方だ。そしてパフでなくても、誰かが死んでいたはずだ」

「やつの無情で冷酷なところには、驚かされるばかりだよ」

「ルルロイグにとって、この乗組員たちは消耗品なんだ。今日中にもっと多くの乗組員たちがボロ雑巾《ぞうきん》のように使われて捨てられたとしても、驚かないね」

「じゃあぼくらは？　ぼくらも消耗品なのか？」

「それはまだわからない」

「せめて、どういうことになるか警告すべきじゃないのか？　乗組員たちはすでにこの島の脅威を味わったが、この先もっと悪いことが起きるだろう。どんなことが降りかかるのかを教えてやれば、ルルロイグに対して従順でなくなり、そうすればルルロイグも――」

「ドクター」とルルロイグが割り込んできた。「君とホームズ君はお互いに話すことがたくさんあるようだな。私も仲間に入れてもらえるかね？」

私が答える前に、ホームズが言った。「ワトスンとぼくは、扉が開く仕組みについて推測していたところだ。チェーンにぶら下げたバケツに砂を詰めて軸につないだ、釣り合いおもりだと思う」

ルルロイグはこの答えに満足したようだったが、一方私は、ルルロイグの部下たちの信頼を失墜させればこちらの有利になるのに、ホームズがそれをしたくないように見えるのが納得できなかった。まるで彼は、ルルロイグと同じようにこの扉をくぐって、その先に何があるのかを知りたがっているように思えるのだ。

不安はあったが、私はこれまで何度もそうしてきたように、この件でもホームズの指示に従うことにした。彼は常に万事心得ているのだと信じていたからだ。

日射しは弱く、扉の隙間から遠くまで差し込むほどではなかった。乗組員たちは懐中電灯を持参しており、ルルロイグの指示でスイッチを入れた。その光で、広大な部屋の滑らかな壁が照らし出された。柱の根元全体がひとつの部屋になっているが、天井が高すぎて懐中電灯の光は届かない。

私たちは中に入り、この部屋の唯一の特徴である、床の真ん中にある円形のくぼみに向かって進んだ。これは浅い穴で、そこからせん状の石の階段が下りている。ルルイエのほかの場所と同様、階段は人間離れした大きさで、くさび形の一段一段は大聖堂の祭壇ほどもあった。

「下りるのか?」ホームズがルルロイグに言った。

「もちろんだ!」

そうして私たちは、長く曲がりくねった下り坂に足を踏み入れた。ほかの者は手足を自由に使って一段ずつ慎重に下りていったが、私とホームズは何度もすべり下りるように跳んでいかなければならなかった。膝と足首にかかる負担は大きかった。私はルルロイグに手首の縄を解いてくれと言ったが、相手は笑うだけだった。私たちが不快に思うことが、彼にささやかな喜びを与えているらしい。

たちまちにして、私たちは自然光の届かないところまで来てしまった。魂が圧迫されるような深い暗闇の中で、懐中電灯の放つ光だけが私たちを照らしてくれる。乗組員たちは、さっきまでの勇気を急速に失い、またもや気が気でなくなって、つぶやきと罵声が飛び交った。ルルロイグが彼らに約束した報奨金は、ふたたび輝きを失いつつあった。

ルルロイグはもう一度彼らを従わせようとして金の話をもちだしたが、今度は条件をつけてきた。報奨金をもらえるのは、全員が最後までがんばった場合だけだと。誰かひとりでも抜ければ、金は没収される。これで乗組員たちは、この遠征をやり遂げる決意を固めた。誰ひとりとして、ほかのみんなのチャンスをつぶすようなことはしなかった。ルルロイグは彼らの競争心と、仲間はずれにされる恐怖心をうまく利用したのだ。

私自身も、彼らと同じような恐怖を感じていた。私たちは今、クトゥルーが眠るとされるルルイエの地下の住処に向かっている。誰も行ったことのない、まともな人間なら行くべきでないところへ。それは愚かさを通り越して、まさに狂気だった。クトゥルーが目覚めるときは厄災が降りかかるということは、あらゆる文献に書かれている。洞窟から出られるとは思ってもいなかったし、万が一出られたとしても、その体験がトラウマとなり、その後の心の平穏を保つことはできないだろう。

とはいえ、好奇心も多少あったことは否定できない。ある種の暗い運命論が私を支配していたし、おそらくホームズをも支配していた。タ・アーの街でクトゥルーの名を初めて耳にしてから三十年、私には神そのものに会う機会が何度もあった。今回は偶像でなく、生身の本物だ。毅然とした態度で立ち向かえるだろうか、それとも恐怖に震えて倒れ込んでしまうだろうか。一周して元の位置に戻ってきた、という感覚もあった。この対決は、ホームズと私が想像を絶する恐怖に耐えてきた過去三十年間にふさわしい、必然的な結末のようにも思える。クトゥルーは常に私たちの生活の一部にあった。超然として離れている存在の典型でもあり、その名前は多かれ少なかれ、私たちがその影響を和らげようと戦ってきた悪意ある宇宙的存在すべての代名詞となっていた。彼との対決は究極の試練であり、私たちの人生の頂点をなすものであった。選択の余地がない以上、そうするしかなかったのだ。ただ私としては、それに興奮をおぼえていたことも確かであった。

あの階段をどのくらいの距離下っていったのか、私にはわからない。半マイルはあっただろうか。底にたどり着いたときの空気は、クモの巣のように厚く湿って肺を詰まらせそうなものだった。気温もロンドンの冬を思わせる寒さだ。今ごろロンドンでは、クリスマスの高揚感がまだ冷めやらぬ街を、雪が覆い尽くしているだろう。家族が暖炉の前に集まり、子供たちが新しいおもちゃで遊び、教会の鐘の音が屋根の上を鳴り響く……。

私は頭を振ってその思いを払拭した。故郷のことなど、今の私にはなんの役にも立たない。私の士気を下げるだけだ。もう二度と見ることのできないはずの場所なのだから。

乗組員たちが懐中電灯を遠くまで照らすと、円筒形の部屋にいるのだとわかった。階段のてっぺん、つまり私たちの真上にあった入口のような部屋だが、あれよりやや小さかった。円筒の周囲には不規則な間隔で、そこから続く出入口があった。不思議なことに、その出入口はひとつの場所に固定されていないように思えた。懐中電灯の光で見つけても、しばらくして同じ光か別の光がその場所に向けられると、そこになかったりするのだ。これはさっき都市の通りで広場が繰り返し現れたときのような目の錯覚だと、乗組員たちは考えた。私もそうであってほしいと思った。

「さて、ホームズ君」ルルロイグが声をかけた。「どうするね？　ルートの選択肢が多すぎるようだが」

「確かに。だが、このまま手助けを続けるべきかどうかとも思っている。このちょっとした難問は、君自身に任せるべきかもしれない」

「まあ、そう言わんでくれ。私としても、ヴォルフガングにドクター・ワトスンを撃てと命じるような思い切ったことはしたくないのでね。もっとも、この若者は喜んでそうするだろうが」

「撃ちますとも」ヴォルフガングが不気味なやる気を見せた。

「そう来ると思っていたよ」ホームズはため息をついた。

「礼節を重んじるのもここまでだ」とルルロイグ。

「そして蛮行がその醜い頭をもたげる」

「時宜《じぎ》にかなった行為だと考えたほうがいい。で、君の考えは？」

「ホームズ……」私が口を開いた。

「いや、ワトスン。君が犠牲になるのはごめんだ。君の命はぼくにとって何よりも尊いものだからね」

ホームズが私に親愛の情を示すことは稀《まれ》だった。ホームズが今このような言葉を口にするのは、私たちの苦境がいかに切迫したものであるかを示している。

「フォン・ヘルリング、ぼくの考えでは、二つの可能性がある。ひとつは、それぞれの入口が独自のルートに通じている可能性。もうひとつは、すべてが同じ場所に通じている可能性だ」

「つまり、どちらに進んでも大差はないということか。すべての道はローマに通ず、だな」

ホームズはうなずいた。「多数の生き物のように見えるものも、実はひとつだということがある。多くの頭がひとつの身体にくっついたヒドラがそうだ。クトゥルーは、この地下墓地への訪問を奨励せず、ことごとく阻止しようとしている。ものごとが実際よりも複雑であるかのように見せるのは、それを達成するためのひとつの手段だ」

ルルロイグは決断力のあるふりをしつつ、乗組員たちにどの入口に入ればいいかわかっていると言った。そして、私には適当に選んだとわかる入口に懐中電灯を向けさせた。私たちはそれを抜け、ゾウでもやすやすと通れそうな大きなトンネルに入っていった。私たちはル

トンネルは広かったものの、不思議と押しつぶされそうな圧迫感があった。

ルイエの地下深く、海面よりもずっと低いところにいるのだ。頭上にある巨大な岩と、島に四方を囲む海の重みが感じられた。トンネルは果てしなく続いているようで、このままずっと下っていってどこにもたどり着けないのではないかと、心配になった。また、後戻りをしても元の入口に戻れないのではないかという気もした。トンネルの奥深くまで行って入口が見えなくなったあと、入口が移動するだけでなく、完全に消えてしまったとしたら？　このトンネルがニシキヘビのように私たちを呑み込み、私たちはその坑内に封印され、埋葬されてしまうのでは？

そんな不安が私を襲いはじめて間もなく、トンネルにいるのは私たちだけでないとわかった。

最初は、私たちの足音が反響したかと思える、ガサガサという音がしただけだった。その後、奇妙な甲高いクスクス笑いのような声が聞こえた。これもまた私たちの足音のせいか、トンネルの音響が生んだ耳の錯覚かもしれないと思われた。

だが、その音はしだいにはっきりしてきて、私たちが発する音とは明らかに無関係になっていった。懐中電灯を振り回しながら、乗組員たちは音の発生源と思われる場所に光を向けた。ビームはむき出しの岩を照らしたが、時おり、視界の外を飛び回る何かがわずかに見えた。それはとてもすばやく、すぐ消えてしまうので、影の一部か、タングステン・

フィラメント電球の光のせいだと片づけてしまいそうだった。

クスクス笑いはなおも続き、さらに大きくなり、どこか自信に満ちたようなものになっていった。今は人のおしゃべりのような、よどみのない話し声がちりばめられている。それが何かの言語であったとしても、文法的な体系をもたないもので、母音と子音がごちゃまぜになった、わけのわからないことをべらべらしゃべっている《ジバリング》としか言いようのないものだった。とはいえ、その口調は明らかに軽蔑と嘲笑に満ちていた。少なくとも何人かの異なる口から発せられたものであり、原始的な掛け合いのパターンがはっきりとわかった。〝しゃべくり屋《ジバラー》〟とでも言うべきそのひとりが何か発言すると、別のジバラーがそれを何度かまねし、また別のジバラーが何かコメントすると、ほかの者がそれを取り上げてまねする、という具合である。

案の定、誰かが発砲して、その銃声が耳をつんざくほどに響いた。乗組員たちはパニックになりかけていて、私自身もそうだった。発砲したいという衝動を抑えられない者がいたのだろう。もちろん、その意図が危害を加えることより怖がらせることにあったのは、確かだ。撃つべき相手がいるのかもわからないのだから。

ジバラーたちは、チンパンジーのような警戒と憤怒の叫び声で応えた。何かあわただしい動きが感じられたが、目には見えない。それが収まったとき、私たちの人数はひとり減っていた。彼は——白内障を患っている色黒の男だが——暗闇の中でさらわれてしまった。ある瞬間には私たちのそばにいたのに、次の瞬間には見えない力に拉致されて消えていたのだ。

ほかの乗組員たちが、彼の名を呼んだ。「シュナイダー！　シュナイダー！」しかしシュナイダーは、すでに声の届かないところにいるか、死んだかのどちらかだった。いずれにせよ、私たちは二度と彼の姿を見ることがないのだ。

シュナイダーは悲鳴も上げずに連れ去られた。それがおそらく、いちばんの恐ろしい点だった。ジバラーたちに向かって発砲したのが彼だったのは、偶然ではなかったはずだ。私たちがその関連性に気づいたとき、ホームズはそれが何を意味するのかを推測していた。

「フォン・ヘルリング、部下にもう撃つなと伝えてくれ。あの連中は威嚇に反応するようだ。報復の口実をつくるためにぼくらをあおっている。何が起ころうとも、どんな挑発があろうとも、連中は無視しなければならない」

言うは易く行うは難《かた》しというが、本当に難しかった。トンネルを進むにつれ、ジバラーたちは私たちを愚弄し、嫌がらせをした。殉教者が火刑台へ向かう途中、怒れる暴徒に激しい言葉を投げつけられているような気分になることもあった。乗組員たちはライフルの引き金に人差し指をかけたまま、歯を食いしばっていた。今にも誰かが切れて発砲し、ほかの水兵もそれに加わるのではないかと思った。そうなれば全員が死ぬことになるかもしれない。

ジバラーたちの声が最高潮に達したとき、乗組員のひとりが叫び声を上げた。何か硬いもので背中を殴られたのだが、フットボールのボールのような感触だったという。

懐中電灯の明かりが一斉にあたりを探ると、そのうちのひとつが、地面に落ちているほぼ球形のものを見つけた。シュナイダーの頭だった。横倒しになった頭部が、口をとがらせ、片目で私たちをいぶかしげに見上げている。首の切り口はギザギザの血まみれで、鉤《かぎ》爪《づめ》ないし歯を使って残忍に切り落とされたことを物語っていた。

次の瞬間、シュナイダーの頭に向かって暗闇から一本の手が伸びた。人間の手と動物の前足の中間のような、滑らかで青白い手で、ずんぐりとした太い指の先には不気味なカーブを描く鉤爪が生えていた。その手が、まるでシュナイダーの恐ろしい運命に注意を向けさせるかのように、頭を軽くつついた。私たちへのからかいは新たなレベルに達していたのだ。ジバラーたちはもう一度、必死に、さらなる暴力をあおろうとしている。

「落ちつけ」ホームズが言った。「落ちつくんだ。命が惜しければ、冷静になれ」

フォン・ヘルリングが通訳する必要はなかった。乗組員たちはホームズの言葉を理解できなかったかもしれないが、口調からその重要性は明らかだった。

懐中電灯の明かりのひとつが、そのジバラーの腕に沿って動いていくと、顔の位置で止まった。

その顔を見て、私たち全員がたじろいだ。あらゆる意味で忌まわしく、胸が悪くなりそうな顔なのだ。濃い眉毛から平らな鼻、突き出たあごに至るまで、その特徴は大まかに言って類人猿のようなのだが、体毛がなく月のように青白い。両目の位置にはくぼみがあったが、それは空っぽで、しわの寄った虚《うつ》ろな穴だった。本来の目の痕跡だろう。地底の生き物の一種に違いなく、日の光を知らず、完全に目が見えないのだ。懐中電灯の明かりが顔を照らしていることさえ、知らないのだろう。

分厚い唇がめくれて、杭のような歯の列がむき出され、よだれが垂れた。ジバラーは、いたずらっぽいとも思えるような柔らかな声を上げた。

私が真の恐ろしさに思い至ったのは、そのときだった。ジバラーたちは確かに致命的な脅威だったが、彼らにとっては、これはただの遊びなのだ。彼らは私たちに、ゲームに参加しろと挑んでいる。向こうは娯楽だと思っているが、私たちの命を奪いかねない暴行と傷害のゲームだ。獲物を狙う凶暴なネコのように、私たちをおもちゃにして楽しみたいのだ。ただ、奇妙な名誉の掟があるらしく、自分たちが先に攻撃されないかぎり、そうすることを禁じているのだった。

そのジバラーがもう一度シュナイダーの頭をつつくと、頭は鼻を下にして転がった。ヴォルフガングが思わずうめき声を上げ、ほかの乗組員たちも憤怒の形相で歯を食いしばった。誰もがホームズの警告に従おうと必死だった。

丸々一分が経ったと思われるころ、ジバラーはようやく、自分の誘いが拒絶されていることに気づいた。私たちの誰も、このモンスターたちを楽しませるために、もうひとりのシュナイダーとして自分の身を差し出すことは、しなかったのだ。ジバラーは子供のように深いため息をつくと、くるりと向きを変え、その広い背中を丸めてトンネルを下っていった。そして群れの仲間に声をかけたが、その口調には明らかに落胆が感じられた。仲間も同じように落胆した調子で応えると、もと来た方向へ帰っていき、そのおしゃべりの声が遠くなっていった。

「今まで出会った中でいちばん頭の鈍いモンスターだな」とホームズ。「とはいえ、危険なことに変わりはない。ぼくらが出会ったのが、地上のあの都市にいた昔の住人、ルルイエ人だったとしても、ぼくは驚かない。はるか昔のある時点で、彼らは闇の中へ下り、ここまで来たのかもしれない。長い年月をかけた進化により、知性だけでなく色素や視力も失ったんだ。そうした視力のないアルビノたちは、かつて繁栄していたヒューマノイドの生き残りであり、今は原始的な状態に逆戻りしている。高度な文明であっても、崩れ、衰退していく可能性があるという、教訓でもあるんだ」

「興味深い分析ではある」ルルロイグが言った。「しかし、これ以上引き延ばしている暇はない。われわれは前進しなければならないのだ」

結局、私たち一行の人数は二人減ったのだった。


やがてトンネルは終わりを告げた。私たちはいきなり、広大な空間を見下ろす広い岩棚に出たのだ。そこは洞窟で、度肝を抜かれるような大きさだった。懐中電灯ではその底も天井も奥も見えず、どうにもならなかった。ただ、私たちの両脇に広がる壁がわずかに湾曲しているのを見るだけで、その広大さがわかった。声がかすかにしか反響しないことからも、この洞窟の全体的な大きさを想像することができた。声を出しても、まるでパンくずが巨大な海獣《リヴァイアサン》の口の中に消えていくように、空虚に呑み込まれていったからだ。この洞窟には、大きな町、あるいは小さな都市があってもおかしくないと私は思った。これに比べれば、タ・アーの洞窟はちっぽけなものに思えた。

乗組員たちに休息の許可を求められると、ルルロイグはしぶしぶそれを許可した。ナップザックが開けられ、水が配られ、冷たいソーセージが分けられた。ホームズと私もそのソーセージを食べるように誘われ、そのあいだだけ手の縄をほどいてもらえた。だが、これは単なる施しではないという気がした。戦いのあとの兵士たちと同じように、私たちは階級や経歴に関係なく対等であった。同じ敵のしつこい攻撃に耐えたということで、すべての違いを消し去り、平等となることができたのだ。だがヴォルフガングだけはまだ私たちイギリス人に幻滅しているようで、仲間の船員たちが私たちに食べ物をくれようとしたとき——無駄ではあったが——反対した。私たちに恨みを抱いているのだ。

休憩時間が終わりに近づくころ、ホームズがルルロイグを引き寄せて小声で話をしていた。私は盗み聞きした。

「もう、この先は長くかからないと思う」とホームズは言った。「ぼくらの探求の目的地も近い。嵐の前の小休止を楽しんでいるあいだに、いくつか質問してもいいだろうか」

ルルロイグは愛想のいいしぐさで、質問を促した。勝利が目前に迫っていることから、寛大になる余裕があったのだろう。

「君は二つの前線で、決め手となる戦いをすると決めた。そうじゃないかな？ 宇宙《コズミック》・面《プレーン》と、この地球の俗界でだ」

「二方面からの攻撃と呼んでもいいかもしれん」ルルロイグはうなずきながら言った。

「確かに論理的な戦術だ。クトゥルーはあまりにも危険な敵だからな。君の外なる神々の部隊は今まさに集結し、彼に集団で精神的攻撃を仕掛ける準備をしている。一方、この地球にいる君は、同時に物理的な攻撃を放つつもりだろう。どちらかというと相手をあおるための攻撃だ」

「なぜそう言える？」

「乗組員のナップザックにダイナマイトが入っているのが見えた。だが、どれほど大量の爆薬でも、クトゥルーの肉体を破壊するには充分でない。『ネクロノミコン』によれば、クトゥルーはどんなにひどい傷を負っても、肉体を再構成できるという。したがって、ダイナマイトを使うのは陽動作戦としか考えられない」

「そのとおり。クトゥルーを肉体的に消滅させるには、人類が開発したものよりはるかに強力な武器が必要だ。砲弾を直接浴びせたところで、足りるわけではない。だが、その必要はない。彼の精神的防御が損なわれるほどの苦痛と不安を与えればいいのだ。同じ意味で、外なる神々の攻撃は、彼の注意力をそぎ、気を散らせることで、われわれがここを包囲しやすくする」

「実に巧妙なものだな」

「ありがとう。すべてはタイミングの問題だよ。私は部隊に命令を下す準備ができている。彼らは態勢を整えて待っている。クトゥルーの正確な位置を突き止めれば、あとは私が精神的攻撃の命令を下すだけだ。それからの出来事は、あらかじめ定められたとおり、正確に展開するはずだ。そして、もちろん君は止めることができない」

「君をこの岩棚から突き落とすことも？」

「ドクター・ワトスンが小説に書いたように、われわれ二人で格闘しようというのかね？　ホームズとモリアーティが、断崖絶壁の上で死闘を繰り広げるのか？」ルルロイグは慇懃《いんぎん》に笑った。「現実の人生はフィクションのようにひと筋縄ではいかない。向こうにはライフルを持った忠誠心のあついドイツ兵がいて、君を監視している。何か不都合なことをしようとすれば、すぐに介入してくるだろう」

「冗談さ」

「いや、冗談ではない。少なくとも、完全な冗談ではなかったろう。言っておくが、君が無謀なことをしようとしたときのため、私には備えがある。いざ知恵比べとなれば、私の側に不足はないよ」

　ホームズは岩棚のふちに目をやった。その先には、計り知れないほど深い落差がある。一瞬彼は、結果などどうでもいいという気持ちで、本当に脅しを実行に移そうと考えたのではないだろうか。もし自分が死ぬことになっても、ルルロイグが使っている人間を殺すことができれば、納得のいく代償ということになるかもしれない。フォン・ヘルリングを抹殺することは、ルルロイグの計画を台無しにするまではいかなくとも、少なくともその計画に一石を投じることになる。その一方、すでに対抗策が用意されているというルルロイグの主張が本当なら、ホームズは自分の命を無駄に捨てることになるのだ。

私は緊張し、ホームズの味方をする準備を整えた。もしヴォルフガングを不意打ちでつかまえ、リヴォルヴァーを取り戻せたら、乗組員たちがホームズにライフルを使う前に連中を撃てるかもしれない。自分のほうも撃たれるかもしれないが、状況はすでに絶望的だったので、こんな考えも正当化でき、受け入れる気持ちになるのだった。

だが、その必要はなかった。ホームズとルルロイグは紳士的にうなずき合った。今のところ、彼らのあいだに肉体的な対立が起こることはないだろう。

33章　安息所

私たちは岩棚からジグザグに折れ曲がる道を下っていった。片側は切り立った崖で、もう片側は何もない。道幅は十フィートほどあるが、それでも心許なかった。わずかでもつまずいたりすれば、致命的なことになる。私は岩壁に沿うようにして歩いた。さらに悪いことに、ホームズと同様、私もふたたび縛られていたので、手首は擦りむけ、腕は引きつっていた。

ようやくたどり着いた洞窟の床は、岩がゴロゴロと転がり、クレーターのような凹凸が点在し、月の表面もかくやと思わせるものだった。地表からどのくらい下りてきたのか、まったくわからなくなっていたが、鉱山労働者や洞窟探検家が行ったことのないような深さであることは確かだ。私たちは地殻の下限近くにいて、遠くない地下には沸騰するマグマの海が広がっているに違いない。なぜなら、洞窟の底はとても暖かく、大気はじめじめして湿度が高く、息苦しかったからだ。空中には硫黄のような臭いも感じられ、鼻孔を刺激した。

ルルロイグはためらうことなく洞窟を横切り、さまざまな障害物を避けながら進路をとった。ホームズは彼のすぐうしろに続き、残りの私たちは親鳥のあとを追う子ガモのように後方を歩いていった。

時おり、アルバート・ホールの円形大広間《ロタンダ》のように太い柱がそびえ立つ場所を通り過ぎた。柱は光り輝く堆積物の塊で、溶けた獣脂のように球根状で筋があり、石筍《せきじゅん》か鍾乳《しょうにゅう》石、あるいはその二つが結合したものと思われた。一滴一滴、どれだけの年月をかけて形成されたのか、想像もつかない。この洞窟はとんでもない昔からあるのだろう。

この地底平原を横断する旅は、砂利の多い土に足を取られながら上り下りを繰り返す、長く過酷なものだった。懐中電灯の電池は次々と切れていったが、誰かが（おそらくルルロイグが）それを予見して予備を持参していたのだろう。

永遠に歩きつづけさせられ、これからも永遠に歩きつづけるのではないかという気がしてきたとき、ルルロイグがいきなり片手を上げ、止まれと合図した。その先が明るいのでよく見ると、台座の上にフットボール大の水晶がいくつもかたまっていた。神殿のようでもあり地下聖堂のようでもある大きな石造りの建造物に、ゆらゆらと緑色の光を放っている。石板のような土台の上には、いくつかの柱があって柱廊をつくっている。柱と柱のあいだに多角形のひな壇があり、その上には何か巨大なものが横たわっていた。

水晶が放つ不気味な光が浮かび上がらせているものは、もうひとつあった。構造物の外側に同心円状に配置された、こぶ状の丸みを帯びた無数の物体だ。その塚のようなものの性質も目的も、まるでわからないが、形は卵に似ていないこともない。不格好で巨大な卵だ。

だが私の視線は、建物の中にいる巨体のほうに釘付けになっていた。緑がかったシルエットは、肉のような塊という印象しかないのだが、私は彼に違いないとわかっていた。クトゥルーだ。扁平なひたい、顔から生える無数の触腕、ふちが波を打った形になったコウモリの翼。胸とおぼしき場所がわずかに上下しているのがわかる。ゆっくりと安定した呼吸。クトゥルーは眠っているのだ。

突然、私は恐怖感に襲われた。かつて経験したことのないような恐怖、私の身体からほかのあらゆる感覚を追い出してしまうほどのすべてを含むような恐怖だ。サタンそのものを目の前にしたとしても、これ以上の恐怖はないだろう。クトゥルーほど明確な悪の化身はないからだ。聖書に登場する悪魔《デヴィル》でさえ、この旧支配者は優るとも劣らないライバルだと認めざるをえないだろう。

恐怖に麻痺していた私を覚醒させたのは、一発のくぐもった銃声だった。乗組員のひとりがその場にくずおれるのが見えた。ぐったりとした手から、ライフルが転げ落ちる。後頭部が崩れてずたずたになっていた。

ライフルの向きを変え、銃身の先を口にくわえて脳みそを吹き飛ばしたのは、明らかだった。私を襲ったのと同じ恐怖が、彼にとってはあまりにも耐えがたいものだったのだ。本能的に、直感的なレベルで、あの神殿兼地下聖堂の中でまどろむものがなんなのか、そしてそれが何を象徴しているのかを、知ったのだろう。彼の反応は、極端なものであると同時に、反射的なものでもあった。ある意味、私はその行為を賞賛していたし、忘我の状態を享受している彼を、うらやましく思った。

　これで五人になった。私、ホームズ、ルルロイグ、ヴォルフガング、そして、あの都市で折りたたみナイフを使って丸い敷石にイニシャルを刻んだ乗組員だ。名前はデルパーだった。ついさっき自殺した男の名前は、わからない。

　乗組員がみずから命を絶ったことにも、クトゥルーが引き起こす恐怖心にも、ルルロイグはほとんど影響を受けていないようだった。私たち普通の人間は、真っ青な顔をして目をぎらぎらさせ、ホームズでさえ落ちつかない様子なのに、ルルロイグであるフォン・ヘルリング男爵の顔は決意に満ちたものでしかない。彼は自分の仕事をするためにここに来たのであり、何ものにも邪魔をさせるつもりはないのだ。

私たちはルルロイグに促されるまま、建造物とそれを取り囲む奇妙な卵形の塚に向かっていった。自分たちはこの洞窟の中心にいて、文明社会から遠く離れた場所、日常の世界からはるか遠くにいるのだと、思わずにいられなかった。もしホームズと私が今ここで死んだとしても――それは決して可能性の少ない話ではないが――誰にも知られることはないだろう。遺体を見つける者もいない。私たちに何があったのかなど、イングランドでも誰ひとり知るすべがない。私たちは文字どおり、この地球から消えてしまうのだ。そう思うと、みじめな気持ちだった。

いちばん外側の輪の部分にある塚に着くと、それらが有機物であることがわかった。不活性な状態ではあるが、かすかな震えと脈動があり、呼吸しているように思えた。大きさはどれも一様で、大人の人間が横たわったくらいの大きさだ。いずれも両端のうち先細りになったほうがクトゥルーの安息所に向き、鈍いほうは安息所から遠ざかるような向きになっている。

好奇心のかたまりとも言えるホームズは、そのうちのひとつの横にひざまずき、何やら調べはじめた。

「ある種の嚢《のう》だ」と彼は言い、その不透明な膜状の覆いを指先で軽くなでた。「生き物を包む膜や繭《まゆ》のようなものだ」彼が触ったことに反応して、中身がピクピクと動いた。「この生き物は自分自身を保護するための入れものをつくったあと、みずから昏睡状態を引き起こし、不活発になったんだと思う。そう思わないか、ワトスン。……ワトスン？」

「昏睡、だな」私はぼんやりと答えた。今はほかのことで頭がいっぱいで、生物学的な研究に興味をもつのは無理だ。

「おいおい、頼むよ」とホームズ。「元気を出せよワトスン。君が必要なんだ。ぼくの考えでは――」彼は観察結果の披露を続けた。「今ぼくらが見ているのは、クトゥルーの侍《アコ》者《ライト》の群れだ」

「トンネルにいたサルみたいなのと同じ生き物か？」

「大きさがまったく違うよ。それにぼくの知るかぎり、身体のまわりに繭をつくる哺乳類はいない。皮のようなものが透けて見えるところから、むしろ爬虫類か両生類、あるいは昆虫のようなものかもしれない。この洞窟に生息しているのかもしれないし、ほかの場所からここに移動してきたのかもしれないが、ぼくとしては後者を支持したいね」

「どうして？」

「彼らがひな壇のまわりにどう配置されているかを見てみたまえ。姿勢や配置は、偶像崇拝をする信者のものだと思えないか？」

「思えるな」

「とすると、彼らがクトゥルーに付き添ってここまで来た可能性が高いことになる。しかも、非常に具体的な目的のために」

「従者《アテンダント》としてか」

「あるいは、さっき言ったように、侍者だ。非常に献身的で、自分たちを一種の強制的な冬眠状態に置いている。主君が眠っているあいだは眠り、主君が目覚めたとき、間違いなく彼らも目覚め、主君に奉仕する」

「あるいは、食べ物を与える」とルルロイグが言った。「君にもわかるだろうが、神も人間と同じで、眠りから覚めると空腹になるものだ。クトゥルーは長い眠りから覚めたあと、手っ取り早い栄養源を必要とする」

「つまり従者《サーヴィター》でなく」とホームズ。「食料というわけか」

「彼らはみずから進んで彼の犠牲となる。彼の食欲を満たすために生きているのだ。だが、彼が攻撃された場合に守らないわけではない。われわれは慎重に行動し、彼らを目覚めさせないように最善を尽くさなければならない。彼らは食料であると同時に番犬でもあるのだから」

「信じられないな」ヴォルフガングが英語で会話に加わった。この遠征の過程で私たちに襲いかかった恐怖と明かされた事実に、誰よりも愕然としていたのは明らかだが、どうにか冷静さを保っていた。若さゆえの回復力としか言いようがない。「こんなことがあるなんて。男爵、あなたの大胆さは、まさにドイツ育ちの賜物《たまもの》です」

「君も優秀なドイツ人だ。今後きっと成功するだろう」とルルロイグ。「だが、今はやるべきことがある。デルパー！」

残されたもうひとりの乗組員が、気をつけの姿勢をした。

ルルロイグはドイツ語で、周囲にダイナマイトを敷き詰めて爆発させ、崩れた建物が眠っている主の上に落ちるようにするという任務を、デルパーに与えた。建物とその中にいるものの両方に最大限のダメージを与えるためだ。

デルパーは棒状のダイナマイトを手に、冬眠している生き物たちの輪の中を進んでいった。クトゥルーの安息所に近づくにつれ、その足どりは明らかに震えはじめた。眠りこける巨体から視線をそらし、建物の周辺を移動しながら、ダイナマイトの束を効果的と思われる場所に配置していった。その束に燃焼速度の異なる導火線を取り付け、それらをつなげて一本の起爆用導火線とした。折りたたみナイフを使って導火線を切りそろえているところから判断したかぎりでは、それぞれの導火線の長さと発火のタイミングは、ダイナマイトがすべて同時に爆発するように計算されているようだ。

三十分ほどの作業だったが、終了したときのデルパーはやつれ果ててよれよれになっていた。彼はクトゥルーに対して私たちよりもはるかに近い位置で作業をしていたわけだが、旧支配者の悪影響は炉の熱のように彼を襲い、近くにいればいるほど壊滅的だったようだ。彼が作業を終えるまでどうやって平静を保てたのか、私にはわからない。奇跡としか言いようがないのだ。起爆用導火線の長いコイルをほどきながら私たちのもとへ戻ってきたとき、彼はげっそりとした表情で消耗していた。口の端からよだれを垂らし、目をぎょろぎょろさせながら、ドイツ語でわからない《ウンベカント》という一語を繰り返しつぶやきつづけた。そして地面に尻をつくと前後に身体を揺すり、子供が歌でも歌うように「ウンベカント」を繰り返していたが、いきなり動きを止めて静かになったと思うと、横に傾き、そのまま石炭袋のように地面に崩れ落ちた。

　ぴくりともしないところを見ると、完全に死んでしまったようだ。突然精神に異常をきたし、知覚だけでなく生命そのものまで奪われたのだ。脳が完全に錯乱したことにより、肉体を動かすすべを忘れてしまったかのようだった。

　ルルロイグは冷淡に言った。「彼はやるべきことを、よくやってくれた」

「これで四人目だぞ！」と私は声を上げた。手を自由に動かせていたら、彼に向かって拳を振るっていただろう。「ここまで来るのに四人が死んだんだ」

「ドイツの英雄四人がね」とヴォルフガング。

「ガキは黙っていろ！」私は怒鳴った。「もううんざりだ。おまえはルルロイグと同類だ」

「お褒めの言葉として受け取っておきますよ、ドクター」若者はあっけらかんと言った。

「この生意気な……」

「落ちつきたまえ、ドクター」とルルロイグ。「声を落として、怒りを抑えてほしい。眠っているものを起こしたいのかね？　賢明とは言えんぞ」

私は喉まで出かかった罵倒の言葉を飲み込み、いからせていた肩を落とした。

「そう、感謝しますぞ。さて、これで準備は整った。あとはほかの場所にいる協力者たちと連絡をとるだけだ……」ルルロイグは言葉を切り、期待するように言った。「そして終わりが始まるのだ」

34章　クトゥルーの陥落

しばらくのあいだ、ルルロイグはあらぬ方向を見つめていた。星の領域にいる外なる神々と交信しているのだろう。

私はすがるような目でホームズを見た。この局面で事態の流れを変えるためにできることは、本当に何もないのだろうか？

ホームズは私たち二人に銃を向けているヴォルフガングを指し示すようにうなずいてみせた。この若造は完全に、絶望的なまでにフォン・ヘルリングを崇拝している。今何が起こっているのか、フォン・ヘルリングが本当は何者なのかほとんどわかっていないのかもしれないが、事の重大さは感じ取っており、その一翼を担うことを熱望しているのだ。

ホームズは私たちのうちどちらかがヴォルフガングに体当たりし、武器を奪い取るべきだと言っているのだろうか。私は考え込んだ。ヴォルフガングに撃たれる前に私が体当たりできたとして、なんの役に立つだろう？　縛られている身では、ウェブリーを彼から奪い取ることはおろか、取っ組み合うことすらできない状態だ。だが、少なくとも私の身体で相手を押さえつけ、ほかの誰かに発砲するのを防ぐことはできるかもしれない。私が銃弾を浴びようとも、かまわない。ホームズも両手を拘束されているとはいえ、彼がルルロイグに抵抗するチャンスを与えられるかもしれない。できることが限られているとはいえ、ホームズにもなんらかの手段があるはずだ。

私は神経を張りつめ、この計画を実行に移す覚悟を決めた。ルルロイグを倒すわずかな可能性と引き換えにすべてを危険にさらす覚悟ができたのは、この状況がいかに絶望的なものであったかを物語っている。とはいえ、可能性がまったくないよりはましだ。

そのとき、ホームズが首を横に振っているのが見えた。彼は私の心中を推し量り、それに対して警告を発しているのだ。今になって私は、彼が最初にうなずいたのはヴォルフガングを襲えという意味でなかったのだと理解した。その逆だ。私が先走った行動に出ないよう、忠告していたのだ。彼はきっと、何か別のことを企んでいるに違いない。私はそう祈った。

「さて」ルルロイグの意識がこちらに向いた。「これで終了だ。見たかね？　すでにクトゥルーは目覚めかけている。眠っているのに不穏な状態だ。私の軍勢が彼に厄介な夢を見せているのだよ！　それぞれが順番に強力な精神的打撃を与え、彼のパワーを少しずつ侵食している」

多角形のひな壇にいる巨体が身悶《みもだ》えした。低く深いうめき声が洞窟内に響き渡った。

ルルロイグは紙マッチを手にして導火線の横に陣取った。その顔は上機嫌で輝いている。

「クトゥルーよ、目を覚まされよ。自分がいかに巧みに出し抜かれたか、いかに無力であるかを理解するのだ」

私たちのまわりで、嚢の中の生き物たちが落ちつきのない動きを始めた。私は自分のいちばん近くにある嚢からも、ダイナマイトを置いた安息所からも離れ、充分な距離をとった。その一方で、ほかの何よりもクトゥルーに注意を集中していた。そのクトゥルーは、まるで見えない襲撃者をかわすかのように触腕を振り回している。まだ眠っているのだが、口にする言葉はだんだん多くなり、不明瞭さもなくなってきた。しだいに意識がはっきりしてきているのだろう。

そう思ったとたん、クトゥルーはひな壇から飛び上がり、その足を土台にたたきつけて、ものすごい音をたてた。水晶の緑色の光がゆらめく中で、彼の目は二つのエメラルドのように輝き、縦に裂けた瞳孔が広がった。怒りと苦悶の咆哮《ほうこう》が漏れた。恐ろしい視線を投げかけ、近くにいることを察知した敵を探しはじめた。

その身体はただただ巨大だと思えるものだが、醸し出す嫌悪もまた、純粋なものだった。

長さも太さもさまざまな触腕が、鼻にあたる部分の下から生えているのだが、その鼻は長くギラギラ光る鼻孔をもち、ゾウの鼻のように垂れ下がっている。触腕はどれも、まるで何十四ものタコがぎゅうぎゅうに詰め込まれてもがき苦しんでいるように、いやらしく巻きつき、うごめいている。頭は上部が平らになっており、中央に亀裂があって隆起部分とくぼみの部分に分かれているので、脳に見えなくもない。こめかみのくぼみから二本の短い管が突き出ているが、膨張と収縮を繰り返しているので、呼吸用の管だと思われた。

胴体はがっしりした筋肉質だが、ある種のたるみがあり、全盛期を過ぎたボクサーの体格を彷彿《ほうふつ》とさせた。コウモリのような翼は左右に垂れ下がり、その膜はボロボロであちこちに傷がついていて、過去の戦いを思わせた。ゴツゴツとした身体にはところどころ傷跡があり、そのすべてが彼を手ごわい存在に見せている。敵を滅ぼす一方で自分は生き延びた、歴戦の兵士といったところだ。

とりわけひどかったのは、その目だった。私がこれまで見たどんなクトゥルーの絵や像も、この邪悪なまなこを正しく表現してはいなかった。歴史上のどの時代にもなかったような激しい嫌悪感で、燃えるように輝いている。クトゥルーほど、世界とそこにあるものすべてを——善なるものも正しいものもすべてを——憎む者はいないのだ。

「私は来たぞ！」ルルロイグがルルイエ語で叫んだ。

クトゥルーは巨大な頭を回転させ、彼を見下ろした。

「そう、人間の姿をしているが、それ以上のものだ！　おまえは私を知っている、クトゥルー。眠りについていたときも、私のことを聞いていたはずだ。私は、おまえの異母兄弟ハスターを含め、おまえの親族を次々と打ち倒してきた軍隊の総帥である。私の名を言え。言え！」

「ルルロイグ！」

　言葉というより地鳴りに近いその音は、はびこる触腕のあいだにあるくちばしの開口部から出た。クトゥルーは眉をひそめ、不敵な笑みを浮かべている。翼を曲げ、鉤爪の先を非難するように立てた。

「ルルロイグ！」ふたたびその声がして、私の腹の中まで響き渡った。

　ルルロイグはやや詰まりながら、ハイエナのような甲高い笑い声を発した。紙マッチからマッチを引きちぎって擦り、火がつくと導火線を手にとった。

「ルルロイグ！」クトゥルーは三度目の毒々しい吠え声を上げると、安息所から歩き出した。

　しかし、それ以上遠くへは行けなかった。激しい突風に巻き込まれたかのようによろめいた。片手を頭にもっていき、つかんだ。目は痛みにしわを寄せている。

「そこまでだ」とルルロイグ。「そこにいろ。外なる神々が攻勢を強めている。苦痛を感じるか？　自分が弱々しく感じられるだろう。立っているのがやっとではないか」

クトゥルーはよろめき、壇上にへたり込み、一本のひじで身体を受け止めた。この旧支配者たちが誇る大物が衰弱していくのを見るのは、気が重く、心配になってしまうほどだった。彼に同情する気には到底なれなかったが、その窮状には哀れなものがあった。猟犬たちに追い詰められた熊のようなのだ。

そのとき、孵化しはじめた卵のように、クトゥルーの侍者が入る嚢に亀裂が入った。私はそれに気づいていたが、ぼんやりとしか見ていなかった。苦境にたつクトゥルーから目をそらすことができなかったのだ。

ルルロイグは導火線の先端にマッチの炎を近づけた。小さな光の明滅が、大きな結果を予感させた。導火線に火がつくと、彼はそれを放り出した。ジュウジュウときらめく火が、まるで流れ星のように、塩硝を染み込ませた綿紐に沿って飛んでいく。あっという間に、起爆用導火線が何本かに分かれる接合部に到達した。そして、六個の別々の火花が、ダイナマイトの束に向かってさまざまなスピードで進んでいった。

私は両手で耳をふさぎたかったが、それも無理だった。

オレンジ色の閃光が何度も炸裂し、洞窟の暗がりをまばゆく照らした。あまりの衝撃に倒れそうになった。柱廊が崩れ、安息所の屋根も崩れ落ちていく。クトゥルーは崩れ落ちる石の下敷きになった。数トンはあろうかという割れた石に呑み込まれ、悲痛な叫び声を上げた。

爆音の反響が小さくなり、埃の靄《もや》が晴れてくると、見えるのは粉砕された廃墟だけだった。石の塊が山のように転がっている。一本の柱が、以前の高さの半分に切り落とされたとはいえ、まだ立っていた。クトゥルー自身の姿は見えない。

「やったぞ」というルルロイグの宣言を、私は耳鳴りの中で聞いた。「クトゥルーはもはや無力だ。今や抵抗する力もない。肉体を自己修復しようとするあいだも、外なる神々はその精神をやすやすと破壊しつづけるのだ。たとえやつが肉体を元に戻せたとしても、その知性は破壊され、意志は崩壊している。それらを戻すことはできない。クトゥルーは滅んだのだ！」

ルルロイグは拳を振り上げた。

私はホームズに向き直った。

彼はデルパーの遺体からそう遠くないところで、膝をついていた。最初は祈っているのかと思った。頭を垂れ、何やらつぶやいているのだ。

ルルロイグも同じ印象を受けたらしい。「ホームズ君、いったいどうしたんだ？　危機に瀕して神に救いを求めているとでも？　君らしくもない！」

　ホームズは身体を前後に揺らしはじめた。

「まったく！」ルルロイグはうなるように言った。「君にふさわしくない振る舞いだよ。せめて状況に応じて行動する良識はないのか？　君は常に理性的な行動を誇りとしてきたのではないのか？」

　耳鳴りが消えてきて、ホームズの声が聞こえた。「あなたのものだ」

「なんだと？」とルルロイグ。

「あなたに返すときが来た」ホームズは聖餐式を行う司祭のように抑揚をつけた。「あなたの贈り物はぼくの役に立ってくれたが、あなたがそれを取り返すときが来た。あなたが貸したものを受け取るがいい。ぼくよりあなたにこそ、必要なものだ」

　彼は全身を震わせ、私には原因のわからない発作に襲われた。白目をむき、口をぽかんと開けている。腹の底から湧き上がるような悲痛な叫び声が上がり、痙攣が激しくなるにつれて、それがより大きく、より甲高くなっていった。

　何かの発作だとしか思えなかった。これまであまりに奮闘したせいで脳が熱に冒されたのか。それとも、私にはわからぬ理由から、ドラマチックな何かを演出しようとしているのか。ルルロイグを惑わし、そのあいだに最後の一手を打って、私たちの運命を逆転させようという魂胆なのか。

最終的には、そのどちらもあったが、もっと別の要素のほうが大きかったと判明するのだが。

35章　〝ガマ人間《トゥディー》〟たち

瓦礫の丘が揺れたかと思うと、触腕が一本、探るように上へ突き出てきた。瓦礫が大きく隆起して、下からクトゥルーが姿を現した。完全に立ち上がると、百ポンドはあろうかという無数の石の塊を、まるで燃えかすのように払いのけた。瓦礫がゴトゴトと音をたてて彼のまわりに落ちていく。

そのときのクトゥルーの姿を表現するとしたら、生き返ったという言葉しか思い浮かばない。その目ははっきりとした目的をもって輝いていた。触腕で構成された口がニヤリと笑うことができるとしたら、まさに今、クトゥルーはそうしているのだ。

ホームズのほうは倒れ込んだままだったが、私には、この二つの現象がある程度関連しているのではないかと思えた。片方がもう一方の現象を、なんらかのかたちで引き起こしたのだ。なんらかの〝交流〟があったとしか考えられない。

クトゥルーがどんどんこちらへ向かってくるのを横目で見ながら、私はホームズのもとへ駆け寄った。まだ意識があるが、顔は蒼白で、まぶたは弱々しくしばたたいている。後ろ手に縛られた私に、できることはほとんどなかった。これほど無力に感じたことはない。ルルロイグは足を踏ん張り、クトゥルーの巨体をにらみつけている。敵の予期せぬ回復に驚いたとしても、ほとんどおもてに出していなかった。

クトゥルーはそんな彼を指さしたあと、自分自身も指した。

「ここで私と戦うというのか？」とルルロイグ。「街の通りでけんかをする者たちのように、取っ組み合いでもするかね？　今の私が相手なら、一撃で倒せるだろう。だが、そんなことをしてなんになる？」

「彼のやり方でやればいい」ホームズはしわがれ声で言った。

ルルロイグが彼をちらりと見る。「なぜ私が？」

「君にはできるからだ。できると知っているだろう？　その肉体に神の力を存分に注ぎ込めば、クトゥルーと対等に渡り合える。一対一でクトゥルーを負かせば、満足できるだろう。それこそ、君の偉大さを立証する究極の方法なんじゃないか？」

ホームズは、ルルロイグのどこかに残っているモリアーティ教授の名残に訴えかけていた。彼の一部は、まだ虚栄心という名の人間の欠点を引きずっていると考えているのだろう。

どうやら、あれほど自慢げに言ったところで、ルルロイグは人間としての存在を完全に超越したわけではないようだった。その証拠に、彼はうなずいたのだ。

「そう、そうだ！」ルルロイグはクトゥルーを見上げた。「おまえは常に粗野な神であった、だから巧妙にではなく、粗野なやり方で倒されるべきなのだ。どのみち、おまえは破滅への運命をたどる。だがこの手で実際に最後の一撃を加え、おまえの骨と臓器が粉々に砕け散り、命が抜け落ちていくのをこの手で感じる……それ以上にふさわしく、決定的なことがあろうか」

そう言うと、フォン・ヘルリングの身体が変形しはじめた。ルルロイグが自分のエッセンスを余すところなく注ぎ込むと、その肉体はグロテスクに膨張していった。私は思わず身震いし、信じられないという気持ちが強くなった。四肢は節だらけの木の幹のように膨張し、胴体はねじれて肥大化し、それを包んでいた衣服はズタズタに引き裂かれた。頭部はフォン・ヘルリングの都会的で端正な容姿を微塵《みじん》も感じさせない、つぶれた球状の塊となった。肉はパテと化し、巨大なむき出しの力を封じ込め発揮するために、形を変えた。ルルロイグは〝這い寄る混沌〟ことナイアルラトホテップの無定形さ、思いどおりに変身できる力を強奪することで、神としての存在になったのだった。今、彼の宿主の肉体がクトゥルーに匹敵する大きさと強さをもつ存在へと変化することも、やはり形のなさを示していた。

二つの神は、にらみ合って対峙した。クトゥルーは翼を目一杯広げ、先端から先端まで五十フィートにも及ぶその威圧的な姿で、ルルロイグに向かって咆哮した。あまりにも巨大化して、もはや人間とは似ても似つかぬ忌まわしい姿となったルルロイグもまた、咆哮を返した。彼らは最も基本的な衝動――つまり戦い、征服し、破壊することに突き動かされた、原初の巨人であり、神であるとともにモンスターだった。

ホームズの両手が自由になっていることに気づいたのは、そのときだった。縄はまだ手首を包んでいるが、緩んでいて、切断された両端がぶら下がっている。手のひらにはデルパーの折りたたみナイフが握られていて、刃が開いたままだ。うまい具合に倒れたデルパーに近づき、ナイフを手に入れたのだろう。彼がどの時点でそれを使って縄を切ったのかは、わからなかった。倒れ込む前だったに違いない。両手を隠して、ルルロイグに自分が自由の身になったことを悟られたり、何か不都合があったのではと疑われないようにしたのだ。

ホームズは衰弱しきっていて、ナイフに意味ありげな視線を向けることしかできなかった。だが、私は何をすべきか指示してもらう必要はなかった。ホームズに背を向けて不格好に座り、手探りでナイフを探した。ナイフをなんとか手首にはさみ、縄を切りはじめた。

幸いなことに、デルパーがナイフをよく研いでいたため、驚くほどの速さで切ることができた。私はナイフを落とし、縄から振りほどいた。

その瞬間、クトゥルーとルルロイグはにらみ合うのをやめ、互いに前へ飛び出ると、リング上のレスラーのように組み合った。衝撃で洞窟の床が大きく揺れた。

私は立ち上がり、ホームズを引っぱって立たせた。これ以上ここにいても、しかたがない。もう私たちの手には負えない段階にきているのだ。クトゥルーとルルロイグは流血への欲求のとりこになっており、ここから逃げなければ踏みつぶされるのがおちだ。

しかも、私たちのまわりの嚢はすべて開きかけており、中の生き物はみずからが課した束縛状態から逃れようとして懸命に動いている。私たちにいちばん近い嚢が裂け、中から手が見えた。指先にはカエルの足のような吸盤がついている。隣の嚢は頭部が膨らみ、ピンと張った膜を破ろうとしている。その頭部が膜を引き伸ばして薄くすると、部分的に半透明になり、ギョロリとした目とカエルのようなぼってりした唇が見えた。

ホームズは自力で立っていることができない。私は彼の腕を自分の首にかけ、私の腕を彼の腰に回し、脇の下に肩を入れた。

「歩け、ホームズ！　君の体重を支えることはできるが、運ぶのは無理だ。歩いてくれ！」

クトゥルーとルルロイグは互いに離れたかと思うと、また組み合った。身体と身体、胸と胸がぶつかり合うと、洞窟を揺るがすような激震が起こった。その揺れに刺激されたかのように、ホームズが歩き出した。

ヴォルフガングのほうは、格闘中の神々を呆然と見上げている。

「おまえもだ！」私は叫んだ。「死にたくなければ、そんなところに突っ立ってるんじゃない！」

「彼はだめだ」ホームズがつぶやくように言った。

「いや、あいつを置き去りにすることはできない。ぼくらがどんなに違おうと、ぼくらがあいつに、そしてあいつがぼくらに何をしようとも、あいつをここで死なせるわけにはいかない」ホームズはさらにぶつぶつと抗議したが、私は無視した。悪に惑わされただけでなんの罪も犯していない者への援助を否定するのは、彼らしくないように思えた。身体の状態がまだすぐれないせいだろう。思考力が低下しているのだ。私はヴォルフガングに言った。「行くぞ！　さあ！」

私の怒鳴り声に、ヴォルフガングを魅了している畏怖の呪縛が解かれたようだった。その瞬間、彼のすぐそばにある嚢が完全に破れた。繭の中に入っていた生き物が、突っ伏した状態からよろめきながら直立し、身体に付着していた粘着性のある皮のような膜をはがした。アマガエル《フロッグ》というより、ガマガエル《トゥド》のように茶色くて大きなものだった。喉のあたりが、たるんで膨らんでいる。腹部は青白く柔らかいが、ほかの部分はゴツゴツしてイボのようだ。上半身が猫背のように曲がっているが、人間と同様に立っている。これまで見てきた生き物と同様、嫌悪感を引き起こす存在だったが、風船が膨らむように口から紫がかった太い舌を出したときは、なおさらだった。おそらく反射的な動きにすぎないのだろうが、貪欲な生き物が唇をなめているように見えるのだった。

ヴォルフガングはこの気味の悪い下僕――私は心の中で〝ガマ人間《トゥディー》〟と名づけていた――をひと目見ると、驚きが嫌悪感に変わったようだった。ガマ人間はゲロゲロというような り声を上げながらしゃがみ込んだかと思うと、ヴォルフガングに跳びかかった。

ヴォルフガングが前かがみになって身をかわすと、ガマ人間は彼の頭の上を跳び越していった。だがすぐに振り向いて、もう一度ヴォルフガングに跳びかかった。彼は四つん這いになって必死に逃げたが、ガマ人間はその背中にくらいつき、地面に押し倒した。私は、この生き物が彼にどんな危害を与えられるのかと思っていたが、口が大きく開かれたときにやっとわかった。釘のように鋭くとがった歯が、ずらりと並んでいる。その歯で首に嚙みつこうというのだ。

パニックになったヴォルフガングは私のリヴォルヴァーを落とし、身を守るすべをなくしてしまった。しかし、デルパーのライフルが私の手の届くところにある。私はホームズを支えたまま、身をかがめてそれをつかむと、銃床を胸に当てて片手で発砲した。反動で肋骨に激痛が走ったが、弾丸は命中した。ガマ人間の頭部が肉塊のしぶきを上げて爆発したのだ。残った身体がヴォルフガングの上にのしかかったが、彼はうめき声を上げながらそれを振り払って立ち上がった。

今や、さらに多くのガマ人間が孵化していた。同時に、クトゥルーとルルロイグの戦いは刻一刻と激しさを増し、獣じみた様相を呈していた。二人の神々は荒々しい打撃を繰り返しては互いをののしり合い、その一挙手一投足がすさまじい地鳴りのような振動を招いていた。クトゥルーが鉤爪の付いた前足を振り回して、ルルロイグの無表情に近い顔にいく筋もの傷をつけると、ルルロイグはクトゥルーを突き飛ばし、かつては安息所だった瓦礫の上に墜落させた。

クトゥルーが一本だけ残っていた柱をつかみ、地面から引き抜いて棍棒のように使い、ルルロイグめがけて振り下ろした。柱は相手の肩に勢いよく当たって砕け散り、石の破片が四方八方に降りそそいだ。私たち人間には運よく命中しなかったが、二匹のガマ人間がその破片にやられた。一匹は自分の頭と同じ大きさの塊で脳天をやられ、もう一匹は腰の部分に当たって倒れ込んだ。地面でもがいている様子から判断するに、背骨が砕けたようだ。

　ルルロイグ自身もこの攻撃で倒れそうになったが、バランスを取り戻すと、怒号とともにクトゥルーに向かって突進した。その勢いにクトゥルーがのけぞると、ルルロイグは相手の頭を強打しはじめた。頭は衝撃を受けるたびにゼリーのように波打ち、やがて割れた。クトゥルーは苦しげなうめき声を上げながら、ルルロイグを投げ飛ばした。頭の割れ目が自然に閉じていくとともに、クトゥルーは反撃に出た。両の拳をひとつに握り、ルルロイグの胸に何度も打ちつけたのだ。

　私は急ぎ足で退却しつつ、こうした戦いのすべてを見ていた。ホームズは足を引きずりながら私の横にいた。ヴォルフガングも一緒だ。ガマ人間からからくも逃れた彼は、この場から離れたい気持ちでいっぱいだったが、逃げる前にまず私のリヴォルヴァーを拾うという常識はまだ残っていた。

　何匹かのガマ人間が、私たちを追いかけてよたよたと歩いてきた。だが大部分は主人とその敵の戦いのほうに関心があった。ろくに考える様子もなく、戦いに身を投じていったのだ。ガマ人間たちはルルロイグに群がり、その脚をよじ登って嚙みついた。ルルロイグはそれを払いのけ、踏みつけ、足の裏で昆虫のようにつぶした。それでもガマ人間たちはしぶとく戦いつづけ、神の名の下に命を投げ出した。

私たちは先を急いだ。私はときどき振り返って、追撃を防ぐためガマ人間たちをライフルで撃った。ホームズを歩かせるのに精一杯だったから、期待でなく希望を抱いて撃つしかなかった。狙いは甘かったが、それでも何発か命中させた。

ところが、ガマ人間たちは仲間の死を見てもまったく動じないのだ。跳んだりはねたりしながら何も考えずに追いかけてくる。私たちがもし不利な状況になかったら、その姿は思わず笑いを誘うようなものだった。

その間も神々の戦いは続き、洞窟全体がその激しさに震えていた。別の場所で放たれた強い力によってゆるみ、天井の巨大な塊が割れて地上に落下したこともあった。塊は耳をつんざくような音をたてて、私たちのすぐ目の前に落ちた。床にも亀裂が入り、私たちの立っている場所が崩れ落ちるのではないかと心配になった。

やがて私たちは、ガマ人間たちに追いつかれた。残っているガマ人間はあと少しだが、ライフルの弾倉はすでに空だ。私はホームズの身体を離すと、ライフルの銃身を持ち、棍棒のように振り回しながら相手に駆け寄った。ヴォルフガングも遅ればせながら私のウェブリーを持っていたことを思い出し、三匹を射殺した。残りは二匹だけだ。私は銃を激しく振り回し、連中を地面に倒した。さらに、頭蓋骨が割れて脳みそが流れ出るまで銃床で殴りつづけた。憎悪で逆上しており、飛び散る血や灰白質の塊も気に留めなかった。頭にあったのは、ガマ人間どもを二度と立ち上がれないようにすることだけだった。

私はホームズを立ち上がらせ、歩きはじめた。ヴォルフガングが懐中電灯を持って先導してくれた。神々の戦いの音は絶えることなく続いたが、遠くの大砲の音程度にまで小さくなっている。すでにその姿の見えないところまで私たちは来ていたのだ。クトゥルーとルルロイグのどちらが勝っているのか、私には知るよしもなかったし、そんなことはどうでもよかった。私の興味はただ、この洞窟から出ること、そしてできれば島から出ることだった。この先どれくらいの距離があるのかとか、洞窟が崩れ落ちる可能性はないのかと考えると、目的を達成できるかどうかは想像もつかない。だが、私はこの目標にしがみついた。それ以外には、このまま立ち止まって死を待つという選択肢しかないからだ。

どうにかこうにか、崖のふもとにたどり着くことができた。すると驚くべきことに、例のジグザグの道からそう遠くないところにいるではないか。私たちは息も絶え絶えに崖をよじ登った。ホームズが多少元気を取り戻していたので、私への負担はそれほど大きくなかったが、それでもまさに苦闘の連続だった。このあたりのことはほとんど覚えていないし、そのあとにあのサルのようなジバラーたちのトンネルを抜けたときのことも、ほとんど覚えていない。ありがたいことに、あの暗闇の亡霊たちは、今回は私たちを放っておいてくれた。きっと彼らは、眼下で繰り広げられている戦いの騒ぎに気を取られて、私たちと〝お遊び〟をする気にならなかったのだろう。

ついに私たちはらせん階段にたどり着き、本当に地上に戻れるかもしれないと思いはじめた。湧き上がる喜びが、衰えかけた体力をよみがえらせた。

「戻ってきたぞ、ホームズ」と私は友人に声をかけた。「あと少し。もうすぐだ」

「まだですよ、ドクター」ヴォルフガングの声とともに、リヴォルヴァーの撃鉄を起こす音がした。私は自分の自信過剰を呪った。

「まだ決着のついてない問題がある」

36章　空の幻影

「ヴォルフガング……」

若い乗組員は、ウェブリーの銃口越しに私を憐れむように見つめた。「もうここまでだ。あんたが生きてここを去ることは許せない。あんなことがあったあとではね」

「ヴォルフガング、馬鹿なことを言うな。私たちのあいだに悪感情があることはわかっている。でも、こんなことをする価値はない。復讐のために私たちを撃っても、なんの得にもならないぞ。もし気がすむなら、私たちが君を利用したことをお詫びする。どうか私の心からの謝罪を受け入れて、銃を下ろしてほしい」

「ヴォルフガングじゃないんだ」ホームズが横から言った。「君に警告しようとしたが、聞こうともしなかった」

「なんだって？」

ホームズは苦労してしゃべっているようだった。「ルルロイグは、ぼくが何か無謀なことをしようとしたときのために、備えがあると言っていた。もしフォン・ヘルリングが死んだら、誰が後任になるだろうか？　野心と憎しみを抱く人物だ。そしてヴォルフガングは、前に君がフォン・ヘルリングのことをルルロイグと呼んだとき、少しも動じなかった。その名前が彼にとって気になるものではなかった。なぜなら、彼はすでにそれを知っていたからだ。彼はヴォルフガングなどではないからだ。目を見ればわかる」

　若者の目は大きく、狂信的な者のそれだったが、もっと何か別の要素が感じられた。私のよく知る、かすかなきらめきだ。

「ルルロイグだ」私は半分ため息をつきながら言った。「君の中にはルルロイグがいる」

「ほんのわずかだがね」とヴォルフガング。「でもそれで充分だ。ダーバン以来ずっとぼくに語りかけていて、今も語りかけてくる。あんたたちを殺さなけりゃいけないってね。当然のことだ。迷惑をかけたんだから、罰を受けなければならない」

「彼の言うことなど聞くな」私は言った。「ルルロイグは嘘と空虚な約束しか言わない。彼は君を利用する。最後までしゃぶりつくし、あとのことなど何も考えずに君を見捨てるんだ。私は経験から言っている。彼のやり口を知っているんだ」

「でも、ぼくは個人的に彼を知っているし、信頼している」

「フォン・ヘルリング男爵のことを考えてみろ。あの洞窟で彼がどうなったか考えてみろ。

クトゥルーとの戦いでルルロイグが勝とうが負けようが、このあと彼に何か残ると思う？」

「ぼくには明るい未来があるのさ」ヴォルフガングは独断的な言い方をした。「ルルロイグがそれを保証してくれる。彼はぼくが望むものをすべて受け取れると誓った。その代償はごくわずかだと。つまり、あんたとミスター・ホームズの命だけだ」

「お願いだ。これは彼に背を向ける最後のチャンスなんだ。私たちを殺せば、君は永遠に彼のものになってしまう。だが、彼に従うことを拒否すれば、まだ望みはある」

「それは正しくないな、英国《エングレンダー》のお方。ぼくの望みはあんたがたの死にあるのさ。この銃にはまだ三発残っている。ミスター・ホームズの抵抗を心配する必要はない。そこで、最初の弾丸はあんたのためということになる」

「ヴォルフガング、聞いてくれ――」

銃声が響いた。私はたじろいだ。至近距離から撃たれたのだから。はずれるはずがない。

私は死んだのだ。

ヴォルフガングは困惑したような表情で自分の身体を見下ろしていた。リヴォルヴァーは手の中で垂れ下がっている。その胸、胸骨のあたりに血がにじみ、ケシ粒大の染みになっていた。

彼は悲痛な表情で私に視線を戻した。その目はまるで、私が二度目の裏切りをしたかのように私を見ている。

そして脚を曲げると、地面に崩れ落ちた。

あたりを見回すと、私の背後にある階段のふもとで、キュンストラー艦長が手に持っているライフルを下ろした。そばには銃を持った乗組員が二人いる。

「ドクター」艦長が口を開いた。「大丈夫ですか?」

「ああ——たぶん」と私は言いよどんだ。

「ホームズさんは?」

「あまりよくないですね。でも、いったいどうして……」

「ここで何をしているんだってことですか? なぜヴォルフガングを殺したのか、と」キュンストラーは険しい顔をした。「自分でもよくわからないんですがね。ただ、これまでのいっさいのことについて、自分が正しい側にいたのかどうかわからなくなった、とだけ言っておきましょう」

地面が震え、空から砂埃が舞い降りてきた。

「ひとつ確実なのは」とキュンストラー。「この島が地震に見舞われていて、長居するのは賢明でないということです。遠征隊の生存者はあなたたちだけなんですね」

「われわれ三人です」と言ってから、私はヴォルフガングをちらりと見下ろして訂正した。

「いや、二人です」

「でしたら、すぐに行きましょう」

「その件に関しては、議論の余地なしですな」

キュンストラーは部下たちに命じ、私からホームズを引き取って二人で担がせた。私は哀れなヴォルフガングのそばにひざまずいてささやかな祈りを捧げ、ぐったりとしたその手からリヴォルヴァーを引き抜いた。背筋を伸ばし、キュンストラーたちに合流すると、階段をのぼっていった。

陽の光が――もう二度と見ることはないだろうと思っていた陽の光が、私にはまぶしかった。私たち一行はルルイエの郊外を通り抜けていたが、揺れがひどくなってきたため急ぎ足になった。台座の上で像が揺れている。壁に亀裂が入り、彫刻の浮き彫りに稲妻のような線が刻まれ、時おり建物の一部が崩れ落ちて地面にたたきつけられる。
都市の中心部を通り過ぎるころには、島全体が熱病に冒された患者のように震動していた。地中深くでは、クトゥルーとルルロイグの戦いがさらに激しさを増しているに違いない。彼らは互いのこと以外には無頓着で、自分たちの行為が広範囲に及ぼす影響に気づいていないのだろう。

手漕ぎボートは、私たちが置いていった場所よりも岸に近い泥の中に沈んでいた。私たちが乗り込むと、二人の乗組員がボートを浅瀬に押し出して乗り込み、オールを手に私たちを島から引き離しはじめた。水面が波立ち、小さな峰が盛り上がる。ボートの周囲では、地殻の変動に反応したかのように、説明のしようもない奇妙な海洋動物たちが水面近くでうごめいていた。歯の数が多すぎるもの、ヒレの数が多すぎるもの、派手で醜いもの、悪夢の中にしかいないようなもの……。

潜水艦に向かってのろのろと進むあいだ、キュンストラーは、潜水艦から乗組員をひとり送り出していったんボートを回収したと説明してくれた。乗組員は艦から泳いでいったというのだが、未知の獣がひしめくこの海域では、勇敢な行為だったと言えよう。そのあと、艦長と別の二人の乗組員が、そのボートで島まで来た。彼は私たちが出発したあと望遠鏡で島を観察していたので、一行が柱のあたりに到着するのを目撃しており、どこへ行けば私たちを見つけられるか見当が付いていたのだった。

その後、彼らもルルイエの都市部を抜けるのに難航したという。私たちをあれほど悩ませた街の通りには、キュンストラーも同じように困惑させられた。だが、さすがはベテラン船乗りと言うべきか、自分の感覚が信じられなくなったときにコンパスと推測航法に頼る彼は、運の助けもあって、無事に通り抜けることができたのだった。

ただ艦長は、なぜ私たちを探しに来たのか、その理由を説明しなかった。なんらかの償いをしようとしているように感じられたが、だとしたら、何が彼の気を変えさせたのだろう。

Uボートに着くとすぐにキュンストラーは甲板に飛び移り、エンジンの始動を命じた。私はホームズを甲板に乗せる乗組員たちを指揮し、展望塔のはしごを下りるときも付き添った。

そのまま艦長とともに展望塔にいると、艦は右舷へ急速に舵をとり、島から離れていった。私たちが見ている中で、ルルイエの建物はかつてないほど激しく揺れ、倒れはじめた。自分から崩れ落ちるものも、隣の建物とぶつかるものもある。地下墓地の入口を示す柱も倒れた。島全体が激しい震えの発作に襲われている。

その上空に、ぼんやりとした形が見えた。二つの巨大な人影が、生死をかけた闘争を繰り広げている。薄く透きとおっていて、霊的な存在にも見える、現実が投影された影のようなものだ。ひとつは明らかにクトゥルーで、もうひとつはルルロイグだった。

「あなたにもあれが見えるんですね？」キュンストラーは半信半疑の口調で言った。「光のいたずらではないのか」

「そう、現実ですよ」

「あれはなんなのです？」

「神々と呼べるかもしれない。でも、最も冒瀆的で汚らわしい種類の神々です」

「私は一度も……」

キュンストラーはそれ以上言えなかった。言葉が見つからなかったのだ。

U-19が速度を上げるあいだ、影どうしの戦いはクライマックスに達していた。クトゥルーのほうが優勢に見える。クトゥルーはルルロイグをつかむと、犬がネズミをくわえるように、容赦なく振り回した。ルルロイグはクトゥルーの手の中でぼろぼろになり、二つに引き裂かれた。


このとき、これまでで最も激しい振動が起こった。島全体が大きく隆起すると、バラバラに崩れ落ちていったのだ。島の端から大小さまざまな岩の塊が次々に海へ沈んでいき、やがてルルイエの廃墟も巻き込まれていった。断末魔のような音が長いあいだ、けたたましく鳴り響き、あまりの大きさに耳が受け付けなくなるほどだった。

クトゥルーは両腕を高く上げて勝利の喜びを表す一方、ルルロイグの残骸は強風に吹き飛ばされた塵のように散っていった。旧支配者であるクトゥルーが胸を打ち鳴らし、天に向かって吠えると、島に残されたもの——あちこちに散らばる岩だらけの浅瀬——は、巨大な水の奔流に呑み込まれていった。

その後、クトゥルーの姿は見えなくなった。だが大変動の影響は続いており、島があった場所から巨大な波が波紋を広げていた。U-19が波より速い速度で逃げ切ったり、急速潜行して波を避けたりできる望みはなかった。波を乗り切るしかないのだ。

艦長と私は、波が押し寄せる中、展望塔のへりをつかんだ。艦長の顔を見つめると、彼は私の言葉にならない質問に答えて、Uボートはこれから起こることに耐えられると断言した。確信しているような表情だったが、握った拳が白くなっているのと歯を食いしばっている様子が、いささか違うことを物語っていた。

潜水艦は、まるで巨大な手にすくい上げられるかのように波に呑まれた。艦首の方向に傾いたまま、腹がよじれるような速度で波に流された。艦は激しく揺すぶられた。数秒のあいだ私は、艦首を下にして海に呑み込まれ、沈没するのではないかと思った。私に聞こえたのは、逆巻く波の音と、金属部品がギーギーときしむ音だけだった。

しばらくすると、荒れ狂う波はおさまっていた。Uボートは元の姿勢に戻っていた。波は私たちのずっと向こうでうねっており、海面は滑らかで力を失っていた。私たちはその余波で揺れていたが、最悪の事態は去った。危険は去ったのだ。

艦長と私は、最後にもう一度振り返った。泡立ち、波立つ海が広がっているほかは、島の姿も、クトゥルーの姿も、ルルイエの都市の痕跡もなかった。すべては海の底で失われた。

　そうであってほしい、と私は願った。

37章　シャーロック・ホームズの〝時〟

それから数日間にわたり、私はホームズとキュンストラー艦長の両方から真実を聞き出した。二人のうち後者のほうが、すんなりと事実を語ってくれた。最初はためらっていたものの、彼はすぐに、私たちのあとを追って島に入ることになった理由を明かしてくれたのだった。

「あなたの日誌ですよ」と艦長は言った。私たちは、かつてフォン・ヘルリングが使っていた士官室にいた。「あれを読ませてもらいました。結果的にホームズさんにそそのかされたわけですが。あなたがボートで出発するとき、ホームズさんが私に船室を整理するように頼み、来客名簿にサインしたと言ったのを、覚えていませんか？」

「冗談だと思いました」

「私もそうです。しかしそれで好奇心がわきましてね。彼にしてはあまりにも不自然な発言で、何かをほのめかしているとしか思えなかった。そこであなたがたの船室へ行き、枕の下にあなたの日誌を見つけました。初めのうちは、そこに書かれていること、特にフォン・ヘルリング男爵に関することが、信じられませんでした。狂人の戯言としか思えなかったのです」

「そう思われてもしかたがないかもしれません。でも、何かがあなたの考えを変えたんですね？」

「ありえないこと、とんでもないことではありましたが、それでもある意味、理にかなっていました。閣下には、いつも何か釈然としない《ノット・プット・フィンガー・オン》ところがあったのです。英語ではそう言いますよね？」

「ええ」

「彼の何かが、私にはしっくりこなかった。そこに、あなたの日誌です。彼は発音できない名前の奇妙な神の力に取り憑かれている、と書いてありました」

「ルルロイグですね」

「そのとおり。私は空想にふけるタイプの人間ではありません。目に見え、手に触れるものだけに信頼を置いています。しかし少なくとも、フォン・ヘルリングには闇の部分があると知っていました。彼は通常の、道徳を備えた人間がすべき行動をとりません。その邪悪さが彼の内面からではなく、別のところから来ているとしたら？　あなたがこのルルロイグの存在を信じていることは、疑いようもありません。しかもあなたが彼について書いている文章は的確であり、感情を交えない冷静なものなので、なんらかの事実に基づいているのだと、思わざるを得ませんでした。そこで、フォン・ヘルリングが使っていたこの士官室に入り、あなたの日誌の内容を裏づけるような証拠を見つけようとしたのです」

「それで、見つかりましたか？」

「最初は何も」とキュンストラー。「きちょうめんに整頓されており、場違いなものは何ひとつありませんでした。さらに調べようと、数少ない引き出しや戸棚、小部屋を全部確認しましたが、身の回り品もすべてきちんと収納され、おかしなものはありません。しかし、あるものが私の興味を惹きました」

「それは……」

「本ですよ、先生」

「本？」

「隠されていたあなたの日誌《ブック》が、別の隠された本《ブック》に、私を導いたのです」

私は、彼の言う二冊目の本は、ホームズが得体の知れないものや不気味なものを追い求める際によく参考にしていたような、難解な書物に違いないと思った。ルルロイグは『ネクロノミコン』そのものを持っていたのだろうか？　その可能性は低くないだろう。

キュンストラーは、彼が座っていた机の引き出しから、一冊の本を取り出した。見た目はあまり目立たない小さな本だ。ボロボロに擦り切れ、布の装丁はところどころ糸が見えており、背表紙には大きなしわが寄っている。

表紙にはこう書かれていた。

小惑星の力学

ジェイムズ・モリアーティ教授

それを見た私は、笑いともあえぎ声ともつかぬ声を出した。

「なんとまあ。これはモリアーティが出版した唯一の本ですよ。二項定理に関するものは論文ですし」

「この著者名を見たとたん、あなたが日誌にモリアーティ教授のことを書いていたと思い出しました。モリアーティ教授がルルロイグという存在になり、フォン・ヘルリング男爵の姿になったということでしたね。フォン・ヘルリングがそのモリアーティ教授の書いた本を持っているというのは、控えめに言っても不思議な一致だと思いました。中を見てください」

私は本を開いてみた。最初の数ページは、見返しから扉、出版情報のページまで、端が折れたりはしていたものの、汚れがなかった。だが本篇が始まると、無数の下線や取り消し線、余白への走り書きがあった。少しでも余白があれば書き込みがあるのだが、英語とドイツ語が混在し、ところどころに神秘的なルルイエ語が混じっている。複雑な数式や物理学の方程式もあれば、一見抽象的なスケッチや悪夢のような生き物のスケッチもあった。その中にはヘビ人間やトカゲ人間、ガースト、ナイトゴーント、ビヤーキー、その他見覚えのない怪物や、旧支配者たちと外なる神々のさまざまな姿が描かれていた。

　私の見たところ、ルルロイグは『小惑星の力学』を丹念に読み、原文に解説を加え、モリアーティ教授の考えをさらに発展させていた。一般に理解されず批判的な反応も多かったこの大作を発表して以来ずっと、モリアーティは批評家の不評と読書家の無関心を忘れることができなかったらしい。その傷はいまだに癒えていず、彼は神のように強大な〝隠れた精神〟として生まれ変わったときでさえ、この本を改良することに執着しつづけていたのだ。ルルロイグになってから得た知識を盛り込まずにはいられなかったため、難解な科学論文は結局のところ、広大で混沌とした宇宙論へと発展した。今やおそらく元の本よりもさらに素人には理解しにくいものになったわけだが、その作者にとっては、より注目に値するものになったということだろう。

「フォン・ヘルリング男爵は、何日も何週間も、もしかしたら何カ月もかけて、この本をナンセンスとしか思えないもので埋め尽くしたのだと、考えざるを得ませんでした」と艦長は言った。「彼が書き加えたもののうち、私が理解できるものはほんのわずかで、精神がひどく錯乱していることの証拠だと思えました。そのときです、あなたの文章には真実が隠されていたのではないか、フォン・ヘルリングは見かけと違う人物なのではないかと、思いはじめたのは。私は彼があなたがたをあの島へ連れていくのを見送りましたが、今となっては、お二人を異常者の手に委ねていたことが明らかになったわけです。さらに悪いことに、私は異常者に雇われていて、彼の言いなりになっていた。フォン・ヘルリングについて抱いていた危惧に、正当な根拠が与えられたのです」

「それで、部下と自分の命を危険にさらしてまで、私たちのあとを追って島に行くことを選んだわけか」

「どんな犠牲を払っても、過ちを正す必要があったのです」

「そうしてくれて、ありがたかったです。感謝の気持ちしかありません」私は心から言った。

「ホームズさんにお礼を言うべきですね」と艦長。「きっかけをつくってくれたのは彼ですから」

「あなたはきわどいタイミングで到着したわけですが、ルルロイグがフォン・ヘルリングだけでなくヴォルフガングにも手を出したことを、どうやって知ったのですか？」

「あなたとヴォルフガングが話しているのを、耳にしました。ルルロイグの名前が出てきたのを。しかもヴォルフガングは、丸腰のあなたを撃とうとしていた。彼にとってはありえないことです。フォン・ヘルリングに感染した狂気が、彼にも感染したのは明らかでした。私に与えられた時間はほとんどなく、あなたが撃たれる前に彼を撃つしかなかった」

言葉を切った艦長の顔に、影がさした。自分が人生を終わらせた少年のことを思っているのだろう。

「簡単なことではありませんでした」艦長はしばらくしてまた口を開いた。

「しかしあれは、正しい行為だった」

「それでもやはり、このことはずっと、おそらく永遠に、私の心に残るでしょう。あの島が崩壊するとき上空に見たものも、あの光景も、この先ずっと忘れられないでしょう」

「これをどうしますか？」私は執拗に注釈の入った『小惑星の力学』を示した。

「持っていようとは思いません」と艦長。「あなたが持っていって、お好きなようにしてください。燃やすのがいいと私は思いますが」

私は燃やさずにおいたが、ずっと持っていることはしなかった。次にUボートが浮上したとき、海に投げ捨てたのだ。本は波に揺られながら一分ほど浮いていたが、全体が水に浸かると、ゆっくりと太平洋の深みに沈み、跡形もなく消え去った。

ホームズがルルロイグに関して言ったことは、正しかった。モリアーティは人間性を超越したとはいえ、彼の中にはまだ昔の自分がたくさん残っていたのだ。結局はそれが破滅を招いたことになる。

あの本を海に落とすのと同じくらい簡単に、彼の犯した悪の記憶を消し去ることができればいいのに、と私は思った。

ホームズはといえば、最初は話すこともできないほど衰弱していた。寝台に横たわったまま動かず、ほとんど意識がなかった。ときどき起き上がって水をひと口飲んだり、食べ物を口にしたりはしたが、大部分は覚醒と睡眠の中間にいるような状態だった。

彼は突然老け込んだように見えた。過去数年間、時間の厳しさに逆らって彼を特徴づけていた若々しさと活力は、今や彼を見捨てていた。髪は明らかに白くなり、ワシのような鋭い顔だちは以前よりもやつれて、しわだらけになっている。五十代後半だということを間違える人は、もういないだろう。年相応、いや、もっと老けて見えるのだった。

時がついにシャーロック・ホームズに追いついたようだ。しばらくのあいだ時が止まっていたのだが、今、復讐のために戻ってきたのだ。

　ようやく彼が話せるようになると、私は今まで疑っていたことを認めさせることができた。

「あれはクトゥルーのせいだったんだな？　君はクトゥルーと取り引きをした。クトゥルーは君に彼の力のほんの一部を授け、その見返りに君は活力を得た。そのおかげで君はルルロイグに対する作戦を実行でき、より精力的に、最大限に自分の能力を発揮できたわけだ」

「クトゥルーは眠っていても、知っていた。いずれはルルロイグが来るということを、知っていたんだ。ぼくもそれを知っていたので、『ネクロノミコン』を通じて彼と交信し、協力することを提案した。彼の休止状態が終わる時期は、まだ先だった。ぼくは彼を必要としていたし、彼もぼくを必要としていた。ぼくらは合意に達し、ぼくは彼の代理人になったというわけだ」

「シー・デヴィルが使ったツァンの曲の催眠効果に抵抗できたのは、彼のおかげかい？」

「そうだ」

「君の言う『知性の力』なんてものでは、まったくなかったんだな。われわれの一行がルルイエの地下に入るのを邪魔されなかったのも、君がクトゥルーと取り引きしていたからか」

「適切なときに彼のものを彼に返せるように、だ」

「愚かなことを！」私は思わず声を上げた。「まったく馬鹿なことだ。クトゥルーはもちろん、どんな旧支配者だろうが、取り引きするなんてことがどんなに危険か、知っていたはずだろう？」

「受け入れられる程度のリスクだと思った」

「そのあげくに、このざまだ。君は半死半生じゃないか」

「それはよく考えたうえでの医学的見解かい？」

「そうだよ。もちろんだ。クトゥルーは君から、与えたのと同じだけ、いや、それ以上のものを奪ったんだ」

「回復するさ」

「できたら驚きだよ」

「怒ってるのかい、ワトスン？」

「当然だ。君の無謀で無分別で愚かな……」

「でも結局はぼくらを救うことになったんじゃないかな？」ホームズは穏やかに言った。

「ルルロイグの脅威は消滅した。クトゥルーはぼくが借りた力を取り戻し、立ち上がり、彼を滅ぼすことができた。クトゥルー自身がどんなふうに消滅したかは、君が語ってくれた。そして、指揮を執るルルロイグがいなくなったことで、外なる神々による戦争は失敗するはずだ。彼のリーダーシップがなければ、今までのような無秩序と内輪もめに逆戻りする。終わりさ」

「そうかな」

「間違いない。ぼくらは勝ったんだよ、ワトスン。ついに勝ったんだ」

私は顔をしかめた。「だが、その代償は？」

「そんな目で見ないでくれ。ぼくは死んでないよ」

「健康でもない。医者でなくてもわかる。自然でない手段を使ってあまりにも長いあいだ無理に無理を重ねたせいで、君の体質は取り返しのつかないダメージを受けているようだ。クトゥルーの力は、君にとってコカインよりも悪かったんだ。それに依存することは、君を内側からむしばんだ。気をつけないと……」

「ワトスン、君がいれば持ちこたえられる。君を信頼しているよ」

「努力するよ」と言ってから私は、フンと鼻で笑ってからつけ加えた。「海の空気と蜂蜜だな」

「海の空気と蜂蜜？」

「君が言ったんだよ。それが君のまれに見る健康の源だって」

「そして君はそれにだまされた」

「かろうじて信憑性があるように思えたが、まあ、だまされたわけだ。でも、なぜ嘘をついたんだ？　なぜクトゥルーとの関係をぼくに隠した？」

「言ったところで、君は賛成したかい？」

「いや」

「それがぼくの答えさ。君は口うるさいところがあるから、ぼくを非難しただろう。君に内緒にしていたことは申しわけないが、結局のところはそのほうがいいと判断したんだ。それに、最後の瞬間までワトスン博士に真実を隠すのが、シャーロック・ホームズだろう？　君の小説の中の人物像と矛盾するような振る舞いはできないからね」

　彼は笑いはじめたが、その声は乾いたような、陰鬱な感じの咳に変わった。やがて彼はふたたび眠りについた。


　帰国するまでのあいだ、私はほとんどホームズのそばを離れなかった。キュンストラー艦長がピトケアン諸島に寄港してくれたので、下船した私たちは、その小さな英国領の住民に定期的に物資を運ぶスクーナー船に乗り込んだ。ロンドンのティルベリー・ドックに入港するころには、ホームズはわずかに回復していたが、本当にわずかだった。サセックスに戻ると、私はホームズの主治医として、その後数カ月滞在した。

良い日もあったし、悪い日もあった。ホームズは快方に向かったかと思えば、また悪化した。クトゥルーの援助により免れていたすべての疾患が一度に出たかのような、全体的な倦怠感が続いているだけで、何か特定の病気にかかっているわけではない。だが、肺に問題があるのかもしれないし、心臓や肝臓に問題があるのかもしれないし、関節炎や痛風の気もあった。病気の性質はほぼ毎日変わるのだ。私はそれに従って治療し、最後にはすべてが良くなるという信念にしがみついた。私の最も古く、最も親しい友人のためにできるのは、それしかなかった。

一九一一年の夏も終わるころ、ホームズの病状が好転する明白な兆候が現れた。彼は病床を離れ、以前と同じように日常生活を送ることができるようになった。だが疲れやすく、少し早足に歩いただけで息切れするようになった。簡単に言えば、虚弱な老人だった。早すぎる老化が彼をむしばんでいたのだ。私は彼がハチの巣の世話をしているのを窓から眺めていたが、その動作は情けないほど不安定でゆっくりだった。話しているときに単語が出てこなかったり、本を読んでいてもどこを読んでいるかわからなくなったりした。彼の頭の回転の速さと身体の頑丈さを思い出すと、泣きたくなった。

ホームズは大義に身を捧げ、多くの犠牲を払ったのだ。失ったものは、あまりにも大きかった。

その価値はあったのだろうか？

私にはまだわからない。

エピローグ

この最後のページをタイプしながら、私の心は安堵と後悔のあいだで揺れている。私にはこの文章を紙に書き留め、私自身から真実を解き放つ必要があった。それはあまりにも長いあいだ、私の中に溜まっていたものだ。告白をした今、きれいさっぱりとは言えないまでも、心が軽くなった。この三部作が誰にも読まれないことは、問題ではない。私自身が満足することで充分だ。無駄な労苦をしたとは思えない。

ホームズと私の努力には関係なく、ヨーロッパに戦争がやってきた。大陸は荒廃し、イギリスでも多くの男たちの命が失われた。取り返しのつかない事態に陥ったのだ。ルルロイグが仕組んだ敵対行為は、勢いをとどめられなかったのだ。それから十年近く経った今でも、イギリスは戦争の後遺症を克服できておらず、問題は解決していないという印象が残っている。古い政治的緊張はいまだに衰えず、亀裂が覆い隠されても広がりつづけているのだ。二十世紀は平和を知らぬ世紀になるのだろうか？　もしそうなら、それはルルロイグが誇るべき遺産となる。

このところ、私の文通相手で作家仲間のH・P・ラヴクラフトからも連絡が来ている。ロードアイランド州プロヴィデンスに住む彼の最新の手紙には、実に暗いニュースが書かれていた。ルルイエが海上にふたたび現れ、私たちが発見したのとまったく同じ地図座標、南緯四七度九分、西経一二六度四三分にいるというのだ。ラヴクラフトによれば、発見者はアラート号というヨットの乗組員だという。彼はこの出来事の詳細についてまだ明らかにしていないが、ブラウン大学のセム語学教授ジョージ・ギャマル・エインジェルの論文から得たクトゥルーに関連する多くのデータと関連づけながら、今後数カ月のうちに完全な報告書を出版するつもりだという。フランシス・ウェイランド・サーストンという実在しないボストンの男が語るというかたちで、フィクションとして装うのだと。そうすることで、彼の暴露する真実が多くの読者に受け入れられることになるかもしれない。

しかし、暗い事実は変わらない。島はどういうわけか無傷のまま再浮上し、その上にある都市も同じ姿で再現されているという。クトゥルーは時を待ち、今また人類を脅かすためによみがえったのだ。クトゥルーを目覚めさせることで、ルルロイグは私たちの種族の安全に対して新たな打撃を与えた。その打撃の効果により、遅ればせながらルルロイグはその存在を私たちに印象づけることになる。彼は私たちに、容赦ない恐怖の未来という呪いをかけていたのかもしれない。

私は、この不吉な予兆が現実になるのを見るまでは生きられないだろう。歳をとって身体機能が衰えてきたし、最近はある種の精神的苦痛を感じている。そして、避けられぬただひとつの方向を示す症状も、現れている。私に残された日々は少ないのだ。

シャーロック・ホームズは、先に来世へと旅立ってしまった。私も遠からず彼のあとを追うことになるだろう。これまでどおり、忠実なワトスンは相棒についていくのだ。ホームズは史上最大の謎に遭遇したわけだが、彼はそれを解けたのだろうか。彼はヴェールの向こう側にいて、いつものように無愛想に微笑みながら、憐れむように首を振り、ついてこいと声をかけてくれるのだろうか。

「遅いじゃないか、ワトスン」と彼は言うかもしれない。「すべてを説明しなければならないのかい？　こんな初歩的なことまで」と。

そして、私たちを待ち受けているものに向かって一緒に歩き出すのだ。人生の悲惨さはあとに残して。私たちがともに立ち向かい、戦った恐怖は、過去のものとなる。私たちの経験した数多くの苦難や波乱は、消えていき、忘れ去られていくだろう。

あのときイースト・ディーン村の教会の墓地で司祭が私に言ったように、希望がすべてなのだ。希望をもたなければ、存在は無意味な狂気だからだ。希望は私たちを空虚から遠ざけてくれる。

だから私は希望をもつ。それが私にできる唯一のことだ。心が不安になり、思い出の亡霊に悩まされる黄昏《たそがれ》の日々の中で、私は希望を抱く。結局のところ、ルルロイグは勝てないだろう。勝利は墓の向こうの彼にあるのではない。運命は人類に寛容だったことが証明される。それが私の希望である。

あとがき

ジェイムズ・ラヴグローヴ

こうした感傷的な別れの言葉で、ワトスン博士の原稿は締めくくられていた。この三部作を世に送り出すことに関わった私の仕事も、ついに終わりである。

出版のための準備と編集作業は、好きだからできる労働であった。それは否定しない。たいへんだったが、やりがいがあった。

だが、悩んだこともある。このプロジェクトに取り組みはじめてから、よく眠れなくなったのだ。奇妙なイメージに満ちた夢ばかり見ていた。訪れたこともないのになぜか知っている場所が見えたり、見たこともないのに見覚えのあるものが出てきたり、さらに悪いことに、何か邪悪なものが這いずり回り、暗闇の気配が漂ってきたりするのだ。このことは誰にも、妻にも言っていないが、まるで私の潜在意識が、原稿からパソコン画面に書き写した言葉に感染してしまったかのようだった。ばかばかしいとは思うが、そんな感じなのだ。

それだけでなく、誰かに見られていると思うことがしだいに増えていき、しまいには確信するようになった。その目は厳しく、無慈悲で、人間のものではないように思えた。

私は今、オフィスのデスクに座り、かたわらではパソコンのハードディスクがうなり、足もとには愛犬がいてバスケットの中で丸くなっている。もう遅い時刻だ。愛犬は眠りながら鳴き声を上げ、バスケットの籐《とう》を爪で引っかいている。海峡から吹く風が、この隙間風の入る古い家の窓ガラスを揺らしている。家族はみな、二階でベッドに入っている。私は疲れていて、いつもならみんなと寝ているところだ。だが締め切りは迫っていて、編集者はいらいらしている。私としても、彼らを失望させたくはない。

それなのに、この部屋にいるのは私ひとりでないと思えるのだ。誰かが、この部屋にいる。もちろん、イマジネーションの産物だと自分に言い聞かせてはいる（私は作家なのだから、過度に活動的なイマジネーションをもっている）。このクトゥルー・ケースブックと長くつきあいすぎたせいだとも、言い聞かせている。私は五十代前半の男だ。それなりに大人だし、分別もある。初めてホラー映画を観たばかりで神経過敏になった少年のように、自分の影に怯えていてはいけないのだ。

とはいえ、おかしな現象が起きているのは確かだ。パソコンの画面がおかしくなっている。文字が出たり消えたりしていたかと思うと、ギザギザの線が走ったりしているのだ。

フングルイ・ムグルウナス・クトゥルー・ルルイエ・ウガフナグル・フタグン

いや、私はこんな文字を打っていない。

フングルイ・ムグルウナス・クトゥルー・ルルイエ・ウガフナグル・フタグン

まただ。キーボードに触ってもいないのに。ソフトウェアの不具合だろうか。

フングルイ・ムグルウナス・クトゥルー・ルルイエ・ウガフナグル・フタグン

ウィルスにやられたのかもしれない。それとも誰かのいたずらか。そうだ。ハッカーの悪ふざけだ。

フングルイ・ムグルウナス・クトゥルー・ルルイエ・ウガフナグル・フタグン

ああ、またこの言葉。「ルルイエの住処《すみか》にて、死せるクトゥルー、夢見ながら待つ」だと？　事実を述べているというより、警告ではないか。脅しだ。

フングルイ・ムグルウナス・クトゥルー・ルルイエ・ウガフナグル・フタグン

もういい。もう充分だ。

フングルイ・ムグルウナス・クトゥルー・ルルイエ・ウガフナグル・フタグン

念のためコントロールキーとＡｌｔキーとデリートキーを同時に三回連打してみたが、

なんの変化もない。
フングルイ・ムグルウナス・クトゥルー・ルルイエ・ウガフナグル・フタグン
電源ボタンも押してみた。またしても変化なし。電源が切れないのだ。
フングルイ・ムグルウナス・クトゥルー・ルルイエ・ウガフナグル・フタグン
マシンのコンセントを引き抜いた。なのに画面はまだついている。ハードディスクも動いている。冗談じゃない。いったい何が起こってるんだ？
フングルイ・ムグルウナス・クトゥルー・ルルイエ・ウガフナグル・フタグン
上等じゃないか。犬は尻尾を股にはさんで鳴きながら、部屋を出ていってしまった。私もそうしたいくらいだ。
フングルイ・ムグルウナス・クトゥルー・ルルイエ・ウガフナグル・フタグン
ああ、あの目だ。あの目がまっすぐ私を見ている。画面の向こうから凝視している。あいつの目だ。
フングルイ・ムグルウナス・クトゥルー・ルルイエ・ウガフナグル・フタグン
こっちをまっすぐに見ている。見つめている。
フングルイ・ムグルウナス・クトゥルー・ルルイエ・ウガフナグル・フタグン
やめろ！

フングルイ・ムグルウナス・クトゥルー・ルルイエ・ウガフナグル・フタグン

やめろやめろやめろ……

フングルイ・ムグルウナス・クトゥルー・ルルイエ・ウガフナグル・フタグン

フングルイ・ムグルウナス・クトゥルー・ルルイエ・ウガフナグル・フタグン

フングルイ・ムグルウナス・クトゥルー・ルルイエ・ウガフナグル・フタグン

フングルイ・ムグルウナス・クトゥルー・ルルイエ・ウガフナグル・フタグン

フングルイ・ムグルウナス・クトゥルー・ルルイエ・ウガフナグル・フタグン

出版社付記

ジェイムズ・ラヴグローヴ氏が今年初め、ワトスン博士によるクトゥルー・ケースブックの最終巻である本書の入力と編集を終えた直後、神経衰弱に陥ったことは、多かれ少なかれご存じと思います。彼はイーストボーンの浜辺で海を見つめ、身体を南東の方向に傾けて横たわっているのを、朝方発見されました。目撃者の証言によれば、本書のあとがきに繰り返し書かれていた、「フングルイ・ムグルウナス・クトゥルー・ルルイエ・ウガフナグル・フタグン」という言葉をつぶやいていたといいます。

警察と救急隊員が呼ばれ、最初は脳卒中などの発作を起こしたと考えられました。しかしすぐに、身体的には問題ないものの、ある種の精神病的な症状の出ていることが判明しました。そこで精神保健法にもとづき、施設に収容されたのでした。

以来、彼は治療を受けつづけており、症状は回復に向かっていると言われます。病気の原因は、極度の過労がもたらしたストレスであると考えられており、タイタン・ブックス社一同、彼の回復を祈っています。

この三部作の最終巻を出版するという決定は、決して軽々しくなされたものではなく、社内で議論を重ね、ジェイムズの家族と綿密な協議を重ねた末にたどり着いたものです。私たちは、彼のハードディスクにあった原稿をそのまま再現することにしました。それが彼の希望に沿ったことだと思いたいのですが、本人が首尾一貫した会話能力を取り戻すまでは、わかりません。その日がそう遠くないということを、祈っております。

解　説（あとがきにかえて）

英国の作家ジェイムズ・ラヴグローヴによる〝クトゥルー・ケースブック〟三部作も、ついに最後の三作目となった。ラヴグローヴがどんな結末を用意しているのかが気になっていた方は、多いと思う。これまでの設定からして、あるいは本書のタイトルからして、ホームズの隠退後、サセックス州のイーストボーンで事件が起きることは明らかだったが、このような展開になると予想しただろうか。

過去の二作で書いてきたように、このシリーズは、本来のホームズ物語（正典）が実はワトスンの巧妙な創作によるもので、真実は別にあったという設定のパスティーシュである。一八八〇年にワトスンと出会ったホームズが、本来なら信じるはずのないクトゥルー神話世界の神々やおぞましいモンスターに遭遇し、人類世界を守るための戦いを始めるのが、一作目の『シャーロック・ホームズとシャドウェルの影』。そのときに生まれた宿敵が姿を変え、十五年後の一八九五年にふたたびホームズたちと対決するのが、二作目の『シャーロック・ホームズとミスカトニックの怪』。そしてクトゥルー神話世界の神どうしの争いに巻き込まれ、ホームズ自身の最後の戦いとなるのが、三作目の本書だ。

一作目の解説にも書いたように、合理主義者であるホームズの世界と、それとはまったく異質のコズミック・ホラーの世界をどう融合させるかが、いちばんの問題だが、ラヴグローヴは正典の一種のオルタナティブ・ヒストリーのようなかたちで、ワトスンに〝真実版〟正典を語らせたわけである。

この三部作誕生のいきさつは、二〇二三年一月にショーン・マイケル・マローン（ラヴクラフトものの作家）が聞き手となったインタビューで語られている。それによると、当時タイタン・ブックスの編集者だったミランダ・ジュエスがもちかけたアイデアだとのこと。彼女の名前をどこかで聞いたという人はいないだろうか。そう、一作目の献辞に登場する人物なのだ。

とはいえ、ラヴクラフト的な《ラヴクラフティアン》、あるいはクトゥルー神話的な作品とホームズ物語を融合させたホームズ・パロディ／パスティーシュを考えたのは、彼女が最初ではなかった。ホームズがH・P・ラヴクラフトと出会い、クトゥルー神話のモンスターと戦うという作品が、一九八三年に発表されているのだ。ラルフ・E・ヴォーンによる〝The Adventure of the Ancient Gods” という短篇で、ファンジンである *The Holmesian Federation* の第四号に掲載されたのだが、その後若干の改訂をされて、商業出版物と言えるチャップブック *Sherlock Holmes in the Adventure of the Ancient Gods* としてグリフォン・ブックスから一九九〇年に刊行された。

ミスカトニック大学の言語学教授が語り手となるこの作品は、「名探偵がクトゥルー神話の怪物や神々に遭遇した最初の物語であり、その後数十年にわたって作家たちにインスピレーションを与えた」などとＷｅｂサイトで書かれているが、ひとつの作品の中にホームズ物語とラヴクラフト的作品が同居しているという例なら、一九七一年のファンジンにすでに掲載されていた。しかも、その作品は一九五五年に発表されたものの再録なので、かなり古いものということになる。

ただ、エドワード・ルドウィグによるその短篇 “The Martian Who Hated People” は、〝人嫌いの火星人〟を共通要素にもつ三つのストーリーから成り、それぞれがレイ・ブラッドベリ、ラヴクラフト、コナン・ドイルの文体(様式)で書かれているという技巧を凝らしたものなのだが、ホームズとクトゥルー神話の世界が融合しているわけでないのが、残念なところだ。

一九八四年にも、*Pulptime: being a singular adventure of Sherlock Holmes, H.P. Lovecraft, and the Kalem Club, as if narrated by Frank Belknap Long, Jr* というタイトルの長篇をＰ・Ｈ・キャノンが出しているが、これも残念ながら、真っ向からの〝ホームズ対クトゥルー〟ではない。

前述のラルフ・ヴォーンも、その後クトゥルー神話とホームズ物語のクロスオーバー作品をいくつか書いたが、大きな注目を浴びることはなかった。

一方、ホームズ・パスティーシュ全体としては、一九九〇年代あたりからワンテーマ書き下ろしアンソロジーが一種のブームとなった。「クリスマス」や「ＳＦ」「アメリカ」といったテーマと並び、「クトゥルー神話（ラヴクラフト）」をテーマにした書き下ろし短篇をまとめたのが、マイケル・リーヴス＆ジョン・ペラン編の *Shadows Over Baker Street*（バランタイン、二〇〇三年）である。収録作のうちニール・ゲイマンの「翠色《エメラルド》の習作」とティム・レボンの「無貌の神の恐怖」はこれまでに訳出されているが、単行本は東京創元社から刊行が予定されている。

そして二〇一〇年代になると、ＳＦ／ファンタジー系やホラー系の作家がクロスオーバーのホームズ・パスティーシュを盛んに書くようになった。ラヴクラフティアン作家と呼ばれる人たちも、ホームズものに手を染めるようになったのだ。まだ長篇は少ないが、ロイス・グレシュのクトゥルー・ホームズもの三部作（二〇一七年の *Sherlock Holmes vs.*

Cthulhu: The Adventure of the Deadly Dimensions ほか）などが注目どころだろう。クトゥルー・テーマがホームズ物語と同様、ゲームの世界でも人気があることは、ご存じだろう。つい最近も、二〇〇七年につくられたクトゥルー神話をモチーフにしたビデオゲーム *Sherlock Holmes: The Awakened* が、戦時下のウクライナでリメイク&配信されたと聞いて、驚いた記憶がある。

日本の場合はまだそこまでいっていないが、『ホームズ鬼譚〜異次元の色彩』（山田正紀、北原尚彦、フーゴ・ハル著、創土社、二〇一三年）が、ここ十年でいちばんの秀作と言えるだろう。「ひとつのクトゥルー作品をテーマに三人の作家が小説、ゲームブック、漫画などの様々な形で競作するオマージュ・アンソロジー」という、非常にユニークな作品である。

最後に、この三部作と番外篇の短篇、および今年十月に刊行された〝スタンドアローン〟長篇を加えた、時系列リストを載せておこう。「H」はホームズ、「W」はワトスンである。

・長篇『シャーロック・ホームズとシャドウェルの影』……事件発生一八八〇年十二月
（H二十六歳）、Wの執筆一九二八年

・短篇「〝イースの石〟事件」……事件発生一八八七年春（H三十三歳）、Wの執筆一九二六年十月（《ミステリマガジン》二〇二三年十一月号掲載）

・長篇 *Sherlock Holmes and the Highgate Horrors*（シャーロック・ホームズとハイゲイトの恐怖）……事件発生一八八八～一九〇三年（H三十四～四十九歳）、Wの執筆一九二九年、未訳

・長篇『シャーロック・ホームズとミスカトニックの怪』……事件発生一八九五年夏（H四十一歳）、Wの執筆一九二八年

・長篇『シャーロック・ホームズとサセックスの海魔』……事件発生一九一〇年秋（H五十六歳）、Wの執筆一九二八年

今回も、クトゥルー神話関係のカタカナ表記やルルイエ語は、特にどの文献に準拠したというわけではないということをお断りしておく。また、訳出にあたっては、府川由美恵氏と野下祥子氏にご協力いただいた。記して感謝したい。

二〇二三年十月　訳者

訳者略歴　1954年生，青山学院大学理工学部卒，英米文芸・ノンフィクション翻訳家　訳書『シャーロック・ホームズとシャドウェルの影』ラヴグローヴ，『スノウ・クラッシュ〔新版〕』スティーヴンスン，著書『シャーロック・ホームズ・バイブル　永遠の名探偵をめぐる170年の物語』（以上早川書房刊）他多数

HM=Hayakawa Mystery
SF=Science Fiction
JA=Japanese Author
NV=Novel
NF=Nonfiction
FT=Fantasy

シャーロック・ホームズとサセックスの海《かい》魔《ま》

〈FT622〉

二〇二三年十一月 二十日 印刷
二〇二三年十一月二十五日 発行
（定価はカバーに表示してあります）

著者　ジェイムズ・ラヴグローヴ
訳者　日《ひ》暮《ぐらし》雅《まさ》通《みち》
発行者　早川　浩
発行所　株式会社　早川書房
郵便番号　一〇一 - 〇〇四六
東京都千代田区神田多町二ノ二
電話　〇三 - 三二五二 - 三一一一
振替　〇〇一六〇 - 三 - 四七七九九
https://www.hayakawa-online.co.jp

乱丁・落丁本は小社制作部宛お送り下さい。
送料小社負担にてお取りかえいたします。

印刷・精文堂印刷株式会社　製本・株式会社フォーネット社
Printed and bound in Japan
ISBN978-4-15-020622-2 C0197

本書は活字が大きく読みやすい〈トールサイズ〉です。